바람처럼 자유롭게
자신의 삶을 살아온 한 남자의 유쾌한 이야기!

"이렇게만 살 수 있다면 사는 것도 예술이다."

★ "나도 이렇게 자유롭게 살고 싶다." -차정미

★ "어이가 없어 헛웃음이 나다가도 눈물이 찔찔 흐르는가 하면 어느 순간 숙연
   할 수밖에 없는 건 배추의 삶이 그러하기도 하고 그 시대 우리의 모습이 그러하기도
   하기 때문일 것이다." -김정석

★ "판에 박힌 생활에 시들시들하다면 배추의 통쾌한 삶에 빠져보라." -오연진

★ "세상에, 인생을 이렇게 살 수도 있는 거구나!" -조민오

★ "살아가는 법을 통달한 사람 같다!" -신효인

★ "정말 이런 사람이 있단 말입니까?" -정재욱

★ "실화 같은 소설만 보다가 소설 같은 실화를 대하며 흥분을 감출 수 없었다." -신용철

배 추 가 돌 아 왔 다

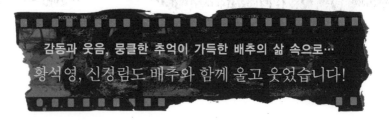

감동과 웃음, 뭉클한 추억이 가득한 배추의 삶 속으로…
황석영, 신경림도 배추와 함께 울고 웃었습니다!

배추 방동규 선생은 내게는 무엇보다 인생의 형님이다. 무엇보다 그와 나는 통일 운동가 백기완 선생과 함께 문학판과 미술동네를 중심으로 '조선의 3대 구라'로 불리는 처지다. 나로서는 그게 큰 영광이다. 그가 펴낸 이 책은 현대사의 한복판에서 길어 올린 싱싱한 일화, 삶의 진정성이 무진장으로 녹아있는 '보물'이다. 이 땅의 많은 젊은이들과 함께 '배추 형님'의 삶을 다시 한 번 음미해보고 싶다.

황석영(소설가)

경복궁 관람안내 지도위원으로 근무하고 있는 방동규 위원은 전설적인 재야의 '주먹', 그리고 입신의 경지에 이른 이야기꾼, 속칭 '라지오'로 널리 알려져 있다. 그러나 방동규 위원의 가장 큰 인간적 매력은 70 평생 어떤 환경에서도 인생을 반듯하게 살려고 몸부림쳐왔다는 사실이다. 그래서 나는 서슴없이 그를 경복궁에 모셔왔다.

유홍준(문화재청장)

배추는 주먹이면서도 폭력으로가 아니라 국보법이나 반공법으로 감옥을 들락거렸다. 주먹이 약한 친구나 후배에게는 주먹을 쓰지 않았고, 때로는 기꺼이 맞아주기도 했다. 주먹이면서도 대학교수나 작가 못지않게 많은 책을 읽었고, 어느 이론가 못지않게 논리가 정연할뿐더러 달변이다. 그는 주먹이었지만 결코 주먹이 아니다.

신경림(시인)

배추 형의 인생역정 일부를 알고 있는 사람으로서 이 책이 손가락이 아니라 몸으로 씌어진 것임을 잘 알고 있다. 그는 오랜 세월 가시밭길을 헤쳐 오면서도 용케도 조선사내 본바탕을 그대로 지켜온 사람이다. 배추 형 같은 백성들이 걱정근심 없이 신나게 사는 세상이 오기를 학수고대해본다.

이부영(전 국회의원)

방동규(배추)는 이 시대의 자유인이다. 그는 날품팔이 노동자에서부터 큰 회사의 사장, 감옥의 사상범, 고궁의 안내원에 이르도록 파란만장의 편력을 보여왔다. 그는 한 시대 완력의 챔피언이었으나 착한 벗들에게는 늘 약자였고, 역경 속에서도 주위를 웃기는 쇼맨이고, 무엇보다도 그는 거침없는 자유인이다. 한국의 조르바다.

구중서(문학평론가)

종횡무진, 파란만장한 배추 형의 일대기는 수호지와 임꺽정에 나오는 호걸, 협객의 현대판이다. 높고 낮고 넓고 좁은 길들이 무수히 교차한 배추 형의 인생행로는 아무리 짓밟혀도 머리 숙이지 않는 잡초로서의 희망과 웃음, 좌절과 울음이 끊임없이 요동치는 대하드라마다. 이 땅의 젊은이들이여, 교과서에 없는 배추 형의 전설을 통해 생생한 삶의 진실이 무엇인지 알고 싶지 않은가.

주재환(화가)

배추 선생님의 삶은 삶이 아니다. '걍' 드라마다. 아니 드라마 그 이상이라고 해야 한다. 짜증나는 자기 자랑과 분칠 따위로 채워진 그 즐비한 전기물 자서전들은 잠시 잊어달라. 배추 선생님의 삶이 그러하듯 책도 마찬가지다. 여기 싱싱한 한 인물의 육성과 못 말리는 돈키호테 짓, 그리고 무엇보다 장쾌한 액션에 한번 취해보자. 진정한 사람을 만나보자.

서해성(소설가)

배추가
돌아
와쓰
다 ②

배추가 돌아왔다

2 초판 1쇄 발행 | 2006년 12월 11일

지은이 | 방동규 · 조우석
펴낸이 | 김선식
펴낸곳 | 다산책방
출판등록 | 2005년 12월 23일 제313-2005-00277호

PM | 신혜진
기획편집본부 | 배소라, 임영묵, 이윤철, 신현숙, 박경순, 박호진, 김순란, 김계옥, 변경혜, 박혜진
마케팅본부 | 유민우, 임채성, 곽유찬, 허성권, 민혜영, 당은증
디자인팀 | 공 존, 나미진
경영지원팀 | 방영배, 허미희, 김미현, 박고은

주소 | 서울시 마포구 염리동 161-7번지 한청빌딩 6층
전화 | 02-702-1724(기획 편집) 02-703-1723(마케팅) 02-704-1724(경영지원)
팩스 | 02-703-2219
e-mail | dasanbooks@hanmail.net
홈페이지 | www.dasanbooks.com

표지 · 본문 출력 | 엔터
종이 | 신승지류유통
인쇄 · 제본 | 주식회사 현문

값 | 9,800원
ISBN | 89-91147-89-5 04810
　　　　 89-91147-87-9 (세트)

| 방동규 · 조우석 지음 |

배추가 돌아와쓰다

2

다산책방

8장 ● 아! 노느메기, 내 모든 걸 바치고 싶다

9장 ● 남자 중의 남자, 아! 선우휘 형

10장 ● 실패를 거듭하며 깨친 삶의 진실

11장 ● 브라보! 은퇴 없는 현역인생

7

"넓은 땅이 좋다"
구름처럼 떠돈 유럽

"그래, 독일로 가자"

"지긋지긋한 땅덩어리! 두 번 다시 돌아보지 않으리라."

괜스레 비장했다. 뜻대로 풀리지 않던 30년 삶이 답답했다. 무언가 제3의 돌파구가 필요했다. 1964년 봄, 나는 막 '파독광부 2진'이라는 이름으로 한반도 땅을 박차고 올라가는 비행기에 몸을 실었다. 바로 전해에 제1진 247명, 내가 함께한 제2진 300명을 포함해 이후 15년 동안 총 7,900명이 서독의 막장에 뛰어들었다. 파독광부는 '코리아 엔젤'로 불렸던 파독간호사 11,000명과 함께 박정희의 해외 노동수출 제1호였는데 내가 그 일원으로 덜컥 합류한 것이다.

군대 제대를 한 뒤에도 나는 그 전과 마찬가지로 여러 가지 일을 손에 잡히는 대로 했었다. 하지만 번번이 별 성과 없이 접어야 했다. 그런 내가 딱했는지 개성 소학교 출신의 동기생 김종석이 도움을 주려고 애를 많이 썼다. 전쟁시기에 기지개를 켜고 깨어났던 장사수완, 할아버지가 물려준 피는 이미 애저녁에 바닥을 드러냈는지 모른다. 그런

10

삶에 지치면 원효로의 백기완 집을 찾았다. 백기완이 중심이 된 사회활동에 참여하면서, 백홍열 선생에게 인생과 풍류를 배우면서 지친 나를 달래곤 했다.

그런데 그때 집안에 느닷없는 대형사고가 발생했다. 그 횡액이 아니었더라면 서독행을 감행하지 않았을지도 모른다. 액운이 끼었는지 도무지 있을 수 없는 사고 하나가 우리 집을 덜컥 덮친 것이다. 그게 63년의 일, 하필 사위가 휘두른 권총에 어머니가 두 발을 맞고 혼수상태에서 죽음의 문턱을 오르내리게 되었다. 도저히 있을 수 없는 사고를 친 둘째 사위는 육군대위 출신으로 당시 전역한 뒤 집에서 놀고 있었고 아내, 즉 내 여동생과는 별거 중이었다. 의처증까지 있던 그는 재결합을 요구하며 옥신각신 말싸움을 벌인 끝에 자기 화를 못 이겨 허리춤 권총을 뽑아들고 설쳤다.

한국전쟁이 끝난 지 벌써 10년이었지만, 아직도 잊을만 하면 한 해에 한두 번씩 '불법 무기류 자진반납' 캠페인이 있었을 정도로 전쟁시기에 풀렸던 총기류가 장롱 등 은밀한 곳에 제법 숨겨져 있었다. 둘째 사위야 제대군인이었으니 말할 것도 없었다.

그런 그가 어느 순간 방아쇠를 당겨버렸다. 더없이 끔찍하고 어이없는 사태가 대낮에 벌어졌던 것이다. 한 방은 어머니의 머리 위에 스치듯 맞았지만 몸통을 관통한 나머지가 문제였다. 간을 스쳐 등 쪽을 파고들었다. 부부싸움 끝에 터진 권총질에 어머니가 맞았다는 소식을 들은 나는 절망했다. 분노가 치솟았다. 어머니는 혼수상태에 빠져 도무지 회복될 기미를 보이지 않았다.

도저히 이해 못할 매제 녀석의 행동도 행동이지만, 정말 이상한 노릇이었다. 이 땅을 칭칭 휘어감고 있는 가난, 그리고 불신의 늪이 지겨웠고, 또한 그런 걸 만들어내는 체제인 자본주의 시스템 전체에 대한 지독한 혐오가 나를 덮치기 시작했다.

이미 왕년의 부잣집은 몰락 10년 만에 바닥을 드러낸 지 오래, 동생들은 학업을 중단하고 여기저기 밥벌이 전선에 나갔던 무렵이다. 어머니는 언제 돌아가실지 모르겠고, 당장 하루 앞이 보이지 않았다. 그때 내 눈에 들어온 게 파독광부였다.

'그래, 돈을 벌자, 남아도는 힘을 두고 뭘 할 것인가. 이 한 몸 던져버리자. 어머니는 의사에게 맡기고 떠나자.'

그건 지금까지도 계속되는 '맨몸인생'의 서막이자 7년여 유럽생활을 첫 발자국이기도 했다. 우리 나이 서른이던 그해 나로서는 더 이상 선택의 여지가 없었다.

마침 전국민적 관심 속에서 진행됐던 파독광부 1진 선발은 100 대 1에 가까운 경쟁을 보였다. 벌이가 엄청나다고 소문이 뜨르르했던 것이다. 생각해보라. 60년대 초, 당시 한국은 1인당 국민소득 100달러를 턱걸이하고 있었다. 한강에 다리라고는 한강대교 하나만 덜렁 놓여 있었던 시절이었고, 당시 한국은 지구촌 최빈국 중 하나였다. 아프리카 가나의 당시 국민소득이 한국의 두 배였으니 말해 무엇하랴.

보릿고개가 한참이던 당시 파독광부의 조건은 까다로웠다. 필기시험과 체력시험, 그리고 면담을 거치는 3단계를 통해 선발했고 선발자의 깨알 같은 명단이 일간지에 자랑스럽게 실렸을 정도다. 정부는 '중

12

학 졸업 정도 학력의 20대 남자'를 요구했지만 합격에 도움이 된다면서 강원도에서는 가짜 이력서까지 나돌았을 정도였다.

당시 보통 사람들 월급의 몇 배인 독일 돈 650마르크(162달러 50센트)는 그만큼 강력한 유혹이었다. 응시했던 숱한 대졸자와 교사나 국회의원 비서관 출신 등은 광산용어 등을 묻는 필기시험보다는 신체검사에서 추풍낙엽이었다. 필기고사 합격자를 대상으로 신체검사를 했는데, 이 단계에서 다시 절반 이상이 떨어져나갔다. 내가 소속된 서독광부 2차 선발대는 300명. 광원 출신 20%를 제외한 나머지는 대학강사, 관료 출신 등 고급인력 일색인 점에 놀라지 않을 수 없었다.

사실 나는 이등병 제대이기 때문에 제대로 된 취직이 어려웠다. 그런 내가 독일에 갈 수 있었던 것도 김태선의 요술방망이 덕이었다. 국방부를 다니면서 어떤 재주를 피웠는지 자격요건도 되지 않는 내가 선발될 수 있었다.

드디어 서독으로 떠나기 전 날, 병상의 어머니께 눈물의 작별을 고했다.

"어머니, 저는 이제 떠납니다. 죄송하기 짝이 없지만 모든 일은 동생들에게 맡깁니다. 저는 그저 돈을 많이 벌어 올 터이니…."

인사를 드린 뒤 꼭 쥐었던 어머니 손을 놓으려는 순간 어느새 어머니의 손에 힘이 들어가 있는 것이 아닌가. 분명 의학적으로 어머니는 의식이 전혀 없는 식물인간이었는데…. 도저히 설명 못할 일이 눈앞에 일어난 것이다. 어머니는 침대 위의 당신을 남겨둔 채 저 멀리 해

외로 떠나려 하는 장남의 손을 잡고 놓지 않으셨다. 아, 이것이 모정인
가 싶어 눈앞이 뿌옇게 흐려왔다. 부들부들 떨면서 어머니의 손가락에
서 손목을 빼냈다.

이 느낌은 루프트한자 비행기의 트랩에 오른 이후 서독생활 3년 내
내, 그리고 프랑스생활 내내 잊어본 적 없는 감동의 촉감이기도 했다.
깜깜하고 고독한 막장에서, 죽을 정도의 고단함과 두려움을 붙들고 싸
움을 할 때도 그때 어머니의 단단한 손을 생각하며 견딜 수 있었다.

비행기가 활주로를 이륙하는 순간 몸이 붕 뜨는 기분이 들었고 나
도 모르게 눈물이 흘러나왔다. 언제 돌아올지 알 수 없었다. 가난한 나

라에서 태어난 죄를 온몸으로 느끼며 그렇게 두려움과
가벼운 흥분 속에서 창밖으로 멀어져가는 조국을 돌아봤
다. 병상에 누워 계신 어머니의 얼굴의 어른거렸다.

'어머니, 동규는 넓은 세상으로 나갑니다. 아무것도
… 두렵지 않습니다. 하지만 어머니가 보고 싶을 것 같아
겁이 납니다. 보고 싶을 때 달려가 볼 수 없는 머나먼 곳
이라는 사실이 두렵습니다. 부디… 살아만, 계세요. 꼭
돌아오겠습니다….'

어머니가 입원해계신 병원 앞에
서 독일로 떠나기 몇 시간 전
사촌동생과 함께.

14

세상의 모든 어머니들

'어머니'라고 나지막이 부를 때마다 가슴속에서 뜨거운 것이 치솟는 것 같다. 그건 세상 사람들이 다 그러하지 않을까. 어머니, 라고 하면 물론 가장 먼저 내 어머니가 떠오르지만 또 한 사람 떠오르는 이가 있다. 바로 정치인 이부영의 어머니다. 이부영과 나는 격의 없는 사이다. 물론 그를 만난 건 훗날의 일이다. 독일로 향했을 무렵 백기완을 통해 더러 재야 민주인사들을 만나기는 했지만 아직은 본격적인 교유를 갖기 전이었다.

나중에 이부영을 알게 되고 그에게서 어머니 이야기를 들었을 때 나는 짙은 감동을 느꼈다. 나의 어머니가 떠오른 탓도 있지만, 이부영의 어머니에 얽힌 이야기는 가난하고 고통스러웠던 현대사를 살아온 이 땅 모든 어머니를 대표하는 것이었기 때문이다.

이부영은 용산고 출신으로 그의 어머니는 1950년대 용산 미군부대 기지촌 근방에서 일을 하셨다. 용산이야 본래 일제시대부터 군인들이 주둔했던 탓에 군복을 수선해주거나 기지촌의 꽃들인 색시언니들의 빨래를 해주면서 생계를 이어가는 사람들이 많았다. 그의 어머니도 그렇게 한 푼 두 푼 모은 돈으로 자식을 학교에 보냈던 것이다. 이부영의 부친은 분단과 한국전쟁을 전후해 일찌감치 행방불명이 됐던지라 그의 모친이 홀로 모진 고생을 했다.

이부영도 그런 어미의 은혜를 모른 척하지 않았다. 죽어라 공부만한 그는 그토록 원하던 서울대에 덜커덕 합격했다. 그것도 고교 2년 때였다. 조기졸업은 물론이요, 장학금까지 받는 우수한 성적이었으니 그의 어머니로서는 더 이상 좋을 수가 없었다.

"엄마, 나 서울대 합격했어!"

이부영은 어머니에게 자랑스럽게 합격 소식을 전했다. 그가 서울대에 합격할 시절에는 그 명단이 일간지에 깨알 같은 글씨로 실렸다. 그의 어머니는 그것까지 확인한 뒤 너무도 좋으신 나머지 길거리에 나와 동네방네 뛰어다니셨다. 세상을 다 얻은 것 처럼 좋으셨으리라. 또 그간의 설움을 몽땅 보상받은 듯 기뻤을 것이다.

"여보시오. 우리 부영이가 서울대에 합격했지 뭐유. 우리 부영이가 말이에요."

이부영의 어머니가 온 집을 두드리면서 그 소식을 전하면서 용산 창녀촌이 그야말로 잔치분위기로 들썩거렸다. 사람들도 함께 흥분했고 그의 어머니에게 덕담을 아끼지 않았다. 그리고, 그리고…, 그렇게 좋으셔서 이리저리 뛰어다니던 그의 어머니는 느닷없이 가슴을 쥔 채로 그냥 길바닥에 쓰러지셨다. 아, 인생사가 그럴 수도 있는 것인가! 엄청난 흥분과 감격이 걷잡을 수 없는 횡액의 순간으로 뒤바뀌어버린

16

정말 어처구니 없는 순간이었다. 그렇게 쓰러진 뒤 그의 어머니는 영영 돌아가시고 말았다. 심장마비로 인한 급사였다.

그 이야기를 이부영에게 처음 들었던 날, 그리고 그가 간간히 그 이야기를 할 때마다 나 역시 흐르는 눈물을 주체할 수가 없었다. 그의 어머니 이야기가 가슴에 저려왔고, 내 어머니 생각에 미칠 것만 같았다. 갖은 고생해가며 오로지 자식 하나만 믿고 견뎠던 한 어머니의 일생이 애달프고 서러웠다. 이부영은 나와 한참 죽이 맞아 술을 마시고 돌아다닐 때 술에 취하기만 하면 통곡을 했다.

이부영이 1990년 필자에게 보낸 편지. 어머니에 대한 그의 절절한 심경이 잘 나타나 있다.

"배추 형님, 제가 서울대만 안 들어갔어도 어머니는 돌아가시지 않았을 겁니다. 그렇지 않나요…?"

자책이든 신세타령이든 그의 진심을 알기에 나는 뭐라고 달리 대답할 수가 없었다. 아이러니로 가득 찬 게 세상살이다. 소설보다 훨씬 드라마틱한 게 바로 우리 삶이며 또한 우리의 현대사다. 정권의 눈엣가시였던 이부영은 감방을 제집 드나들 듯했는데 그때마다 내게 뜨거운 마음을 담은 편지를 보내왔다.

'존경하는 형님!'

1990년 1월 17일자 소인이 찍힌 이부영의 편지는 그렇게 시작한다. 그때 나는 경기도 안양의 자장면 집과 경기도 송추의 멍멍이탕집마저 정리한 뒤 잠시 하는 일 없이 어렵게 생계를 꾸리고 있었다.

"어제는 우울과 슬픔이 가슴을 막히게 하는 중에 형님의 반가운 연하장을 받았습니다. 10일자 동아일보 〈창(窓)〉이라는 조그만 난에 실린 이야기가 제 가슴을 헤집어놓았습니다. 경북 영덕에서 10년 전 남편과 사별한 뒤 3남매를 데리고 상경한 어느 40대 여인이 70만 원 보증금에 5만 원 월세를 내는 판잣집에 살다가 한밤에 불이 나서 생떼 같은 세 자식이 질식사를 하자 실성해버렸다는 이야기였습니다.

… 그런데 같은 신문에 골프장이 어떻고 종합토지세가 하향조정되고 하는 기사가 눈을 헤집고 있었습니다. 우울한 생각에 밥맛이 싹 가셨으나 점심시간이 되어 상을 받았지요. 방에 달린 스피커에서 나훈아의 노래가 나오는군요. '돌담길 돌아서서 또 한 번 돌고/ 징검다리 돌

아갈 제 손을 흔들며/ 서울로 떠나간 사람/…'

왠지 모르겠더군요. 눈물이 마구 쏟아지고 목이 메어 밥을 먹을 수 없었습니다. 고생하시다 돌아가신 어머니 환영까지 어른거리고, (신문에 났던)그 부인과 (제)어머니의 모습이 겹쳐지고, 죽은 아이가 내가 아닌가 싶기도 하고, 온종일 뒤죽박죽 헝클어진 심경이었지요…. 1990. 1. 12 이부영"

그래서 나는 이부영이라는 사람의 그릇을 믿는다. 겉 보기에는 샌님이 따로 없는 준수한 얼굴이지만, 가슴속에 이토록 절절한 한을 품고 있는 사람, 슬픔과 분노를 긍정적인 삶의 힘으로 바꾸어낼 줄 아는 사람. 그게 바로 내가 아는 이부영이다.

어쩌면 그 슬픈 어머니의 죽음이 오늘날의 이부영을 만든 원천인지도 모른다. 그런 점에서 볼 때 어머니란 존재는 죽어서까지 자식을 돌보는 존재가 아닐까 싶다. 나 역시 어머니가 아니었더라면 모질고 외로운 광부생활을 견디지 못했을 테니 말이다.

"그뤽아우프!"

독일 뒤셀도르프 현지에서 여섯 달 견습생활을 거쳐 탄광현장에 투입됐다. 탄광회사 이름은 '쓰바이휜프'. 막상 가보니 독일의 유연탄광산은 한국의 무연탄광산과는 그 구조부터 채탄방식까지 사뭇 달랐다. 겉으로 보면 그냥 평지인데 지하 1200m 아래의 탄층까지 내려가 작업을 해야 했다.

정말 만만치가 않았다. 작업환경이 오죽 험했으면, 서독사람들에게 광산일이 기피업종으로 찍혀 사람들이 몰리지 않았을까. 우리가 도착하기 직전까지 일본인 광부들이 투입됐었는데, 그들도 얼마 버티지 못하고 철수했다는 말을 들었다.

한국 광부들이 투입되던 무렵을 전후해서 그리스, 터키, 모로코, 포르투갈, 튀니지, 칠레 등의 외국인 노동자들도 몰려들어 독일에서의 성공을 꿈꾸던 참이었다.

"어이, 이형 그뤽아우프(행운이 있기를)!"

"김형도 그뤽아우프!"

20

그런 인사말과 함께 엘리베이터를 이용해 내려가는 데만 3분여. 그러고는 다시 탄차로 30분 이상 떨어진 곳까지 이동을 한다. 작업은 마이스터(반장)의 지휘 아래 2인 1조로 이루어졌다. 람페(작업등)를 부착한 지켜어하이트(안전모), 가스 마스크, 그리고 덜거덕거리는 정강이 보호대. 여기에 대형삽과 도끼 따위로 완전무장을 한 채….

탄층의 높이는 사람 키보다 조금 낮은 80~150Cm라서 무릎신발(크니슈에)을 바닥에 대고 벌벌 기어 다니며 작업을 해야 했다. 삽은 무지막지하게 컸는데 잔뜩 웅크린 채 순전히 팔 힘만으로 삽질을 한다는 게 보통일이 아니었다. 40도가 넘는 찜통 속이었으니 가히 살인적인 작업환경이었다.

힘을 좀 쓰는 내가 버거울 정도니, 남들이야 말할 것도 없다. 죽음의 위험을 무릅쓴 가혹한 노동의 실체를 나는 거기에서 맛보았다. 작업 중 찾아오는 졸음과 탈진, 거기에 몸을 휘감는 젊은 날의 분노와 뼛속까지 스미는 외로움…. 그때 재확인한 것이 먹고살기 위해 몸이 부서져라 하는 노동과, 잠시 시늉해보는 노동은 하늘과 땅 차이라는 점이다.

일명 '황구라'로 통하는 소설가 황석영과 '방구라'로 불리는 나는 그 점에서 다를 수밖에 없다. 나도 황구라를 오랫동안 알아왔는데, 그는 70년대 유명한 단편소설 〈객지〉와 〈삼포 가는 길〉을 썼고 그걸 쓰기 위해 당시 취재와 현장체험 삼아서 노가다 일 2개월인가를 했다.

노동현장 체험을 전후해 황석영은 나중에 정치인이 된 손학규와 함께 구로공단에 위장취업을 하기도 했다. 위장취업을 준비 중이던 황석영에게 손학규라는 젊은이를 소개해준 이는 다름 아닌 시인 김지하였다. 손학규의 경우 경기고에 서울대 출신의 고학력자라서 위장취업이 불가능할 참이었다.

그러던 차에 박윤배가 나서서 시골 중학교 가짜 졸업장을 떼어주는 바람에 황석영과 손학규가 함께 구로공단에서 목공일을 할 수 있었다. 그게 70년대의 뜨거웠던 분위기다. 하지만 나는 그런 말에 씨익 하고 웃고 만다. 황석영과 손학규의 체험을 부정하자는 것이 아니다. 몸뚱어리를 놀려 노동한다는 것의 가혹함과 절박함을 평생 절감하면서 살아온 인생이 바로 나의 삶이었으니까. 그래서 나는 이런저런 자리에서 간혹 이렇게 말을 하곤 한다.

"내가 황석영한테 '야, 너 2개월 노가다 생활을 하고 노동을 안다고 해?' 하고 물으면 바로 꼬리를 내려버려. 노동이란 내 몸을 굴리지 않으면 바로 굶어죽을 수도 있는, 그렇게 절박하고 가혹한 거야. 먹물들이 몇 개월을 해본 다음에 '아, 그거!' 하는 것과는 너무도 달라. 그건 관념에 불과한 거야. 하긴 그런 경험을 해봤다면서 바닥민중을 잘 안다고 말하고, 노동문제연구소 같은 간판을 잘도 내걸두만. 헛헛헛!"

뒤셀도르프 탄광에서 흘렸던 우리 파독광부들의 노동은 그야말로 피와 땀과 눈물이었다. 목숨을 건 작업이라 해도 과언이 아니다. 전투 아닌 전투에서 우리는 탄광을 떠받치는 쇠동발(스템펠) 하나를 떼어오기 위해 목숨을 걸었다.

22

우리 팀 동료 중 한 명인 김태원은 나중에 책을 펴내며 이렇게 밝혔다.

'쇠동발을 뽑고 세우는 작업을 하는 한국인 광부 치고 이 쇠동발을 붙들고 몇 차례 울어보지 않은 사람은 없을 것이다. 그건 채탄작업이라기보다는 전투였다.'

파독광부들의 삶은 그야말로 '행운을 빌 수밖에' 없는 노동의 극한이었다.

지하 1200m 막장인생

쇠동발을 뽑고 세우는 작업은 파독광부들이 했던 일 중에서 가장 힘든 일이었다. 석탄을 캐면서 생긴 갱도가 혹시 무너져내리는 것을 막기 위해 세우는 쇠동발의 무게는 무려 60Kg 안팎. 엄청나게 무거웠다.

그걸 50Cm 간격으로 세우는 일도 힘들었지만 작업이 끝난 갱도 안에서 그걸 뽑아내는 일이야말로 위험천만이었다. 탄광회사 측에서는 철수할 때 쇠동발을 그대로 놓고 나올 것을 지시했다. 뽑다가 아차 하는 순간에 목숨을 잃을 수도 있기 때문이다.

공식적으로는 그랬지만 쇠동발 자체가 무척 고가였기 때문에 그걸 뽑아오는 광부들에게는 수당을 주었다. 쇠동발 하나에 100마르크. 한국의 1인당 평균 근로소득이었다. 그러니 한국인 광부들은 너도나도 쇠동발을 하나라도 더 뽑아오려 애를 썼다.

나는 일부러 그 일에 매달렸다. 하나를 캐올 때마다 수당을 타내는 맛도 있었지만, 묘하게도 자학에 가까울 정도로 나를 혹사시켰다. 병상에 누워 있는 어머니, 고생하는 동생들을 떠올리며 심사가 복잡해질

24

때마다 나는 스스로를 더욱 몰아세웠다.

쇠동발을 뽑을 때는 2인 1조가 돼서 마치 작전하듯이 호흡을 딱딱 맞춰서 움직여야 한다. 쇠동발 아래에 굵은 쇠줄을 묶은 뒤 구령에 맞춰 저쪽에서 기계 장치로 확 잡아당기는 것이다. 갱도 높이가 어중간했기 때문에 운신을 하기조차 만만찮은 환경이었다.

쇠동발을 뽑아내면 순간 쿵 하는 소리와 함께 갱도 천장이 바닥으로 떨어진다. 이때 실수를 하면 그냥 몸이 깔려 가루가 되고 만다. 그렇게 목숨을 잃은 사람도 부지기수다. 그러면 사후처리는 바로 그 자리 위, 지상 1200m 위에 십자가를 새워두는 것으로 끝이다.

일반 채탄작업을 할 때는 갱도 안의 생쥐가 유일한 친구였다. 어떻게 갱도에 들어왔는지 생쥐 떼들은 작업 때마다 어김없이 등장하는데, 함께 갇혀 있다 보니 그 녀석들은 사람을 무서워하지 않았다.

간혹 빵부스러기와 물을 주면 그 작은 눈알을 반짝이며 달려와 먹어치우곤 했다. 광부들에게 생쥐는 마음에 위로를 주는 존재였을 뿐 아니라 보호대상이었다. 갱도가 무너지거나 할 때 먼저 본능적으로 감지해 알려주기 때문이다.

막장일은 그렇게 힘이 들었지만, 독일생활에는 조금씩 익숙해져갔다. 남자들은 모두 그렇다. 모이기만 하면 옛날에 힘깨나 썼던 일을 자랑삼아 허풍을 떨게 마련이고, 기숙사나 하숙집에서 잠시 쉬는 참에는 그런 무용담을 마구 떠들어댔다. 막장생활에서 그건 유일한 위로였는지도 모른다.

나야 그저 돈을 벌러 갔기 때문에 처음 1년 가까이는 의도적으로 그런 자리에 끼지 않으려 했다. 철저히 나를 숨겼다. 오죽하면 별명이 '쪼다'였고, '땅만 보고 다니는 바보'로 통했다.

"짜식, 덩치는 멀쩡한 놈이…."

"그러게 말야. 말도 없고 수당 챙기는 데만 눈이 벌게."

은근히 비웃음의 대상이 되기도 했다. 그들의 비아냥거림은 한 귀로 흘리고 나는 그저 서울에 돈을 보내는 것에만 신경을 썼다.

당시 공창제를 채택했던 독일은 한 달에 한 번씩 20마르크씩 위로금을 지급했다. 멀리 이국땅에서 별거하는 광부들을 위해 가끔 창녀촌에 나가 몸을 풀라고 나름대로 배려를 한 것인데, 나는 이 돈마저 꼬박꼬박 저축했다. 독신수당까지 모두 통장에 쓸어 집어넣은 것은 오직 총알을 맞고 입원해 있는 어머니 생각 때문이었다.

1200m 지하갱도에서 일을 할 때면 머릿속이 하얘지고 오직 살아서 나가겠다는 생각만 든다. 그 백지처럼 하얀 머릿속, 어머니는 그 틈을 헤집고 들어왔다. 그럴 때마다 나는 손에 쥔 삽에 더 힘을 실었다.

그런데 기적이 일어났다. 어느 날 어머니가 극적으로 살아났다는 소식이 한국에서 날아온 것이다. 처음에는 쉬 믿기지 않았다. 식물인간 상태를 보고 왔는데, 혹시 맏아들을 위한 선의의 거짓말은 아닌가 싶어 '어머니 자필로 편지 한 통을 보내면 믿겠다'는 편지를 여동생에게 보냈을 정도다.

어머니의 편지를 받던 날, 나는 독일 하늘을 바라보며 소리 없이 울었다. 이건 정말 기적이나 다름없었다. 하느님이든 부처님이든 누구에게라도 고맙다고 외치고 싶은 심정이었다. 누구에게나 그렇겠지만 어머니, 그 이상의 어머니였던 그는 이후 90년대 말 돌아가시기 전까지 무려 30년 넘게 나를 지켜줬던 수호신이기도 했다.

독일생활이 거의 끝나갈 즈음에는 내가 송금한 돈을 모아 서울 도곡동에 13평짜리 국민주택 아파트를 구입했다는 소식도 들려왔다. 54년도이던가? 웬 연상의 여자에게 홀려 서울 돈암동 한옥을 덜렁 바친 '미친 짓'을 했던 것이. 그리고 장충동의 독종 녀석에서 채권 포기각서까지 써준 것이. 이제야 장남으로서 가장 노릇을 했다는 생각에 뿌듯하기 짝이 없었다.

그러나 그런 돈은 거저 벌린 게 아니다. 피와 땀으로 번 돈이라는 말은 절대 은유나 과장이 아니다. 나 역시 광부생활 2년이 돼가던 참에 최악의 낙반사고를 당했다. 갱내에서 한참 채탄작업을 하던 중에 엄청난 덩어리의 바위가 천장에서 떨어졌던 것이다. 순간적으로 당한 일이었다. 피할 겨를 같은 것도 없었다.

"악!"

본능적으로 몸을 움직였지만 순간 바위가 내 머리를 텅 하고 쳐버렸다. 살짝 비껴서 맞았지만 그 충격으로 쓰러진 나를 바위가 다시 덮쳤다. 머리를 포함한 상반신 일부가 바위덩어리 밑에 깔린 형국이었다. 과장이 아니라 정말 지구가 나를 누르고 있는 듯한 기분이었다. 이렇게 죽나 싶었다.

악 소리 한번 지르지 못할 정도로 무지막지한 통증이 느껴졌다. 저쪽에서 독일인 반장이 달려와 파쇄기로 바위를 부수는 모습이 희미하게 보였다. 내가 기억하는 것은 거기까지다. 바로 기절을 해버린 것이다.

그날 밤부터 고열에 신음을 거듭하던 내게 희한한 일이 벌어졌다. 타고난 건강 덕에 외상은 그럭저럭 회복이 되는가 싶었지만, 말로만 듣던 기억상실증에 걸려버린 것이다. 하나도 생각이 나지 않았다. 정말 깡그리 잊어버렸다.

그때 네덜란드 출신 독일인 반장은 지극정성으로 나를 간호해주었다. 일이 끝나면 매일같이 나를 찾아와 한국에 관한 얘기, 내 가족에 관한 얘기, 낙반사고 당시의 현황을 되풀이해가며 설명해줬다.

반장이 들려줬던 이야기들이란 내가 작업 중에 짬짬이 그에게 들려줬던 고향 얘기였는데, 그런 얘기를 반복해 들려주는 것이 치료에 도움이 될 것이라고 생각했던 것이다. 대단한 열정이었다. 그 성의와 열성 덕분인지 잃어버린 기억은 보름 만에 다시 돌아오기 시작했다. 그 반장은 독일 광부의 딸과 결혼해 독일서 광부생활을 하는 사람이었다.

파독광부 시절 4인 1실 기숙사에서 동고동락을 한 동료들과 함께. 맨 우측이 필자.

한국인 광부끼리도 그런 짙은 우정을 발견하지 못했는데, 뜻밖에도 뒤셀도르프 광산에서 인종과 국경을 뛰어넘은 연대와 우정을 확인한 것이다. 그것이야말로 가진 것 없이 맨몸 하나로 사는 노동자들만이 가질 수 있는 진정한 동지의식이라고 나는 굳게 믿는다.

평생을 노동자로 살아야 하는 바닥인생들과 잠시 가난을 극복하기 위해 노동하는 사람들의 의식구조가 다를 수밖에 없다는 걸 그때 깨달았다. 대작가인 황석영에게 스스럼없이 '당신은 노동을 몰라'라고 말할 수 있는 것도 그런 경험 탓이었다. 몸뚱어리를 매개로 사는 사람들끼리 갖는 동지의식, 그게 노동자들의 혼이자 정신이 아닐까 생각한다.

지금도 크리스마스 때가 되면 반장님 생각이 난다. 감사의 뜻을 전하고 싶지만 연락할 방법이 없다. 오직 '마이스터'로만 통하고 지냈으니….

눈물바다가 된 뒤스부르크 시민회관

광부생활을 하면서 이런저런 에피소드가 많이 생겼지만 잊을 수 없는 기억은 정작 다른 데 있다. 초기의 피독광부들이 한결같이 고백하는 사건이기도 하다. 64년 12월, 박정희 대통령과 육영수 여사 내외가 서독탄광 현지를 방문한 것이다.

독일 방문을 위해 트랩에 오르며 손을 흔들고 있는 박정희 전 대통령과 육영수 여사.

나는 지금도 그때 일을 선명하게 기억한다. 당시는 대통령 전용기가 없었다. 박정희 대통령 일행은 장기영 부총리, 이동원 외무장관, 박충훈 상공장관, 이후락 청와대 비서실장 등과 함께 루프트한자 비행기 1등석에 올라탔고, 12월 7일 쾰른에 도착해 하인리히 뤼프케 대통령, 루드비히 에르라흐트 수상과 연쇄접촉을 가졌다.

차관공여 가능성에 한숨을 돌린 박정희 대통령은 그날 광부들과의 상면 일정을 짰다.

그가 당시 그 만남을 얼마나 중요하게 생각했는가 하면, 우리들과의 만남이 13일로 예정된 유학생과의 상견례에 앞선 최우선의 일정일 정도였다.

임시로 대여한 뒤스부르크 시민회관에는 파독광부와 간호사들이 운집해 있었다. 조국을 떠나와 머나먼 이국땅에서 온갖 고생을 하며 살아가는 이들이었기에 이 만남은 더욱 각별했다.

드디어 대통령 내외와 수행원들이 들어섰고 그 순간 탄식이 쏟아졌다. 누가 시킨 것도 아닌데 너나할 것 없이 흐느끼면서 더없이 장엄하게 애국가를 불렀다. 나도 속으로 따라 불렀다. 무언가 뜨거운 것이 목구멍을 비집고 나오려 했다. 곧이어 대통령의 격려연설이 이어졌다.

"우리가 잘산다면 내가 왜 여러분이 부모형제를 져버리고 이역만리 이곳에서 노동을 하게끔 하겠습니까? 우리도 남의 나라 못지않게 잘살기 위해 피와 땀을 흘려서…."

박정희 대통령은 말을 제대로 잇지 못했다. 연설을 하는 사람도, 연설을 듣는 사람도 모두 눈물범벅이 되었다. 서럽기 짝이 없고, 더없이 비감했다. 나를 포함한 광부들이며 간호사들은 물론 박 대통령 내외까지 손수건을 꺼내 들고 눈물을 닦기 바빴다. 그것은 보릿고개라는 말이 있던 당시 한국의 자화상이자 후진국의 설움이자 원통함이었다. 이 장면이야말로 바다 건너 해외 땅을 무대로 국가지도자와 노동자가 서로의 땀과 눈물에 가슴을 연 채로 경의를 표했던 근현대사의 명장면이었다는 게 내 생각이다.

내가 비록 군사 쿠데타를 통해 집권한 박정희 정권의 정통성을 인정하지는 않지만 그 순간만은 같은 슬픔을 지닌 하나의 민족이라는 것을 뼈저리게 느꼈다.

자리를 뜨기 직전 박정희 대통령 내외는 광부, 간호사들과 일일이 악수를 나누며 각별한 정을 표시했고, 그때 다시 '대한민국 만세' 소리가 터지기 시작했다. 폭풍이자 천둥벼락이 따로 없었다. 함성은 그렇게 무려 10분 가까이 이어졌다. 당시 나는 채탄작업을 하다 얻은 부상으로 오른팔에 깁스를 하고 있었는데, 그런 나의 몰골을 보고 육 여사가 사뭇 안쓰러운 표정을 보냈던 것도 선명하게 기억이 난다.

우리에게는 어쩔 수 없는 공통된 감정이 있었다. 일제 식민지라는 기나긴 터널을 지나자마자 겪은 분단, 그리고 처절한 전쟁, 폐허가 되어버린 국토를 복구하고 경제를 재건하면서 흘려야 했던 피와 땀. 그것이 바로 뒤스부르크 시민회관을 꽉 채운 뜨거운 감정과 눈물의 정체 아니었을까?

32

깁스한 채 거둔 승리

개꼬리 3년 묻어도 황모(黃毛)가 못된다고 하지 않던가. 정말 타고난 천성은 고치기 어렵다는데 내가 바로 그랬다. 철저하게 드러나지 않는 생활을 하던 차였는데 우연찮게 또 싸움에 얽혀버리고 만 것이다.

시작은 여자 때문이었다. 당시 나는 독일어를 좀 배운답시고 기숙사를 나와 잠시 하숙생활을 하고 있었다. 이왕 독일까지 왔는데 뭐 하나라도 배워야겠다는 생각이었다. 하숙집 식구들은 인정 많은 사람들이었다. 그 하숙집에 과년한 딸이 하나 있었다. 함께 찍은 사진을 아직 가지고 있는데, 엄청난 미인은 아니었지만 그런대로 날씬해 남자들의 뜨거운 시선을 받을 만도 했다.

기숙사를 나와 하숙생활을 할 때. 필자 앞에 있는 여자가 싸움의 사단이 된 그 여인이다.

그런데 광부들 중 한 명이 그녀에게 관심을 가지고 있었다. 그 친구도 제법 간이 컸던 셈이다. 독일인에게 주눅 들지 않고 당당하게 대시를 했으니 말이다. 하지만 그 사람이 매일같이 찾아와 난동 아닌 난동을 피우는 바람에 내 입장도 난처해졌다.

"형씨, 그 여자가 괴롭대. 대충 그만하라고 전해달래."

"당신은 뭐야? 왜 당신이 끼어드는 거지? 당신도 그 여자한테 관심 있어?"

"나는 관심 같은 거 전혀 없어. 그저 그 집에 사니까 말만 전하는 거야. 그러니까 괜히 핏대 올리지 마."

"그러면 당신은 좀 빠져주시지. 당신하고는 상관없는 일이니까!"

치근대는 그를 두어 번 그렇게 타일렀다. 하숙집 딸이 진저리치며, "그 사람 좀 어떻게 해서라도 말려 달라"고 하소연을 했기 때문이다. 그렇게 몇 번의 충돌로 서로 간에 좋지 않은 감정이 쌓여갔다.

며칠 뒤 하이마트로 불리던 광원기숙사의 복도에서 그와 마주쳤다. 나는 아직 오른팔 깁스를 풀지 않은 상태였다. 무시하고 그냥 지나치려 하자 그가 어깨로 나를 툭 떠밀었다.

서로 험한 눈길을 주고받았고, 마치 성난 짐승들처럼 삽시간에 붙어버렸다. 상황은 내게 절대적으로 불리했지만 의도적으로 걸어오는 싸움을 피할 수는 없었다. 뭔가 심상치 않은 일이 벌어지고 있다는 낌새에 한국인들과 칠레 출신 광원들이 달려왔다. 넓지 않은 기숙사 복도가 순식간에 꽉 들어찼다.

갑자기 분위기가 달궈졌다. 한 달여 전 박정희 대통령 내외 일행이 찾아왔을 때에는 다같이 눈물 콧물 쏟던 사이지만, 지루한 일상을 보내던 광부들에게는 좋은 구경거리가 아닐 수 없었다. 아찔했다. 더구

34

나 싸움상대는 이미 칼까지 쥐고 나섰다. 공교롭게도 이들을 감독하는 한국인 노무관들은 아직 모습을 보이지 않았다. 칼을 쥔 상대와 깁스를 한 나 사이의 한판 싸움.

'야, 이거 오늘이 내 제삿날 일수도 있겠구나.'

내가 싸움에 맞닥뜨릴 때마다 중얼거리는 말버릇이다. 후회 없이 싸워보자는 다짐이기도 하다. 그의 주위를 빙빙 돌며 상대의 발 움직임만을 주시했다. 무기를 쥔 오른손의 움직임을 먼저 감지할 수 있는 좋은 방식이다. 내가 한 두어 바퀴 돌며 지켜보니 상대도 제법 놀아본 가닥인 것만은 분명했다.

만만히 볼 상대가 결코 아니었다. 송도중고 졸업식장에서 선배들과 맞붙었던 생각도 덜컥 났다. 당시에도 팔에 깁스를 한 상태였으니까. 그때 상대가 앞으로 내딛었던 왼발에 불끈 힘을 주는 것이 눈에 들어왔다.

'오호라, 네 놈이 오른발을 쓰겠다고?'

아니나 다를까 그 순간 오른발이 올라오는 걸 감지했다. 그와 동시에 나도 방어태세를 갖추고 상대가 발을 들려는 찰라 몸을 살짝 비틀어 피할 공간을 확보했다. 상대는 크게 헛발질을 한 뒤 휘청거렸다. 이번에는 내 차례다.

왼발을 들어 가볍게, 그러나 정확하게 그의 복숭아뼈를 겨냥해 냅다 후려 찼다. 싸움은 본래 힘만으로 하는 게 아니다. 리듬을 탈 줄 알아야 한다. 그 순간 상대가 중심을 잃고 공중제비를 하며 빙글 돌더니 바닥에 퍽하고 나뒹굴었다.

사람들 사이에서 "와" 하는 소리가 터졌다. 길게 갈 줄 알았던 싸움이 그렇게 작은 몸놀림 몇 번으로 끝났다. 그런데 고약하게도 쓰러지면서 그가 그만 자기 칼에 왼팔을 찔러버렸다. 하필 동맥이었는지 삽시간에 주변이 피로 흥건해졌다. 이어 독일 경찰이 우르르 달려왔다.

　간단한 뒤처리를 끝내고 나니 나는 삽시간에 유명인사가 되어 있었다. 그 싸움 뒤 내가 왕년의 그 유명한 주먹이라는 소문이 기어이 퍼지고 만 것이다. 이는 한 발 앞서 1차 선발대로 온 한국광부 중 에센지구에서 채탄작업을 하던 패거리 때문이기도 했다. 그들은 주말이면 가끔 우리 패거리와 어울렸는데 하필이면 그중에 경신중고 시절 친구가 끼어 있었다. 바로 그들이 '광부 방동규가 10년 전 그 유명했던 배추'라고 소문을 낸 것이다.

독일인의 희한한 아내사랑

독일생활이 익숙해질 무렵 나는 시내나들이를 시작했다. 한번 발길
을 시작하자 나중에는 주말의 일과로 변했다. 독일생활을 하면서 만화
같은 에피소드를 많이도 겪었는데 한두 개가 아니었다. 이를 테면 푸
줏간 방문이 그랬다. 1980년대 유럽 유학생들이 개먹이용 통조림으로
체력을 유지했다지만, 그 방면에서는 우리 파독광부들이 원조라고 할
수 있다. 휴일이면 시내에 나가 말(馬)머리 그림이 그려져 있는 간판을
찾았다.

처음에는 말이 잘 통하지 않아 곤란했다. 현지에서 6개월간 초급독
어를 공부했지만, 무슨 재주로 쇠꼬리 부위를 주문할 수 있겠는가? 대
뜸 오른손을 엉덩이에 댄 채로 맴맴 돌이를 하면서 음매 소리를 연신
해댔다. '저 사람 뭐 하나' 싶던 주인이 어느 순간 손바닥을 쳤다.

"아하? 혹시 그거 아냐?"

대뜸 원하는 부위를 손에 들고 나왔다. 요즘 말로 '쌩쇼'인데, 엉터
리 보디랭귀지지만 그게 통했다. 외국어 익히기에 엄청난 노하우가 따

로 있는 것이 아니다. 서울대 식으로 하면 평생을 가도 못할 수 있지만, 홍익대 식으로 얼렁뚱땅 하면 의외로 간단할 수도 있다는 게 나의 지론이다.

"방, 당신 강아지를 엄청 좋아하는군? 애완견이 수십 마리쯤 되는 모양이지?"

나중엔 푸줏간 주인이 내게 그렇게 묻곤 했다. 멍멍이 사료용 쇠꼬리나 도가니만 싹쓸이를 해대니 그런 엉뚱한 궁금증이 생길 법도 했다. 어쨌거나 나의 임기응변에 배꼽을 쥐던 동료들은 그 소꼬리며 도가니 따위를 부대 째로 사와 하숙집 솥단지에 넣고 푹 고아 먹었다. 순한국식 보신이었는데, 탄광에서 하루 종일 삽질을 하는 우리들의 고단한 허리를 다스려줬던 특급처방이었다.

또 다른 만화 같은 일은 여자 경험, 즉 남자끼리의 말이지만 '독일산 백마'를 탔던 일이다. 쉬쉬하고 감출 일도 아니고, 굳이 떠벌일 일도 아니지만 그저 겪었던 일을 이야기하는 것일 뿐이다. 당시 나이 30대 초반이고 신체 또한 건강했다. 여자에 관한 관심이 극에 달한 나이였다.

나는 일이 없는 날이면 자전거를 타고 한두 시간 시골길을 달렸다. 한적한 길을 달리는 기분이 더없이 상쾌했다. 그게 내 나름의 조용한 휴식이었는데, 그러면서 조그만 산골 주막에 들러 잠시 쉬어가곤 했다.

술집이나 음식점에 드나드는 독일의 시골사람들은 친절했다. 나중에 해외여행 자유화가 된 뒤, 대부분의 한국인은 유명 관광지만을 찾았지만 나는 반대다. 오히려 사람들이 많이 찾지 않는 곳, 관광객을 상대하지 않는 진짜배기 현지인들이 사는 곳에 가야 그 나라의 문화와 향기를 느낄 수 있다고 생각한다. 이런 생각은 당시 독일과 프랑스를 다니며 굳어졌다.

그곳 사람들은 시키지도 않은 술을 사방에서 권했다. 당시만 해도 드물었던 동양인의 모습이 꽤나 신기했던 모양이다. 공짜맥주를 마시는 재미도 제법 쏠쏠했다. 그런데 정말 희한한 부탁을 받은 적이 있다. 자기 아내와 잠자리를 함께 해달라는 제안이었다. 그런 제안은 시골에서 만난 친절한 독일인, 혹은 뒤셀도르프 광산의 동료들에게서 들어왔다. 처음에 그 말을 듣고는 그야말로 아연실색, 기겁을 했다. 설마 '내가 잘못 들었겠지' 싶었는데 그게 아니었다.

나중에 안 일이지만 그들은 남자 나이 3, 40대가 되면 벌써 발기부전으로 고생하는 경우가 꽤 있었다. 그래서 자기 부인에 대한 애정표현을 그렇게 하곤 한다는 것인데 조금 지나치다 싶을 정도였다. 술을 거나하게 먹인 다음 그들은 외간남자인 나를 자기 집으로 끌어들였다.

외국인이니까 소문이 날 우려도 없다고 생각했던 것일까? 우리네 관습으로는 받아들이기 힘들었지만 그것이 그네들의 사고방식이었다.

"여보! 한국인 친구를 데려왔어. 난 나가서 술 좀 사올게. 한국 사람은 유도(밤일)를 제법 잘한다는데 오늘 저녁 몇 수 배워봐! 후후."

"여보, 고마워. 술은 천천히 사와도 돼."

대충은 다 알아들을 수 있는 말이었다. 남편이 나가면 부인들은 술상을 차려놓고 유도를 가르쳐달라고 한다. 처음에는 '이게 웬 떡이냐' 싶은 마음과 '내가 이래도 되나' 하는 마음이 동시에 들었다. 하지만 처음 길트기가 어렵지, 길이 나니까 별것도 아니었다.

그렇게 밤이 지나면, 남편은 다음날 새벽같이 돌아와서는 계란과 빵, 커피를 들고 들어와 아침식사를 권하면서 "당케 쉔"을 연발한다. 처음에는 민망해서 그들의 얼굴을 제대로 쳐다볼 수가 없었다. 어색한 웃음을 지을 수밖에. 그러나 그들끼리는 아무런 거리낌이 없었다.

"여보, 유도 좀 배웠어?"

"응, 아주 많이."

나는 헤어질 때까지 독일어를 한마디도 못하는 척했다. 새벽에 그들 집을 빠져나올 때는 뒷골이 당겼고, 때론 도망치는 듯한 기분이 들 때도 있었다. 하지만 그들은 진심으로 고마움이 깃든 인사를 잊지 않았으니, 세상에 요지경이 따로 없다.

겉만 보면 나와는 전혀 다른 방식으로 살아가는 사람들인 것 같지만 그 속을 알고 보면 사람 사는 모양새는 누구나 비슷비슷하다는 것도 알 수 있었다. 독일인들의 희한한 아내사랑은 나에게 '역시 독일도 사람 사는 동네'라는 것을 알려줬다. 아마 바로 그런 체감 내지 자신감 때문일 것이다. 광부생활을 끝낸 3년 뒤 내가 프랑스 파리 행을 선택한 것은. 유럽생활을 통해 나는 사람 사는 세상은 어디라도 비슷하다는 생각, 세상의 이치는 어딜 가도 비슷하다는 자신감을 얻을 수 있었다.

서울 촌놈, 파리 한복판에 우뚝 서다

배추가 돌아왔다

'감옥이란 것은 나오는 맛으로 들어간다'고 하더니 '독일광부'라는 감옥 3년을 마치고 출소한 나에게는 다양한 선택의 길이 있었다. 계약을 연장해서 광부생활을 더 할 수도 있었고, 서울로 돌아가 꿈에라도 보고 싶은 어머니의 손을 꼭 붙잡아볼 수도 있었다. 그런데 당시 내가 생각할 때 세상에서 가장 강력한 유혹은 화려한 사회적인 성공도, 커다란 돈도 아니었다. 인생의 굽이굽이마다 마음 가는 대로 사는 것, 자유롭게 내 의지를 펼치는 것, 그것이 바로 최상의 삶이라 생각했다.

나에게 멋진 인생, 성공하는 인생이란 가만히 앉아서 이런저런 공상을 하는 게 아니라 새로운 세상으로 과감하게 풀쩍 뛰어오르는 것이었다. 나태와 일상을 거부할 때에만 진짜 나를 만날 수 있다.

'다 싫다. 이 젊은 나이에. 이 기회에 넓은 세상이나 한번 실컷 구경해봐?'

한국으로 되돌아가고 싶은 생각은 아무래도 들지 않았다. 그동안 송금한 돈으로 한국에서는 집도 구했고 어머니도 건강을 되찾았다. 동생들도 자리를 잡아 안정을 찾았으니 한결 부담이 덜했던 셈이다.

무언가 새로운 것을 갈구했던 마음은 당시 광부사회의 특징이기도 했다. 불과 2, 30대 나이였던 그들은 파독간호사들과 장래를 기약하는 짝짓기에 열중했다. 그러고는 그 뒤 캐나다나 미국으로 이민을 떠나는 경우가 허다했다.

그러나 나는 좀 별났다. 동료 중에는 나와 같은 선택을 한 사람은 거의 없었다. 나는 독일을 훌쩍 떠나 프랑스 행 열차에 몸을 실었다. 파리로 가면 무슨 연고가 따로 있거나, 일자리에 대한 전망이 있는 건 아니었다. 나의 등을 떠민 건 오직 젊음이라는 재산과 '낯설어 봐야 얼마나 더할 거야' 하는 배포였다.

이미 서독생활 3년을 통해 어디에 가나 먹고살 수 있다는 자신감이 생겼다. 서독에서 프랑스로 이주를 막 결정하던 당시의 상황은 조금 복잡했다. 본래 광부계약은 3년이었다. 그 기한이 다 돼갈 무렵에 공교롭게도 '동베를린 사건', 즉 동백림 사건이 터졌다. 파독 광부사회가 술렁거리면서 영관급 퇴역장교들로 구성된 한국인 노무관들이 감시의 눈초리를 무섭게 번뜩였다.

나는 무언가 크게 달라진 분위기를 직감했고, 그때부터 기분이 영 편치 않았다. 세상이 다 알듯 동베를린 사건은 67년 중앙정보부가 베를린의 한국유학생들이 동베를린 주재 북한대사관과 북한을 드나들며 지령을 받아 국가전복을 기도했다고 발표한 사건이다. 독일 지식사회에까지 충격을 줬던 것은 재독 작곡가 윤이상 씨를 포함한 대학교수와 유학생, 예술인 194명이 가담했다고 발표했기 때문이다.

배추가 돌아왔다 2

정부의 조작에 의한 부풀려진 '기획수사'였는지, 아니면 남북대치 상황 속에서 빚어진 불행한 사건인지는 지금도 논란이 되고 있다. 사정이야 어찌됐건 유럽 지식사회의 빗발치는 항의대로 수사과정에서 한국정부가 인권유린을 감행한 것도 사실이었다. 어쨌거나 세상은 무척 시끄러웠고, 그 영향이 서독까지 미쳤을 때 나는 광부생활 계약갱신을 포기하기에 이르렀다. 어수선한 분위기를 벗어나 자유롭게 살고 싶었다.

동료들은 여러 나라로 흩어졌고 그중 나는 거의 유일하게 프랑스행을 선택했다. 당시 파리는 유학생과 교포가 통틀어서 150명이던, 그야말로 낯선 이역만리 타국이었지만 나는 마치 소풍이라도 가는 것처럼 가벼운 마음으로 파리 땅을 밟았다.

"파리국립미술대 유학중이에요. 홍익대에서 그림을 전공한 뒤 바로 왔어요."

파리에 도착해 처음으로 만난 한국인은 유학중이던 여성화가 석란희였다. 갓 20대 중반? 나보다는 대여섯 살 아래였다. 이미 파리생활 3년째라서 제법 그쪽 생활에 밝았다. 그녀가 제17회 이중섭미술상까지 받는 중견작가로 발돋움하기 훨씬 전의 일이다. 처음 만난 석란희를 대하기가 매우 편했던 것은 당시 그녀에게 남자친구가 있었기 때문이다. 안전핀이 있으니 복잡한 남녀관계로 얽이는 일도 피할 수 있어서 좋았다.

그녀의 소개로 나는 파리 차이나타운의 한 중국집에 접시닦이로 바로 취직할 수 있었다. 석란희는 무척 호의적이었다.

식당은 이름 자체가 '차이나타운'이었는데 주인은 열아홉 살에 3·1 운동에 참가한 뒤 유럽 망명을 선택했던 1세대 한인교포였다. 그의 인생도 간단치가 않았는데, 초장에는 제법 배짱이 잘 맞았다. 나중에는 정치적 견해 차이로 티격태격 말다툼을 벌이다 끝내 헤어지고 말았지만, 내가 파리에서 안정적으로 생활하는 데 도움이 된 건 사실이다.

차이나타운은 조지생크 가(街)에 있었는데, 길 건너에서는 그 유명한 리도쇼가 열렸다. 뒤셀도르프에서 얼굴에 검댕이를 묻히고 살던 내가 얼결에 낭만과 열정이 넘치는 파리의 중심부에 선 것이다.

'놀면 뭐하나?' 싶어 바로 알리앙스 프랑세스에 등록을 했다. 독일어도 얼치기로 배웠는데 이 기회에 초급불어라도 공부해보자는 생각이었다. 파리 시내 레스토랑들은 대부분 오후 3시부터 6시까지 쉬는데, 그 자투리 시간을 나름대로 잘 활용한 것이다.

파리 도착 몇 개월 새 경남 마산출신의 거물 조각가인 문신과도 인사를 할 수 있었다. 이미 작고한 문신은 완벽한 좌우대칭의 조각으로 유명한 사람이다. 재불화가 고암 이응노 화백의 조카인 이희세, 사회학 박사과정을 밟고 있던 이유진 등도 그때 두루 사귀었다.

이응노(1904~89)화백은 60년대 말, 파리화단에서 지명도가 높았다. 파리생활 10년이 가까웠고, 동양풍의 서양화가로 이름을 떨친 첫 작가였다. 그는 57년 뉴욕 전시회 이후 프랑스 평론가의 초청으로, 한참 전부터 프랑스에서 생활을 하고 있었다. 유학생 이유진은 반정부 활동

44

때문에 한국 정보부에서는 요시찰 인물이었다. 그 역시 나의 파리정착을 도와준 고마운 친구다. 이유진은 쭉 파리에서 지냈는데 지난 2005년 서울을 찾아와 거의 40년 만에 반갑게 해후할 수 있었다. 서로 끌어안고 난리를 부렸을 정도로 파리에서 맺었던 우정은 각별했다.

이들이 모두 문화계 인사였다면 나와 정말 죽이 척척 맞는 사람은 따로 있었다. 나보다 네 살이 많아 형님으로 모신 김 아무개. 그는 소르본느대학에서 철학을 전공한 엘리트로 꽤 큼지막한 호텔의 지배인을 맡고 있었다. 내가 겨우 "꼬망 딸레뷰?" 하는 말만 입에 달고 다닐때 그는 파리에서 불어에 가장 능통한 한국인이었다. 선비 타입의 그는 경기도 의정부가 고향으로 서울 문리대를 졸업하기도 했다.

좌파 사상을 가졌던 그는 일본에 밀항해 와세다대 철학과를 거쳐일찌감치 파리로 건너갔던 골치 아픈 인간이었다. 50년대와 60년대한국사회와는 도저히 맞을 수가 없었던지라, 일찌감치 유럽으로 튀었던 사람이다. 당시 알제리 사태를 전후한 무렵 파리는 망명자의 도시, 자유도시의 분위기로 유명했다.

그와 나는 호흡이 잘 맞았다. 말수가 적고 잰틀했던 그는 조금 삐딱한 성격까지 나와 흡사해 그를 만나면 숨통이 트이는 것 같았다.

무엇보다 그는 지갑이 든든한 양질의 술친구였다. 하지만 그놈의술이 문제였다. 평소에는 얌전하기만 한 그가 술 몇 잔만 걸치면 엉망이 되어버리는 게 아닌가.

스페인 조폭과의 파리혈투

평소에는 조용하고 점잖은 그였지만 술버릇만은 고약했다. 동포 음식점 주인을 보고도 대뜸 "야, 당신 한국정보부에 고지질하는 끄나풀이지? 대가로 얼마나 받아?" 하며 시비를 붙이곤 했다. 김형의 그 술버릇 때문에 파리 한복판에서 큰 싸움에 휘말린 적이 있다.

그날도 함께 술을 한잔 걸쳤는데 그날따라 술을 꽤 들이킨다 싶었다. 옆 테이블은 스페인계 주먹과 그의 애인이 한창 데이트 중이었다.

"야, 너 왜 덩치가 그렇게 우람하냐? … 이 새끼 봐라. 상대도 하지 않겠다 이거야?"

김형이 뜬금없이 옆 테이블의 양코배기 떡대에게 시비를 붙이기 시작했다. 당시 스페인계 이민자는 유럽의 2등시민 취급을 받고 있던 시절이라서 얕잡아보는 심리가 작용한 건지도 모른다. 그때 그를 술집 밖으로 끌고나갔어야 옳았다. 스페인계 주먹은 내가 보기에도 기가 질릴 정도로 단단해 보였다. 반팔 티셔츠 밑으로 드러난 팔뚝의 털도 엄청 부숭부숭해서 위압적이었다. 게다가 이역만리의 우리 일행은 보호

46

받기 어려운 외국인이 아닌가. 하지만 고주망태기가 된 김형은 막무가
내였다.

옆에 있는 나를 듬직한 보디가드로 생각한 것일까? 김형은 테이블
로 다가가 사내의 머리칼을 만지작거리기까지 했다. 서양의 기준으로
그건 엄청난 무례이자 결례였다. 하지만 사내는 엄청 무던했다.

'뭐 이런 녀석이 다 있어?'

단지 그런 표정을 지은 채 무시하는 태도로 일관했다. 그런데 그때
결정적으로 그를 자극해버리는 말이 김형의 입에서 거침없이 튀어나
왔다. 여자친구에게 노골적으로 성희롱을 건 것이다.

"야, 네 남자의 침대보다 내 침대가 더 좋거든? 알아?"

완전히 뚜껑이 열려버린 사내가 앉은 자세로 김형을 화악 하고 밀
쳐버렸다. 오른손만 가볍게 썼을 뿐인데, 약골인 그는 레스토랑 홀 저
쪽 벽에 대책 없이 나가떨어지고 말았다. 요란스러운 '쿵' 소리가 그
가 받았을 충격을 대신 말해줬다.

수습이고 뭐고 이제는 물 건너갔다. 싸움은 이미 벌어졌고 이제는
친구라는 의리의 이름으로 한판 벌일 수밖에 없는 상황이다. 마침 스
페인 조폭이 벌떡 일어났다. 쓰러진 김씨에게 다가서려던 참이다. 아
예 밟아 죽여버리기라도 하겠다는 듯이 서슬이 시퍼랬다. 그냥 두고봤
다가는 약골 김형은 뼈도 못 추릴 것만 같았다. 탱크처럼 돌진하는 그
앞을 성큼 가로막았다.

'너는 또 뭐야' 하는 표정과 함께 그가 나를 흘끗 쳐다봤다.

"야, 나는 저 친구만 혼내주면 돼. 끼어들지 마!"

"인마, 이게 동양의 의리란 거야. 이제 너는 나랑 붙어야 돼."

연신 고개를 절레절레 흔들어대는 그 녀석의 어깨를 가볍게 툭하고 쳤다. 입으로 씩뚝껙뚝 떠들지 말고 주먹으로 한번 붙자는 메시지다. 그를 잡아끌고 거리로 나섰다. 레스토랑 앞에는 그런대로 맞장 뜨기 좋은 공간이 있었다. 일단 마주서긴 했는데, 스페인 조폭은 아직 어정 쩡했다. 한판 붙겠다는 의지가 별로 없어 보였다. '어라, 이 녀석 봐 라' 하는 마음에 내가 먼저 주먹을 날렸다.

그런데 이게 웬일인가. 나가떨어지기는커녕 그가 씩 웃는 게 아닌 가. 보통인물이 아니라는 생각에 머리끝이 쭈뼛 섰다.

'파리에서 소리 소문 없이 죽을 수도 있겠구나.'

그런 생각이 퍼뜩 엄습할 참에 그가 본격적으로 파고들어왔다. 장 난이 아니었다. 거의 완벽한 싸움꾼이었다. 등에서 식은땀이 흘렀다.

싸움꾼의 공식에는 '살을 주고 뼈를 친다'는 말이 있다. 잔매를 맞 을 수밖에 없는 상황에서는 결정적인 승부수로 상황을 마무리해야 한 다는 얘기인데, 이 수밖에는 이제 방법이 없어 보였다. 결정적인 기회 를 노려야 한다.

서로 엉겨 버티는 참에 회심의 박치기를 날렸다. 온힘을 모은 절박 한 한 방이었다. 순간 짜릿했다. '바로 이거다' 싶었다.

그래도 그 거구는 완전히 정신을 잃지는 않았는지 그런대로 내 가 슴팍을 잡은 채로 주르르 하면서 아래로 미끄러져 내렸다. 다른 사람 들 같았으면 퍽 하고 나가떨어졌을 텐데, 이건 나로서도 처음 있는 일

배추가 돌아왔다 2

이었다.

이 정도라면 분명 반격을 가해올 것이 뻔했다. 이 정도라면 '확인사살'을 해도 제대로 할 필요가 있었다. 이판사판의 상황에서 넘어진 스페인 조폭의 눈두덩이를 향해 오른손 검지와 약지를 팍 쑤셔버렸다. 순간 물컹하면서 그 사람의 눈알이 느껴졌다. 무척 뜨끈했다. 사람의 몸속이 그렇게나 뜨끈하다는 걸 그때 처음 알았다.

그가 어느 틈에 누운 채로 주머니에서 무기 같은 걸 꺼내들었다. 이미 얼굴은 피범벅이었다. 눈 양쪽에서 진득거리는 무엇이 연신 흘러나오는데, 그런 헐크 같은 모습을 해서는 허공을 향해 소리를 질러댔다.

모여 있던 사람들이 여기저기에서 악, 소리를 지르기 시작했다. 눈도 제대로 뜨지 못하는 그가 마구 칼을 휘두르기 직전의 상황이었다. 상황이 점점 꼬여갈 판인데, 천만다행으로 운이 따라줬다. 저쪽에서 요란한 경찰 사이렌 소리가 들리기 시작했다. 식당에 뻗어 있던 김형이 신고를 한 것이다.

그런데 현장에 막 들이닥친 경찰이 보기에 가해자는 틀림없이 나였다. 형편없이 망가진 피범벅의 상대는 맨손이었고 동양 청년은 상대적으로 몸집이 작은데 손에 잭나이프까지 거머쥐고 있다. 경찰 도착 직전 내가 그에게서 칼을 빼앗은 것이다. 모르는 사람이 보면 누구라도 내가 칼로 그를 그었다고 생각할 수밖에 없는 상황이었다. 그러나 조사결과는 그게 아니었다.

"칼은 본래 누구 것인가?"

"저 사람의 것입니다."

"당신의 칼이 맞아?"

"맞다."

"그런데 왜 저 사람이 칼을 쥐고 있는 거지?"

"그건 나도 잘 모르겠다."

스페인 주먹의 반응은 의외였다. 뜻밖에도 그는 경찰의 질문에 고개를 끄덕여줬다. 나는 그의 매너에 순간 가벼운 감동을 받았다. 경찰이 수갑을 들이밀자 스페인 조폭은 선선히 두 손을 내밀었다.

"당신 신분증 좀 봅시다."

이번에는 경찰이 내 신분을 묻기 시작했다. 어쨌거나 초급불어를 배우느라 알리앙스 프랑세스 등록증까지 갖고 있는 신분, 당당한 학생이다. 전 세계 어디에서나 학생은 조금 대우를 받지 않던가. 등록증의 사진과 얼굴을 번갈아보는 경찰의 시선이 한결 부드러워졌다.

"당신 어느 나라 사람이야. 동양무술을 좀 하나?"

경찰은 그 질문을 끝으로 나를 풀어주고 스페인 조폭만 끌고 갔다. 나중에 알고 보니 상대는 경찰의 블랙리스트에 올라 있는 거물이었다. 수하에 조직원 400여 명을 거느리고 있다고 들었다. 처음 시비가 붙었을 때 그가 자꾸만 몸을 사렸던 것도 그 때문이었으리라.

파리 시내에서의 혈투는 그렇게 끝났다. 지금 생각해도 그때는 운이 따라줬을 뿐 하마터면 파리의 고혼이 될 뻔했다. 잠시 유치장 신세를 졌던 그가 무슨 수를 써서 빠져나왔는지 얼마 뒤 나를 찾아왔다. 다행히도 복수를 벼르는 눈초리는 아니었다. 대신 깜짝 제안으로 나를 놀라게 했다. 파리 한 블록을 떼어주겠으니 함께 일을 해보자는 것이다.

"당신 힘이 좋더라. 나와 일을 함께 해줬으면 좋겠다."

"조건이 뭐냐?"

"내 밑에서 부두목을 해주면 어떠냐. 그게 전부다."

"헛헛헛! 어림없는 소리다. 싸움에서 이긴 내가 두목이 돼야 하는 것 아니냐? 이제 네가 내 밑으로 들어와라. 그게 상식이지."

막무가내로 나갔다. 그럴 생각이 전혀 없었으니까. 스페인 조폭은 고개를 절레절레 흔들었다. '뭐 이런 놈을 봤나?' 하는 표정이었다.

그는 정말로 멋쟁이였다. 언제라도 자기를 찾으면 친구로 대접해주 겠다고 말하며 자리를 툭툭 털고 일어났다. 헤어질 참에 그가 그때까 지도 짙게 충혈된 자기 눈자위를 가리켰다.

"그런데 말야. 내 눈알이 도대체 왜 이 모양이냐?"

움찔했다. 한국사람에게는 특별한 싸움기술이 있다며 대충 얼버무 렸다. 비록 무기를 사용한 것은 아니지만, 그렇다고 손가락으로 눈알 을 찔렀다고 털어놓을 수야 없지 않은가. 그날 밤 그와 기분 좋은 술자 리가 벌어졌다. 동서양의 싸움꾼들은 그렇게 친구가 됐다.

그날 술자리 이후 나는 근방의 커피며, 위스키 등 음료와 식사를 거 의 공짜로 즐겼다. 돈을 내면 레스토랑 주인들이 '됐다'면서 손사래를 쳤다. 나중에 들으니 스페인 조폭의 각별한 지시가 있었다고 한다.

이 이야기는 우습게도 10여 년 뒤 엉뚱한 소문으로 번졌다. 배추가 파리 시내 한 블록을 접수했고, 대부행세까지 했다더라는 식이다. 그 러나 그건 크게 부풀려진 과장일 뿐이다.

은밀한 제안

그날도 가끔 들러 공짜술을 먹던 레스토랑을 갔다. 혼자였다. 오후 네 시가 조금 넘었을 무렵이라 사람들은 거의 보이지 않고 한적한 편이었다. 파리생활은 이미 1년여를 넘기면서 제법 익숙해졌다.

'아무리 공짜술을 먹더라도 한창 손님이 많을 때 먹을 수야 있나' 하는 생각 때문에 저쪽 구석 테이블을 차지한 채 조용히 위스키 스트레이트 즐기던 참인데 웬 건장한 남자가 저쪽에서 다가오는 게 설핏 보였다. 건달이다. 특유의 건들거리는 포즈 때문에 한눈에 들어왔다.

몸에 쫙 달라붙은 티셔츠를 양복 안에 받쳐 입고 양 젖꼭지 쪽에 엄지손가락을 댄 채로 몸을 부풀려 보이려고 연신 건들대는 포즈, 그게 서양 어깨들의 '나 건달이요, 좀 알아봐주쇼' 하는 표시다.

"무슈(미스터) 방, 술 한잔만 사주셔!"

사내는 싱긋 웃으며 이렇게 말하더니 내 앞자리에 앉았다. 심심하던 차에 잘됐다 싶었다. 상대의 얼굴도 그렇게 심각해보이지는 않았다. 그러기는커녕 살짝 웃는 얼굴이었으니까.

그러거나 말거나 나는 다시 잔을 따르고 혼자 술잔을 기울였다. 그런데 그가 오른손으로 양복 섶을 들추더니 안주머니를 슬쩍 보여줬다. 차가운 금속성의 물체가 번득였다.

"무슈 방, 이래도?"

권총이었다. 내색은 하지 않았지만 등줄기가 오싹해졌다. 까딱 하다가는 머리통에 바람구멍이 날 수도 있는 상황이다. 이 사태를 어떻게 할 것인가를 놓고 순간적으로 머리를 굴렸다. 대담하게 나가자 싶었다. 손가락을 쫙 펴 손권총을 만들었다. 그러곤 태연자약하게 검지 끝, 즉 손권총의 끝을 그 녀석을 향해 겨누는 시늉을 했다. 장난기를 가장하고 애써 담담한 척했다. 의도적으로 그녀석의 얼굴은 쳐다보지도 않았다.

'네 정도의 녀석에게는 관심도 없으니까 당장 꺼지든지 말든지 알아서 하라'는 메시지다. 그런데 그 녀석이 저쪽에서 사태의 추이를 지켜보는 웨이터에게 눈짓을 보내는 게 아닌가. 웨이터들은 불나게 다른 손님들을 내보내고 레스토랑 문을 잠갔다. 이제 단 둘만 남았다. 사내가 내게 상체를 기울이며 말했다.

"방, 마음에 든다. 세상에 당신처럼 간이 큰 사람은 처음 봤다."

"…."

속으로 안도의 한숨을 내쉬었다. 이번에도 위기를 넘긴 것이다. 이제 말없이 싱긋 웃고 있기만 하면 된다. 이런 상황에서 말은 아낄수록 금값이 된다.

"실은 내가 조금 유명한 건달이야. 우리 보스가 일본에 유학까지 보내줘서 도쿄로 날아가 가라테와 유도를 각각 배웠어. 알아? 내가 각각 2단씩이야. 당신이 유도를 좀 한다기에 한번 테스트도 해볼 겸해서…. 일본말도 내가 조금 하는데 당신 일본 사람이 아닌가?"

"…."

"저기 말야. 당신이 마음에 드는데, 우리 함께 일해보면 어떨까? 우리 보스에게 인사도 드리고. 그래, 내 제안이 어때?"

그때서야 내가 입을 뗐다.

"오 노! 나는 조선 꼬레다. 꼬레 아냐? 물론 일본말을 나도 조금은 하지."

그렇게 해서 더듬거리는 불어와 일본어가 섞인 대화가 진행됐다. 60년대 말, 당시 파리의 타블로이드판 대중지에는 심심치 않게 조폭을 뽑는다는 신문광고가 나던 참이다. '인물 좋고 불어에 능통하며 여자에게 인기 있는 사람을 뽑는다'는 식의 모집광고가 버젓이 등장하기도 했다.

3개월 전이던가? 스페인 조폭과 한판을 겨룬 뒤 부두목 제안까지 발로 차버린 바람에 내 주변에는 자꾸만 듣도 보도 못한 수상한 녀석들이 출몰을 하는 판이었다. 하지만 이런 제안은 애초에 받아들일 생각이 없었다.

그렇게 두어 시간. 하지만 녀석은 끈질겼다. 이 레스토랑이 마음에 들지 않으면 다른 곳으로 장소를 옮겨 얘기를 계속하자고 달려들었다. 최소한 말장난은 아닌 셈이다. 그때 비로소 잘라 말했다.

"내 비록 지금은 이렇게 건달이나 마찬가지로 살지만, 조만간 서울에 돌아가야 한다. 돌아가면 할 일이 무척 많다. 당신 제안은 정말 더 없이 고맙지만 받아들일 수는 없다."

이 말은 상대방에게 한 말이기도 했지만 내 스스로에게 다짐한 말이기도 했다. 그걸로 얘기는 끝났다. 하지만 깜짝 제안은 또 있었다.

나에 대한 소문이 서독과 파리를 넘어 남미 브라질까지 날아간 모양이다. 이번에는 한인교포가 찾아왔다.

"이게 아마존 상류 5만 분의 1지도입니다. 지금 인근마을 사람들을 무단으로 고용해 다이아몬드를 캐는 불법 광산들이 꽤 있습니다. 경찰의 보호를 받지 못하는 것이죠. 저는 이들을 다 파악해놓은 상태인데, 이들은 캐낸 다이아몬드 원석을 모아 정기적으로 경비행기를 이용해 운송합니다. 이걸 치는 거죠. 물론 선생님을 대장으로 해서…."

어이가 없었다. 그러나 상대가 진지했다. 계획도 제법 틀이 짜여 있었다. 자기는 브라질 이민 2세란다. 한국에서 태어나지 않았지만, 우리말이 서툴지 않았고, 깍듯한 예의도 차릴 줄 알았다.

"나를 어떻게 알았냐?"

"브라질 현지에도 선생님을 아는 사람이 많습니다. '배추' 하면 신출귀몰한 사람으로 명성이 자자하지요. 실은 서독에 계신 줄 알고 뒤셀도르프와 에센으로까지 찾아갔더랬죠. 물론 브라질에서 출발을 했으니 시간도 꽤 잡아먹었고요. 그랬더니 배추란 분은 파리로 가셨다고들 해서 다시 물어물어 찾아왔습니다. 선생님이 꼭 필요합니다. 이번

일에 잠시 참여하시면 평생 부자는 거저먹는 일입니다…."

그의 얼굴을 찬찬히 다시 봤다. 나이는 갓 서른 정도? 처음에는 웬 도깨비 같은 녀석인가 싶어 한 방 쥐어박아 돌려보낼까 하는 마음이었다. 그런데 말하는 품새가 꽤 진지했다. 말이나 더 시켜보자는 생각이 들었다. 갸름한 얼굴에 나름대로 결기가 있어 보였다. 쫙 찢어진 눈매도 마음에 들었다. 남에게 사기나 치면서 서슴없이 배신을 때릴 종류의 위인은 아니라는 확신도 없지 않았다.

그 먼 브라질에서 서독을 거쳐 파리까지 날아올 정도라면, 무언가 작심을 했다고 봐야 했다. 그래서 다시 물어봤다. 당시는 건달로 놀고 먹던 시절이라서 아주 관심이 없지는 않던 차라 되물어본 것이다.

"좋다. 한탕을 한다고 치자. 그리고 계획대로 성공도 했고. 가능하기도 할 거야. 불법 채취업자들이니 주변경계도 허술하겠고…. 경비행기를 덮쳐 줘도 새도 모르게 빼내는 것은 됐다고 치자고."

청년의 얼굴에 화색이 돌았다. 대여섯 시간 설득해도 미동도 없던 내가 관심을 보이니까 그럴 만도 했다.

"그러면 도주계획은 세워놓았냐?"

그 부분에 대한 설명이 도무지 납득이 안 갔다. 아마존 정글을 도보로 빠져 나온다는 것인데 그러려면 못 걸려도 3개월 이상이 걸린다. 영 신빙성이 떨어졌다. 확신에 찬 표정으로 탈출방법을 설명하는 그의 말을 딱 잘랐다.

"됐다. 다른 사람 알아봐라."

귀국을 한 뒤에도 엉뚱한 유혹의 손길은 끊이지 않았다. 이번에는

배추가 돌아왔다 2

주로 정권 쪽에서 '함께 일하자'는 추파를 던져왔다. 그러나 그게 아무리 매력적인 제안이라고 해도 내키지 않으면 나는 절대 움직이지 않았다. '만약 그때 내가 그 제안을 받아들였다면 어떻게 됐을까' 하는 생각을 전혀 안 해본 건 아니지만 후회는 없다. 예나 지금이나 나를 움직이는 원칙은 오직 하나다. 이 원칙에 대한 명쾌한 답이 나오지 않는 이상 나는 절대 움직이지 않는다.

'정말 할 만한 가치가 있느냐, 없느냐. 내 가슴이 원하느냐, 그렇지 않느냐…'

파리의 낭인, 집시 무슈 방

"당신, 노래할 줄 아나? 모른다고?"

"그럼 혹시 악기 뭐 다루는 것 있어? 바이올린이나 탬버린 같은 거. 그것도 모른다구? 쯧쯧, 이런 대책 없는 사람을 봤나."

"좋다. 그러면 당신 말이야. 우리가 공연할 때 모자나 들고 있다가 쭉 돌려. 그건 오케이? 구경꾼한테 돈을 거둬 오는 거야. 그건 할 수 있 겠지?"

"… 오케이!"

센 강 주변에서 널브러져 새우잠을 자던 나는 뜻밖에도 집시패들에 게 둘러싸여 있었다.

69년 말 경, 파리의 겨울은 제법 추웠다. 중국집 차이나타운을 뛰쳐 나온 그날 밤 이후 내가 센 강에서 새우잠을 잔 것이 벌써 일주일여를 넘어서고 있었다. 배도 고팠고, 몸도 마음도 지쳤다. 낮이면 파리 시내 를 빙빙 도는 전철에 올라타 꼬박꼬박 졸면서 언 몸을 녹였고, 밤이면 센 강변을 찾아 잠을 청하는 생활이었으니 오죽했을까. 집시들에게 나는 영락없는 거지로 보였을 게다. 아니, 당시의 나는 누가 봐도 그랬을 것이다.

차이나타운 중국집 주인과의 한 차례 말다툼 끝에 대책 없이 뛰쳐나온 뒤끝이었다. 다툼의 시작은 생각하면 우습기도 한 정치토론과 논쟁 때문이었다. 나보다 서른 살 위인 중국집 주인은 함경도 출신의 정씨 영감. 그가 파리에 정착했던 것은 1920년대 초반이었으니 무척 빨랐던 셈이다. 당시 나이는 불과 19세. 파리 13구의 차이나타운도 저우언라이나 덩샤오핑 같은 중국유학생들에 의해 그 무렵 이루어졌으니 그는 차이나타운 초창기 멤버에 속했다.

저우언라이가 근로 장학생으로 파리대에서 정치학을 공부하고, 덩샤오핑이 150Cm가 조금 넘는 작은 키로 거리를 활보하며 중국공산당 파리지부를 설립했을 무렵에는 정 영감도 열혈 정치청년이었다. 1919년 3·1운동에 참여한 뒤 일본경찰을 피해서 상해임정을 찾았을 정도로 뛰어난 정치감각과 애국심을 지닌 젊은이었다. 하지만 그가 상해에서 본 것은 임정을 장악한 늙은 정치가들 사이의 이전투구와 한가한 정치투쟁이었다.

끝내 환멸을 느낀 그는 바로 프랑스 망명을 선택했다. 하긴 소설 《압록강은 흐른다》의 작가 이미륵도 3·1운동 직후 임정을 거쳐 유럽에 갔다. 그의 경우는 독일을 선택했지만…. 황해도 해주 출생인 이미륵이 뮌헨대에서 공부를 계속한 반면, 정씨 영감은 파리에 자리를 잡고 생활인으로 주저앉아버렸다.

그는 나보다 정확히 한 세대 위였다. 뜨거운 애국심은 여전했고 나와는 정치견해가 비슷하면서도 또 달랐다. 처음에는 뽕짝이 잘 맞았다. 사회개혁에 관심이 많은 나도 꽤나 열린 정치의식을 가지고 있었으니까. 하지만 대화의 끝이 좋지 않았다. 공동체주의에 관심 많은 나와 사회주의에 격렬한 혐오감을 가진 정 영감은 사사건건 서로 충돌을 하곤 했다.

"당신 따위 밑에서 다시는 일하지 않겠다. 이제 끝이야."

처음 2년 가까이는 그럭저럭 잘 지냈으나, 그 무렵 호되게 싸운 것이 화근이었다. 그렇게 버럭 화를 내고 뛰쳐나왔다. 그분은 오랫동안 동거해온 간호사 출신의 여자와 사별한 뒤였고, 극심한 외로움 때문에 종종 나를 붙잡고 울던 분이었는데…. 까짓 정치적 견해차이가 뭐라고.

그러나 젊은 나에게 정치적 소신은 하늘만큼 귀중했다. 그렇게 대책 없이 뛰쳐나온 대가는 혹독했다. 한 일주일여를 그렇게 보내고 센 강변에 어슬렁거릴 때는 몸까지 약해졌는지 문득문득 환영이 어른거렸다. 서울에 계신 어머니, 그리고 한국전쟁 때 헤어진 이복형님…. 그리움과 외로움, 그리고 배고픔에 쓰러졌을 때 집시들이 내 옆구리를 쿡쿡 찌르며 말을 걸었던 것이다.

그렇게 6개월여를 집시와 함께 살았다. 그들은 낯선 동양청년을 전혀 거리감 두지 않고 대했다. 덕분에 그들의 자유분방한 영혼을 엿볼수 있었다. 그들은 무엇에도 얽매이지 않았고 그 누구에게도 피해를 주지 않았다. 바람처럼 도시를 떠돌아다녔다. 집도 없는 주제에 애완

견을 알콩달콩 기르던 섬세한 사람도 있었다. 뿐인가, 아침이면 다리 밑에서 깨진 거울에 코를 박은 채 면도까지 한 뒤 넥타이를 매고 나가던 멋쟁이도 있었다. 그들에게서는 동양적 여유, 혹은 풍류와는 또 다른 자유혼이 느껴졌다.

그들의 자유로움과 낭만을 대표하는 것으로는 '결혼서약문'이 유명하다. 그들은 더 이상 사랑하지 않을 때는 깨끗이 헤어질 것을 약조했다. 집시들의 특징은 무소유와 무위 방랑하는 삶에 있다. 그들의 사랑은 집착하고 소유하려드는 보통 사람들의 사랑과는 전혀 다른 종류의 것이었다.

가진 것도 없고, 정착해 살 곳도 없었지만 자유로운 태도와 마음만큼은 넘칠 만큼 가진 그들이었다. 거리를 쏘다니며 공연을 하고 행인들에게 돈을 받는 그들의 단골메뉴는 플라맹고였다. 처음 그들의 몸짓을 보았을 때 그 화려하고 힘에 넘치는 동작에 넋을 잃은 적이 있다. 그런 나를 보고 집시 친구는 이렇게 말했다.

"플라맹고가 어디서 나온 말인지 알아? '불꽃'을 뜻하는 라틴어에서 나왔어. 우리는 가슴으로 그걸 표현할 뿐, 춤의 형식 따위는 믿지 않아."

그들의 삶은 정열과 자유, 그 자체였다. 허나 마음이야 어쨌든 간에 행색이나 처지는 거지에 노숙자와 다를 바 없었다. 대체적으로 생활은 비참했다. 그렇지만 집시를 따라다니는 6개월 동안 머리를 숙이고 차이나타운으로 다시 돌아가거나 스페인 조폭이나 프랑스 어깨를 찾아갈 생각은 한 번도 하지 않았다. 비록 굶어죽더라도 자존심을 숙이고 사느니 이처럼 자유롭게 사는 게 더 좋았다.

집시생활에서 벗어나는 기회는 정말 우연히 찾아들었다. 샹젤리제 서쪽 스페인 거리를 터벅터벅 걷는데 어느 건물에 붙은 광고가 눈에 들어왔다. 더없이 반가운 한글로 씌어 있어 단번에 내 눈을 사로잡았다. 무슨 내용인지 궁금해 가까이 다가가보았다.

'방배추 형. 센 강변에서 고생을 하신다는 소문을 들었습니다. 몇 번이나 센 강변을 찾아 나섰지만, 배추 형을 뵐 수 없었습니다. 혹시라도 이 글을 보면 건물 8층 옥탑방의 문 앞에 있는 헌 양말 안에서 제 방 열쇠를 찾으십시오. 들어와 쉬고 계시지요. 박진만 올림.'

깜짝 놀라지 않을 수 없었다. 꼭 거짓말 같은 일이 실제로 일어난 것이다. 박진만은 독일에서 함께 광부생활을 하던 동료였다. 광고를 보자마자 신학대 출신에 침착한 성격의 엘리트였던 그의 집을 찾아갔다. 나를 잊지 않고 찾아준 그가 더없이 고마웠다.

그렇게 나에게 또 다른 자유의 의미를 깨닫게 해준 집시들과 안녕을 고했다. 헤어질 때도 그저 한 번씩 서로를 부둥켜안았을 뿐, 남아 있어 달라느니, 다음에 또 만나자느니 하는 헛된 말은 한마디도 없었다.

박진만의 주선으로 다시 접시닦이로 취직을 했다. 처음에는 그의 옥탑방에 신세를 졌으나 얼마 안 되어 따로 방을 얻어 독립할 수 있었다. 그런데 그 즈음부터 유럽생활에 조금씩 넌더리가 나기 시작했다. 뒤도 안 돌아보고 떠났던 한국이지만, 이제는 돌아가고 싶었다. 그래서 한푼 두푼 돈을 모으기 시작했다.

그때 박진만은 성악 공부를 하러 왔던 파리 유학생인 최욱자라는 여성을 짝사랑하고 있었다. 타국에서 모두 외로운 처지라 우리는 자주 어울렸다. 그러나 사랑이라는 게 늘 그렇듯이 한쪽이 일방적으로 좋아하면 다른 한쪽은 점점 그를 피하게 마련이다. 박진만이 물리적 폭력까지 행세하면서 자기 사랑을 표현하자, 그녀가 기겁을 하고 도망쳐왔는데 하필이면 내가 세 들어 살던 단칸방으로 피신을 왔다.

박진만이 나중에 그 사실을 알고 노발대발을 했다. 내 방에서 최욱자를 재운 것은 사실이지만 손목을 잡아본 것도 아니고 유혹을 한 것도 아니었다. 그저 따로 뚝 떨어져 며칠 잠을 잤을 뿐이다. 하지만 박진만은 내 말을 믿으려 하지 않았고 결국 그와 나의 인연은 그렇게 황망하게 끝을 맺고 말았다. 40여 년이 지난 지금도 그 일만 생각하면 억울하기 짝이 없지만, 어떻게 나의 결백을 증명하고 그 친구의 화를 풀어줄 수 있을 것인가.

그런 우여곡절을 겪으면서도 나는 접시닦이를 비롯해 돈 되는 일을 틈날 때마다 했다. 차츰차츰 돈이 모여졌다. 한국으로 돌아갈 비행기 값이 거의 마련되었다.

'이제 파리를 떠나 귀국하면 다시 돌아오기 힘들 것이다.'

거기까지 생각이 미치자 떠오르는 게 있었다. '동규야, 조국의 앞날을 위해 떠난다. 부디 우리 가정을 돌봐주기 바란다'는 쪽지를 남기고 의용군으로 갔던 이복형님의 얼굴이 아른거렸다. 이번을 놓치면 형님의 생사를 알 수 있는 기회가 더는 없을 거라는 생각이 들었다. 동베를린에 있는 북한대사관을 찾아갔다. 결국 상황이 좋지 않다는 답변을 듣고 허탈하게 뒤돌아서야 했지만.

나는 알뜰하게 모은 돈으로 겨우 비행기 삯을 마련할 수 있었다. 가장 싼 코스를 고르고 또 골라서 함부르크, 알래스카, 도쿄 등을 거쳐 김포공항에 내렸다. 70년 9월 말, 날씨가 제법 쌀쌀해지던 가을이었다.

7년에 가까웠던 유럽생활은 그렇게 막을 내렸다. 서른 살에 떠났던 내가 어느덧 서른 후반의 나이가 되어 있었다. 아직 결혼을 못했다. 물론 재산도 없었다. 있는 것이라고는 도곡동 아파트 한 채와 나의 '무대뽀 기질' 뿐이었다. 나의 이 기질은 아예 체질로 굳어진 참이었다.

도무지 겁 날 게 없었던 시절이다. 하지만 서울에서 그렇게도 많은 일들이 나를 기다릴 줄은 꿈에도 생각하지 못했다. 진정한 삶의 시련과 함께 뜨거운 우정과 즐거움이 함께 찾아들 줄은….

64

8

KODAK TMX 5052

아! 노느메기,
내 모든 걸 바치고 싶다

7년 만의 귀국에 서울은 술렁대고

서울은 출발 전의 파리보다 그렇게 춥지는 않았다. 본래 유럽의 겨울은 음산하기 짝이 없지만, 그해 파리의 가을은 유난히 일찍 추위가 찾아온 바람에 나는 검정색 롱코트로 온몸을 감싸고 있었다.

겨울철 복장까지 준비하자 싶어서 챙긴 것이 복숭아 뼈까지 길게 늘어뜨려진 치렁치렁한 맥시 스타일의 A라인이었다. 길게 자란 머리가 등 뒤로 늘어져 멋지게 휘날렸다. 장발은 68혁명 이후 파리의 유행이자 패션이었다. 그런 내 모습이 무척 신기했는지 도쿄를 경유해 하룻밤을 자고 출국하는데 하네다공항에서부터 카메라 스트로브가 펑펑 하고 터져 나를 놀라게 했다.

서울 반응은 더 뜨거웠다. 당시는 미니스커트나 장발을 풍기문란이라는 이유로 경찰들이 단속까지 하는 바람에 서울은 패션의 불모지나 마찬가지였다. 그래서인지 사람들은 파리풍의 모던보이 출현에 제법 민감한 반응을 보였다. 나를 둘러싼 그런 소동은 한참 지속됐다. 친구인 문학평론가 구중서가 마침 주간으로 일하던 〈여원〉을 비롯해서 〈선데이 서울〉 등 여러 잡지사에서 인터뷰 요청까지 연신 들어왔다. 잡지에 나간 모습을 보고 여성 팬레터까지 날아들기도 했다. 그해 말까지는 정신이 하나도 없었다.

"이게 누구야. 완전히 외국 잡종이 따로 없구만. 배추, 너 차림새가 그게 뭐냐? 외국물을 좀 먹더니만 이거 완전히 부패분자로 전락해버린 것 아냐? 설마 얼까지 모두 빠져버린 건 아니겠지?"

서울 명동 대연각호텔 옆의 백범사상연구소를 찾아온 나를 보고 백기완이 던진 첫 마디가 그랬다. 그의 "부패분자 배추, 너 조심해"라는 말은 이후에도 한참이나 계속됐다.

백기완이 그동안 조금도 변한 게 없어서 내심 반가웠다. 하지만 당시 서른일곱 물이 오른 백기완은 예전의 열혈청년, 그 이상이었다. 앙앙불락 울분을 토하던 청년, 혹은 사회개혁을 꿈꾸는 몽상가에서 벗어나 막 태동되고 있는 반 박정희, 반독재 운동의 재야세력 중심에 선 그였다. 그의 주변에는 사람이 들끓고 있었다.

이부영, 임재경 같은 동아·조선의 젊은 신문기자들, 백낙청, 황석영, 고은, 김지하, 강민, 임헌영, 천승세, 이호철, 방영웅, 김성동, 황명걸, 구중서 같은 문학판 사람들은 눈빛부터 예사롭지 않았다. 알고 보면 일당백의 당대 최고의 지식인이고, 반독재 앞자리에 섰던 사람들이다.

그들은 을유문화사, 신구문화사 등 당시 최고의 출판사들이 모인 종각 부근 관철동 아니면 백범사상연구소를 아지트 삼아 매일같이 어울리곤 했다. 그 틈에 나도 스며들어갔다. 화가 주재환을 만난 곳도 그

곳이었다. 주재환은 당시 심우성 밑에서 민속학 관련 자료를 모아주는 신출내기 조수였다. 심우성이 차린 한국민속극연구소는 백범사상연구소의 바로 위층이었다. 그곳은 지식인들이 무시로 드나들며 바둑을 두거나 술추렴을 하면서 시대와 정치를 안주삼아 놀기에 딱 좋은 곳이었다.

백기완 주위에 있던 나, 김태선 같은 다소 이질적인 협객과 풍류객까지 합류했으니 그곳은 가히 인간시장이라고 할 만큼 흥미진진한 곳이었다. 처음에는 지식인들 틈에 괜히 끼어들었다는 자격지심도 없지 않았지만, 오히려 문인들은 나를 정 반대로 생각했다. 외국물을 먹어서인지 나를 '멋진 사람'으로 취급했다.

인간미 넘치는 그들만의 분위기에 자연스레 이끌렸다. 백기완과 함께 유신초기에 똘똘 뭉쳤던 사회지도자급 인사인 함석헌, 장준하, 계훈제 등과도 자연스럽게 인사를 나누며 얼굴을 익히기도 했다.

"저 사람이 배추야. 왕년의 학생 주먹."

백기완이 특유의 우렁우렁한 목소리에 거창하면서도 뻑적지근하게 소개를 하면 모두 나를 호기심 가득한 눈초리로 쳐다봤다. 알고 보니 그들 가운데 젊은 시기에 나를 우상으로 여긴 사람도 있다고 한다. 최소한 '배추'라는 이름은 모두들 알고 있었다. 백기완은 덧붙여서 이렇게 소개했다.

"유럽생활 7년을 끝내고 얼마 전 귀국을 했어. 배추, 뭐라고? 알리앙세 프랑세스? 거기 수료한 거 맞지?"

70

나야 쑥스러우니 고개를 끄덕이며 그저 수긍하는 체를 했다. 뭐, 거기까지야 일단 사실이기도 하니까. 우습게도 사람들은 나의 그런 모습에 더 감동을 받았다. 생각보다 멀쩡하게 생겼고, 생각보다 행동거지가 겸손했으며, 옷 입는 품에서 풍기는 분위기까지 뭔가 다르다고 느낀 것이다.

유럽 물을 먹었다니 그냥 그런가 보다 싶었을 텐데, 막상 술자리에서 만난 나는 말도 청산유수에 남들 못지않은 말술이었다. 게다가 덩치도 당당했고…. 사람들은 나를 다시 보기 시작했고 '소설 속에서 막 튀어나온 사람'처럼 대하기 시작했다.

그러는 동안 결국은 소문이 이상하게 퍼졌다.

"배추가 소르본대학을 수료하고 막 돌아왔대나 봐?"

"배추? 옛날 그 주먹패 말야? 에이, 깡패가 무슨…."

"아냐. 우습게 보지 마. 백기완 선생과는 오랜 친구 사이래. 백 선생이 엄청 끼고 돌더라고."

"그래? 깡패가 유학을 갔다 왔다고? 거참 놀랠 노 자이구만. 그래 전공은 뭘했대?"

"동물사회학, 뭐 그런 거래."

"그게 무슨 학문인데?"

"나도 모르지. 그게, 다른 사람들보다 엄청 빠르게 6년 만에 학위를 땄대나 봐. 조금은 수수께끼인데, 하여간 소문은 그렇게 났어."

문단을 중심으로 그런 소문이 돌 때 처음에는 부인을 했다. 그런데

아! 노느메기, 내 모든 걸 바치고 싶다

그게 아니었다. 이번에는 '배추란 위인이 겸손하기까지 하다'는 말까지 돌았으니 인생, 참 알다가도 모를 일이었다. 그렇게 나는 7년 만에 돌아온 고국에서 조금씩 내가 있어야 할 자리를 찾아가고 있었다.

패션1번지 명동을 틀어쥔 '살롱드방'

"기완아. 나를 오해하지 마. 정말 가슴에 품은 꿈은 제대로 된 농장을 경영하는 거야. 함께 땀을 흘리고 열매를 거두는 거야. 자급자족을 하는 공동체운동, 그게 젊었을 적 우리들의 꿈이 아니었어?"

"그래. 세상이 어수선하지만, 너는 뚝심이 있잖아. 꼭 그걸 해내야 돼. 너라면 할 수 있을 거야."

유럽생활 내내 떠올렸던 농장의 꿈을 백기완에게 털어놓았다. 유럽에서 돌아온 지 벌써 3개월, 1970년 말의 술자리였다. 자본주의의 정글로 치닫고 있는 이 땅 위에서 여봐란 듯이 가슴속에 품은 꿈을 실천하자고 입을 모았다. 그 꿈은 하루 이틀 사이에 생겨난 게 아니다. 우리는 1950년대 중반부터 《새 역사를 위하여》를 읽으며 감명을 받은 세대가 아닌가. 그 꿈은 쉽게 사그라들지 않았다.

유럽생활을 마무리하던 시절, 나는 한국에 돌아가면 무엇을 할까 고민을 거듭했고, 마침내 찾아낸 해결책이 공동체운동이었다. 물론 이전에 생각했던 것과는 조금 달랐다. 백홍열 선생에게 배운 풍류라는 동양적 자유사상에 집시들에게 배웠던 서양적 자유사상까지 가미된 것이었다. 자유와 공동체라는 양립불가능해 보이는 두 가지를 행복하게 결합시킬 수 있다면 얼마나 좋을까. 이게 바로 내가 실험해보고 싶고 확인해보고 싶은 최고의 가치였다.

말하자면 대안운동이었다. 구체적인 실천방안이 문제일 뿐 어차피 뛰어들 일이었다. 그렇게 구상은 무르익어갔지만, 어머니가 문제였다. 내가 분주히 뛰어다니자 낌새를 챈 어머니가 이렇게 말했다.

"동규야. 네 나이가 몇이냐. 네 말대로 농사를 짓는다면 얼굴도 검어지고 할 텐데 어떤 여자가 너한테 시집을 오겠냐? 내일 모레면 나이 40인데, 장가드는 게 먼저 아니냐?"

파독광부로 떠나기 전 의식불명의 상태에서도 맏아들의 손목을 쥔 채 놓지 않았던, 그런 어머니였다. 나는 비록 엉뚱하긴 하지만 어머니에게는 세상에 다시 없는 맏아들, 그리고 오래 전 자살한 남편이 만든 허전함을 메워준 집안의 기둥이었다.

어머니는 밀가루를 청산가리라고 속인 채 종이봉지를 들고 나를 위협했다. '결혼을 하지 않으면 털어 넣겠다'는 시늉까지 했다. 자식 이기는 부모 없다지만, 나는 어머니를 거역할 수가 없었다. 71년 초 고급 양장점을 생각한 것은 그런 이유에서다. 마침 사귀고 있는 여자도 있었으니 어머니의 소원 하나 들어주자는 생각이었다.

유행의 본고장인 파리생활에서 보고 들은 것도 있으니 왠지 서울에서 통할 수 있을 거라는 까닭 모른 자신감도 없지 않았다. 이미 문단에서는 내가 소르본대에서 학위를 따고 왔다는 말과 함께 디자인을 공부하고 돌아왔다는 헛소문까지 그럴싸하게 나돌고 있었다. 말이 씨가 된다고 '한번 저질러 봐?' 하는 마음이 동하기 시작했다. 그렇다고 그냥 질러댄 것은 아니다. 일단은 양재학원에 등록부터 했다.

전통이 오래됐다는 국제복장학원 속성과를 지원했다. 3개월 과정이었는데, 정말 호랑이 담배 피우던 옛날이라서 수강생 중 남자는 달랑 나 혼자였다. 그러나 어색하지만은 않았다. 의외로 섬세한 나는 웬만한 요리는 다 할 줄 알았고 지금도 세발뜨기 같은 바느질을 곧잘 하곤 하니까.

고급양장점을 차리고 싶다는 내 구상에 어머니는 반색을 했다. 당신께서 모아놓은 꽤 큰돈을 내놓았다. 일단 고급 맞춤옷집으로 콘셉트를 잡았다. 파리에서 온 디자이너라는 소문대로라면 조금은 세게 나가야 승부가 날 듯싶었다. 요즘 경영학 용어로는 차별화 정책이다.

장소야 망설일 것도 없이 명동 근처로 못 박았다. 귀국 직후 충무로 대원각 근처를 들락거리면서 이미 익숙해진 데다가, 일류 멋쟁이들을 끌어들이기 위해서는 그곳 이외의 다른 선택이 없었다. 충무로 3가 대원호텔 앞의 썩 괜찮은 공간이 눈에 들어왔다.

옳다구나 싶었다. 건너다 보니 절터인 격이다. 당시 영화는 최고 전성기를 누렸고, 그곳은 '영화의 거리'였다. 인근에 영화감독 신상옥의 스튜디오가 있었던 시절이라서 더욱 맞춤이었다. 이름은 '살롱드방'으로 정했다.

'방씨의 살롱'이라는 의미의 프랑스어인데, 그 정도는 해야 손님이 꼬일 것 같았다. 앙드레 김이라는 이름이 뜨기 훨씬 전이었다. 지금까지도 현역 일선에서 뛰고 있는 패션계의 선구자 노라노 여사가 혼자 분전하던 시절이었다. 명동의 사보이호텔을 중심으로 '트로아 조' 등 고급 맞춤옷집이 서너 개 옹기종기 모여 있었다. 그게 당시 한국의 패션1번지 모습이었다.

당시에는 '패션'이라는 말 자체가 익숙하지 않았다. 6·25 뒤 첫 번째 패션쇼를 열었다는 노라노 선생의 이름을 봐도 패션 불모지에서 성공해보겠다는 비장함을 엿볼 수 있다. '노라'가 이름이고 '노'가 성인데, 노라는 입센의 희곡 〈인형의 집〉에 나오는 이름이다. 노라노 여사의 이름은 파란만장한 삶을 산 희곡의 주인공 이름을 따서 걸어야 할 만큼 개척하고 넘어야 할 산이 많았음을 반증한다.

나름대로 시장조사를 했기 때문에 자신이 없지 않았다. 우선 초고가 판매전략을 펴기로 했다. 보통 '오트 쿠튀르'라고 불리는 고급 맞춤옷의 성격을 감안하면 그건 당연했다. 당시 맞춤옷의 세 배가 넘는 옷값을 불러버렸다.

보통 양장점이나 백화점에서 원피스 한 벌이 3만 원이던 시절, 나는 대뜸 10만 원을 책정했다. 당시 보통사람들의 평균 월급을 웃도는 엄청난 초고가 드라이브였지만, 위험부담이 컸음에도 손님들이 마구 몰리기 시작했다. 주 고객들은 장성과 고급 공무원의 부인들, 그리고 연예인들이었다.

당시 윤정희, 문희와 함께 최고의 영화배우로 꼽혔던 남정임과 연

극배우 김금지 등이 금세 단골이 됐다. 나중에 드나들던 사람으로는
'전원일기'로 유명해진 탤런트 김수미도 있었다. 김수미는 데뷔 초창
기였는데 앳된 모습에 에너지가 충만했던 그의 모습을 아직도 뚜렷하
게 기억한다.

지금도 1급 패션브랜드는 대중연예인이나 정치인들의 부인이 그
옷을 걸치는가 하는 게 성패를 가르는데, '살롱드방'을 연 지 2~3개월
이 됐을 때 그 정도면 대박이라 할 만했다. 살롱드방은 잠깐 사이에 국
내 패션을 이끄는 공간으로 자리를 잡았다. 그런 반응에 오히려 내가
더 놀랐지만, 고객들은 가게의 고급스런 인테리어에 놀라곤 했다.

건물 외벽은 온통 황금색 벽지로 감쌌다. 큰마음 먹고 화려한 외제
로 투자한 결과였는데, 외양도 화려했지만 살롱 안에 들어온 고객들은
한 번 더 놀랐다. 화려하면서도 은은한 공단으로 벽을 감싸서 살롱 내
부는 외부보다 더욱 돋보였다. 문짝은 오
동나무 통짜를 사용했다. 천연 고목나무
테이블은 고급스러운 자태를 뽐냈다. 그
위에 손님 접대용 샴페인과 포도주를 올
려 놓았다. 외국물 먹어본 티를 잔뜩 낸
것이다.

간혹 디자인이 마음에 들지 않는다고
불평하는 고객이 있을 때면 반품받은 옷을
그들이 보는 앞에서 싹둑싹둑 가위질해버
렸다.

살롱드방 시절의 필자.

"이건 제 작품입니다. 자신 있게 새로 만들어드리겠습니다."

치수재기와 디자인은 내가 도맡았다. 고객에 따라서는 조수의 도움을 거쳤다. 조수도 1급을 스카우트했다. 국제복장학원에서 눈여겨봐둔 여성이었다. 원장의 수제자였는데, 이화여대 불문과 출신의 그녀와 나는 한껏 폼을 잡았다.

고객을 앞에 놓고 디자인이나 치수 등을 말하고 적는 짧은 대화를 불어로 했다. 여성고객들은 이미 인테리어와 명성에 홀려 있었고, 불어로 쏼라거리는 분위기에 꼼짝을 못했다. 제법 스타일이 있다는 소문이 돌았다. 양재학원에서 본뜨기에서 마름질, 체형과 치수재기, 가봉 및 보정 등을 그런대로 익힌 덕이었다.

재단과 가봉은 물론 바느질 작업과 봉제 뒤처리, 다림질 따위는 기본이었다. 당시 유행했던 섬유재료도 두루 꿰었다. 패션디자이너라는 이색직업이 의외로 나와 잘 맞는다는 생각이 들 정도로 사업은 순조로웠다.

벌이가 괜찮으니 한참 동안 여기저기 놀러 다니며 즐기기도 했다. 달콤했다. 남들이 눈을 초롱거리며 바라보는 패션 디자이너인 데다, 처음 해보는 연애다운 연애에 발이 공중에 붕 뜬 채로 보낸 시절이었다. 하지만 세상은 그렇게 호락호락하지 않았다.

"배추, 너는 타락한 부패분자야. 겨우 이렇게 살려고 서울에 돌아온 거야?"

백기완이 눈을 부라리며 들볶았다. 대연각 옆 백기완의 연구소와

78

'살롱드방'은 잠깐 거리였는데, 간혹 들린 그는 화려한 인테리어에 들락거리는 여자들의 분위기를 영 못마땅하게 여겼다.

복잡한 일은 또 있었다. '살롱드방'의 바로 위층은 공교롭게도 기원이었다. 한다 하는 재야인사들이 그곳과 나의 살롱을 오가며 진을 쳤다. 김도현(전 문화관광부 차관), 김정남(전 청와대 교육문화수석), 이부영(정치인)과 '대륙의 술꾼' 김태선도 자주 놀러왔다.

"배추 형, 나는 상추로 할까?"

"무슨 얘기야?"

"형이 배추라면 나는 상추 정도는 해야겠지?"

"야, 멋지구나. 너 나랑 친구하자."

당시 〈오적〉으로 큰 반향을 일으켰던 시인 김지하가 소설가 신상웅, 평론가 임헌영, 구중서 등 〈상황문학〉 동인들과 함께 들렀을 때 나를 두고 툭하니 농담을 던졌다. 어쨌거나 재야인사들은 기원의 문이 열리기 훨씬 전부터 어슬렁대다가 살롱 문을 닫을 무렵 가게에 고개를 디밀었다.

아예 살롱 안까지 들어와 자장면과 배갈을 시켜 여봐란 듯이 술추렴도 했다. 계산은 주인인 내가 도맡았지만, 도무지 생활이 말씀이 아니었다. 고작 이렇게 살롱이나 운영하면서 술이나 마시려고 살아온 건 아니지 않는가. 지식인들 틈에 끼어 살다 보니 나도 모르게 그들과 나를 같은 인간으로 취급하게 된 건 아닐까.

'아서라, 나는 나일 뿐이다. 그들과 가깝게 지내는 것으로 나를 위로하려 한다면 그건 비겁한 짓이다.'

어느 날 살롱의 문을 닫고 불까지 꺼버린 채 어두컴컴한 그곳에 홀로 앉아 깊은 생각에 빠졌다. 백기완의 그런 타박이 아니더라도 나 스스로 지금의 생활에 조금씩 염증을 느끼는 중이었다. 그래, 이제 훌훌 털고 일어서야 할 때다.

'살롱드방'을 계속했다면 앙드레 김 못지않았을지도 모른다는 생각을 가끔 해본다. 하지만 그건 헛꿈이요, 팔자가 아니었다.

이제 벌이도 괜찮았고 지금까지 내가 해왔던 일들과 달리 깨끗한 일이라며 그토록 좋아하셨던 어머니를 설득하는 일이 남았다. 나는 어머니 앞에 무릎을 꿇고 말했다.

"어머니, 이 큰아들이 지금까지 허튼말 한마디 한 적 없는 거 아시죠. 어쩌면 마지막 기회일지도 모릅니다. 제 꿈을 펼 수 있도록 허락해주세요."

어머니는 서운하신 표정이었지만 선선히 고개를 끄덕여주셨다.

배추가 돌아왔다 2

부패분자에서 영일만 머슴으로

살롱드방을 정리한 뒤 나는 잠시 제약회사에 다녔다. 계획도 세울 겸 시간도 벌 겸, 노느니 일이라도 하자는 심산이었다. 그러면서도 농촌에서의 공동체생활에 대한 갈망을 키우고 있었다.

그래서 발을 디딘 마을이 영일 구룡포읍에서 6Km 들어간 산간벽촌이었다. 서북쪽으로 병풍 같은 산이 그림처럼 둘러 있는 이 마을은 아홉 가구가 전부였다. 당시 새마을운동이 시작된 지 얼마 안 돼서인지 마을 전체가 아직 초가삼간이었다. 세상의 변화와 담 쌓은 그 동네에서 20대 총각 안이만의 집에 얹혀살며 농사일을 자청했다.

약삭빠르게 돌아가는 이 세상에서 굳이 농사를 짓겠다고 우겨댄 것부터가 생각할수록 실패의 연속을 고집하는 우직한 짓이었는지도 모른다. 도시화와 산업화가 막 시작되면서 서울과 전국이 몸살을 앓고 있을 때, 그 고도성장의 1번지를 박차고 나는 '거꾸로 인생'을 실험했다. 그 실험의 공간은 막상 더없이 초라했다. 그러나 옛 시골의 정취가 물씬한 전설의 고향은 패션1번지 명동보다 못할 게 없었다. '그래, 이

곳이다' 싶어 마음이 편했다.

잠을 자다 철퍼덕 소리에 뛰쳐나가면 지붕에서 툭 떨어진 구렁이가 마당을 설설 기어 다녔던 그곳은 엔간한 단편소설의 무대보다 더 리얼했다.

안이만의 집은 방 두 칸에 부엌이 딸린 일자 초가집이었다. 앞마당에는 대추나무, 살구나무, 앵두나무가 서 있고 그 아래 토종꿀을 치고 있었다. 도시사람들이 보면 잊혀져가는 옛 풍경이라고 사진이라도 찍어갈 만하지만 달밤에 유심히 보고 있노라면 문득 어느 섬마을의 초분(草墳) 같은 모습이었다.

그곳과 인연을 맺은 것은 실로 우연이다. 아니 우연을 가장한 필연인지도 모른다. 살롱드방을 정리한 뒤 잠시 다니던 제약회사의 젊은 동료가 나의 농사일 구상에 감동했다. 우리 둘은 바로 사표를 던져버렸다. 회사를 때려치고 서로의 손을 잡은 채 내려간 곳이 그의 고향인 구룡포였다.

그때까지만 해도 안이만이란 젊은이는 생판 몰랐다. 어쨌거나 함께 내려간 그 청년의 이름조차 기억에 희미하지만 당시에는 '인생에서 기회는 세 번 찾아온다'는 콩당거리는 생각으로 내려갔다. 하지만 그놈의 단칸방이 문제였다.

그 친구는 서울에서 함께 내려온 젊은 처녀와 동거 중이었던 것이다. 사내는 스물다섯 정도? 여자는 갓 스물이었다. 그 둘은 밤이면 밤마다 힘을 써댔다. 당시 총각이던 내게 그보다 더한 고문은 없었다.

82

'이거 저쪽 외양간에서 잠을 자야 하나' 하며 전전긍긍할 무렵 우연치 않게 만난 새 이웃이 바로 안이만이다.

"서울에서 오신 손님요, 절 받으시소."

그는 일자무식이었다. 순박하기 그지없는 안이만은 그런 시골 예법으로 서울에서 날아온 나를 깍듯하게 맞아들였다. 그의 노모가 지켜보고 있는 안이만네 안방에서였다. 너무도 푸근했다. 잃어버렸던 옛 정서가 물씬했다. 얼결에 엎어져 맞절을 했다.

"저는 안 가에다 두 이(二)자에 일만 만(萬)자 올시더. 나이는 스물일곱이시더."

"나는 배추요."

뜻이 맞는 사람들끼리 이상적인 농촌을 만들어가고 싶다는 것, 그를 위해 농사일을 배우러 여길 찾아왔다는 것, 함께 지내주면 더 없이 고맙겠다는 것 등등을 주섬주섬 설명했다.

"뜻은 정말 상당하이더. 근디 땅뙈기가 있어야 쓸 것 아닙니까?"

"땅이야 무슨 수를 쓰더라도 내가 구해봄세. 그렇게 뜻대로만 된다면 나랑 함께 일을 해볼 건가? 죽을 때까지 땅을 파먹고 사는 거야."

풍풍 말을 지껄여대지만 역시 세상모르는 헛소리에 불과했는지도 모른다. 그러나 가슴속에 품어온 진심인 것도 사실이다. 네 땅 내 땅 가리지 않는 곳이면 어디든지 달려가겠다는 꿈 같은 희망을 품고 있던 때였다. 불과 몇 달 전까지만 해도 명동에서, 잘나가는 여자들 허리와 가슴둘레 치수를 재던 나의 변신 노력이기도 했다. 그때 안이만이 벌떡 일어났다.

"서울 손님요, 저보다 상당한 연배이시니 지가 성님으로 모시겠심더. 성님, 절 받으시더."

하루에 두 번이나 교환하는 맞절이었다. 안이만은 내 꿈에 감동을 먹은 것이다. 그렇게 해서 영일만에서 몸 하나 뉠 곳과 시골생활의 도우미 한 명을 얻었다. 나중 강원도 철원 생활의 동지이자, 서대문형무소까지 함께 끌려갔던 그와는 호흡이 그렇게 척척 들어맞았다.

다음날부터 우리는 매일 함께 일을 했다. 모도 심고 남의 밭도 같이 매러 가고 나무도 해오고 약초도 캐고… 일거리가 없을 때는 뱀을 잡았다. 땅꾼들에게 팔기 위한 것이다. 일손이 굼뜬 나는 안이만네 식구 보기가 민망했다. 나름대로 열심히 일을 했지만 밥상을 받을 때면 몸둘 바를 몰랐다. 그런 그들의 끼니는 소설에서도 보지 못한 악식(惡食)이었다.

깡보리밥에 된장, 간장이 전부였다. 김치가 없는 밥상을 상상이나 하겠는가. 밭뙈기 한 뼘 없는 그들은 김치 담글 생각 같은 건 아예 엄두도 못냈다. 고추장도 없다. 된장과 간장은 어떻게 해서 담궜는지 신기했을 정도다. 가끔 잡는 오소리는 기름이 비싸게 팔리므로 기름 뺀 뒤 남은 살은 단백질 식품 삼아 먹곤 했다. 산비둘기, 개구리 등도 잡아 먹었지만, 양념이 없어 삶거나 구운 뒤 된장에 찍어 쩝쩝거리며 먹었다.

잠자리는 흙바닥에 거적을 까는 것이 전부였고 이불이나 포대기는 구경도 할 수 없었다. 더우면 옷을 벗고 자고 추우면 입고 잔다. 침구

84

라곤 나무통을 덜렁 잘라낸 목침이 전부다. 아무튼 환경부터 판이하게 달랐던 안이만과 나는 생각까지 달랐으면서도 이내 단짝이 되었다. 서로 이해하려고 노력도 안 했고 할 필요도 없었다. 덮어놓고 서로가 좋았다. 지금에 와서 생각하면 그와 나는 생각의 차이가 너무도 컸지만….

안이만과 지내는 동안 추억거리도 많았다. 한번은 그와 함께 읍내 장터 나들이를 했다. 사람이 꼬이다 보니 즉석 힘자랑 대회 같은 것도 열렸다. 리어카를 놓고 겨루는 경기다. 맨손으로 손잡이 부분을 잡은 뒤 두 팔의 힘만으로 리어카를 들어올려 거꾸로 뒤집는 시합인데 많은 사람들이 도전했다가 실패하고는 망신과 비웃음을 사고 있었다. 아무리 빈 리어카라 해도 우선 손잡이 길이보다 몸체 길이가 길었기 때문에 웬만한 사람들은 들어올릴 수도 없었다. 지켜보고 있노라니 몸의 힘줄이 꿈틀거렸다. 열 명이 번갈아 대들었지만 모두 실패를 하자 안이만이 내 등을 떠밀기 시작했다.

"우리 성님입니더. 불란서에서도 살던 그런 분입니더."

못 이기는 척 리어카의 손잡이를 붙잡았다. 응차, 하고 힘을 쓰자 생각보다 쉽게 리어카가 뒤집혀버렸다. 와, 하는 박수가 터져나왔다. '서울 사람은 고기를 많이 먹어 힘 좋은 게 아니냐'는 수군거림도 들렸다. 그들은 용케도 내게 남은 서울 사람 냄새를 가려냈다.

어쨌거나 나 혼자 성공을 해서 막걸리 한 통을 부상으로 받았다. 이렇게 술을 마시면서 나는 안이만에게 내 가슴속의 포부에 대해 늘어놓곤 했다. 순박한 안이만은 조금씩 내 생각을 받아들여 자신의 생각으로 만들어가기 시작했다. 하루하루 생각이 커지는 그를 보는 재미도 각별했다.

그렇게 6개월을 보낸 뒤 편지를 보내 백기완을 불러들였다. 백기완은 기꺼이 영일만을 찾아줬다. 그는 나를 보자마자 입을 쩍 벌렸다.

"배추! 아프리카 흑인이 따로 없구나! 어느 세월에 이렇게 까맣게 타버린 거냐. 어쨌든 건강해 보여서 보기 좋다!"

백기완과 함께 나는 머리를 맞대고 앞으로의 계획을 짰다. 그러나 번번이 땅을 구하는 문제에 부딪쳐서는 그저 발끝만을 쳐다볼 수밖에 없었다.

결국 서로의 의지만을 재확인한 채 백기완은 서울에 올라갔다. 백기완은 내 친구 노릇을 하느라 쌀 두 가마니를 사서 안이만네 식구들에게 선물을 했다. 당시로서는 엄청난 것이었다.

그해 늦가을까지 농사일을 배운답시고 이집 저집 떠돌며 품을 파는 머슴일을 계속했다. 그러던 몇 달 뒤인 겨울, 백기완에게서 기다리던 연락이 왔다. 땅과 관련해 협의할 게 있으니 서울에 올라와보라는 전갈이었다.

눈물겨운 철원 땅 100만 평을 얻다

끝이 안 보일 정도인 100만 평 땅덩어리라니…. 너무도 극적인 일이었다. 그것은 기적이었다. 땅을 구하기 위해 서울에 올라온 것은 1972년 말 첫눈이 펑펑 쏟아질 무렵이다. 구룡포에서 올라와 벌렁거리는 가슴을 진정시키며 백범사상연구소를 찾았다.

"내 고향이 강원도 철원인데, 거기 땅을 물색해볼까?"

마침 연구소에 와있던 친구 김오일이 지나가는 말처럼 한마디를 툭 하니 던졌다. 귀가 번쩍 뜨였다. 구원이란 게 따로 없다는 생각이 들었다. 쇠뿔도 단김에 빼랬다고 백기완, 김오일과 함께 강원도 신철원의 울음산 530m 고지를 답사부터 했다. 물론 땅주인이 누구인지도 모른 채였다. 그저 허겁지겁 고지에 올랐다.

아, 숨이 턱 막혔다. 석양에 비친 눈밭은 너무도 찬란했다. 넓은 벌판에 움막 하나가 휑뎅하게 있었을 뿐이지만, 우선 스케일부터 달랐다. 순 자갈밭에 바위산이었지만, 그게 중요한 것은 아니었다. 그저 황홀하기만 했다. 떨리는 내 가슴을 도무지 억누를 수가 없었다. 내

안에 자연 속에서의 삶, 공동체 삶에 대한 이토록 강렬한 열망이 있었나 싶을 정도였다.

그곳에서 내려와 지포리읍에서 순댓국에 소주잔을 기울이면서도 우리는 조금 전 보았던 눈앞의 웅대한 신천지에 대해 이야기를 나눴다. 며칠 뒤 김오일의 주선으로 땅 주인을 만날 수 있었다. 지포리 읍내에 자리한 그곳의 마을 유지 최재돈 어른을 찾아뵌 것이다. 중키이지만 골격이 큰 그는 환갑 나이 정도였다.

줄이 잘 잡힌 양복바지며 백구두를 신은 모습에서, 왕년 풍운아의 분위기가 물씬 풍겼다. 인상도 예사롭지 않았다. 포마드 기름을 발라 단정하게 빗어 넘긴 머리 아래로 온갖 풍상이 스쳐간 얼굴이 보였다. 여간 깐깐해 보이지 않았다. 술, 담배 따위도 전혀 하지 않는다는 말을 들었던지라 더욱 그러했다. 긴장하지 않을 수가 없었다.

"제가 소개받은 방동규올습니다."

"어? 방 씨라고? 김오일 군이 하도 배추, 배추라고 말을 해서 나는 배 씨인 줄로만 알았는데…?"

보기와는 달리 성품은 낙낙한 듯했다.

"예, 어릴 때 붙은 제 별명이 배추장수입니다. 그게 좀 길다고 친구들이 '배추'라고 불러대는 바람에 그렇게 굳어졌습니다."

"허허, 그렇구만. 댁의 춘추는 어떻게 되시나?"

"예, 어르신. 올해 서른아홉입니다."

"좋은 나이요. 그래, 나 같은 촌부 따위를 찾아 애써 서울에서까지

88

오신 이유부터 들어봅시다."

지나온 과거와 앞으로의 농사계획을 나름대로 설명했다. 산업화로 치닫는 이 세상에서 이상촌을 만들고 싶다며 깊숙하게 머리를 조아렸다. 두서없는 설명이었다. 결론은 땅을 구하고 있다는 말이라서 '에끼, 이 미친놈' 소리를 들어도 아무 할 말이 없었다.

"임자에게 그 땅을 주겠소."

"네?"

도무지 내 귀를 믿을 수 없었다. 잘못 들었나 했다. 가슴이 펑 하고 터져나가는 줄로만 알았다.

"임자의 뜻이 우선 가상하오이다. 뜻도 뜻이지만 내가 관상을 조금 보는데, 임자는 앞으로 큰일을 할 상(相)이구먼. 사기를 치는 무리와는 질적으로 달라 보여."

부끄러웠다. 그리고 가슴은 격렬하게 두방망이질을 쳤다. 두 눈을 빛내던 최재돈 어른이 단도직입적으로 물어왔다.

"임자, 내 아우님을 하시겠는가?"

내 손목까지 덥석 쥐었다. 그 주름진 손이 더없이 따뜻했다. 가슴이 먹먹해져왔다.

"네! 큰 형님으로 모시렵니다."

내 정신이 아니었다. 벌떡 일어나 그의 부인까지 모셔왔다. 두 어른을 앞에 둔 채 넙죽이 큰절을 올렸다.

배포 큰 이 어른도 지나온 길이 남달랐다. 그는 일제 때 자신의 아버지를 구타하는 일본인 순사를 때려 죽인 뒤 바로 일본으로 밀항했던 의혈남아였다. 밀항 뒤에는 전력을 숨긴 채 조선소에 취직했으나 신분이 바로 탄로나 다시 도망자 신세가 되어야 했다. 자의반 타의반 일본 내 한국독립운동 조직과 연계가 돼 잠시 활동을 했다. 그 탓에 수배를 받아 만주로 갔던 그는 광복 직후에야 겨우 귀국을 할 수 있었다.

고향인 철원에 돌아온 그는 일본인 순사를 때려죽인 경력으로 영웅으로 칭송받으며 그 지역 인민위원장에 추대되었다. 그러고는 그 고약한 격동의 시기, 이번에는 부역혐의로 사형대에 오르내려야 했다. 청년 최재돈은 그 모진 세월을 겪으며 인생무상과 이념에 대한 환멸을 느꼈다. 철원 땅은 남북으로 주인이 수시로 바뀌던 시절이었다.

북한의 토지개혁으로 국유화됐다가 돌아오길 몇 차례, 헐뜯기고 멍든 비운의 땅이었다. 그에게는 지긋지긋한 공간, 의미 없는 땅에 불과했다. 내처 놀려온 것도 그 때문이다. 그러면서도 가슴의 불은 완전히 꺼지지 않았다. 비록 시대에 쫓겨서 살았지만, 한번 제대로 능동적인 행동을 해보고 싶었던 것이다.

그는 내게서 자신이 못 다 이룬 꿈의 실현 가능성을 보았노라 했다. 쇠뿔도 단김에 빼랬다고 우리는 서로의 손을 붙잡은 채 대서소를 찾아 '증여계약서'를 정식으로 작성해 나눠 가졌다.

'위 부동산은 증여자 최재돈의 소유인 바, 금반(이번) 방동규에 증여할 것을 확약하고, 수여자(받는 이)는 이를 승낙하였음으로 후일을 위하여 이 문서를 작정하고 각자 기명 날인한다. 1973년 4월 1일.'

90

지금도 보관 중인 하늘하늘한 얇은 증여계약서에는 도장 자국이 선명하게 찍혀 있다. 이렇게 땅을 구하고 난 뒤인 1973년 여름, 하얀 모시옷에 고무신 차림의 함석헌 선생이 이곳을 찾았다. 그분은 10만 평의 농장과 주변의 스케일에 입을 다물지 못했다. 주변의 산까지 다 합하면 100만 평도 훨씬 넘는 규모였다.

"일제 시절 울분이 치밀 때면 찾아간 곳이 평안도 용강군이었어요. 홍경래가 혁명을 위해 동지를 규합하고 훈련을 하던 넓은 공간이었지요. 여기에 와보니 생각이 달라지네요. 홍경래가 왜 그리 잔망스럽고 스케일이 작았나 싶은 것이지요."

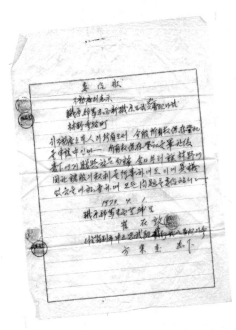

최재돈이 필자에게 건네준 증여계약서.

50년대 말 충남 천안에서 규모 1만 평의 씨알농장을 이미 운영하고 있던 함 선생이 탄식할 만큼 해발 530m 분지의 위용은 대단했다. 동네 사람들이 보통 울음산으로 부르던 그 산자락의 순 자갈밭, 막 개간을 시작했던 그곳은 주변 땅 100만 평과 함께 내가 남은 청춘을 고스란히 바쳐야 할 공간이었다.

노느메기밭의 탄생

땅을 구한 다음 구체적인 일들을 협의하기 위해 서울을 왔다 갔다 할 때였다. 어느 날 웬 소년이 다가왔다. 차를 나르는 녀석이었는데, 쭈뼛쭈뼛하는 폼이 좀 이상했다.

"너 무슨 할 얘기가 있냐?"

"예. 곧 농장일을 하신다면서요? 저도 따라가고 싶어서요."

"네가 어떻게 우리들끼리 나눴던 얘기를 아냐?"

"선생님들 하시는 말씀을 조금씩 들었거든요. 서울을 떠날 수 있다면 무엇이든지 하고 싶어요. 저도 데려가주시면 열심히 도와드리겠습니다."

'정보부의 끄나풀은 아닐까' 하는 의심이 잠시 스쳤다. 하지만 소년은 티 없이 순수하고 맑아 보였다.

"너, 이름이 뭐냐?"

"박근서라고 해요."

뒤에 소설가 선우휘 형은 〈노느메기밭의 소년〉이라는 제목의 칼럼에서 녀석을 이렇게 표현했다.

'박근서, 그는 초등학교만을 마치고 서울에 올라와 호텔에서 펨프 같은 일도 하고 명동의 이색다방에서 소년 레지로서 차를 나르기도 하면서 그야말로 도시의 혼탁 속에서 커온 소년이다. 그런데 그는 그 세계를 박찬 것이다. 유독 눈이 아름다운 18세 소년은 이제 깨달은 것이다.'

선우휘 형의 찬탄 그대로였다. 박근서의 고향은 충청남도 성환. 당시에는 너도나도 상경바람이 불었던 터라 혈혈단신으로 서울에 올라왔던 그는 서울 명동의 찻집 '까페 떼아뜨르'에서 일할 때 나와 백기완, 민속학자 심우성 등이 나누곤 하던 거창한 얘기를 주의 깊게 듣곤 했던 것이다.

이렇게 박근서가 합류한 뒤 구룡포 머슴생활의 동지 안이만도 불러들였다. 이렇게 셋이 의기투합하여 본격적으로 농장개척을 시작하였다.

"배추 형, 무턱대고 땅만 개간하면 뭘 해요? 좀더 경제성이 높은 특용작물 같은 것을 키워보세요."

유달리 농장 일에 관심이 많았던 김정남은 그런 구체적인 조언을 하곤 했다. 오랜 재야인사로 활동하다가 나중 김영삼 정부시절에 청와대 수석으로 발탁됐던 그의 이런 애정 어린 말은 퍽 현실적인 제안이었다.

그러나 돈보다는 자급자족이 먼저였다. 잉여농산물의 일부를 시장에 내놓을 수는 있어도, 그걸 거꾸로 할 수는 없었다. 특용작물 따위를

배추가 돌아왔다 2

심는 것은 원대한 공동체의 꿈, 이상향의 원칙에 어긋났다. 지금에 와 생각하면 정말 철없는 판단이었지만 원시공동체와 공동분배의 꿈에 대한 막연한 동경은 그런 신조를 고집하게 만들었다.

노느메기밭이라는 이름도 직접 지었다. 처음에는 노나메기라는 순수한 우리말이 퍼뜩 떠올랐다. 노나메기는 분업(分業)과정을 뜻하는 말이었다. 그보다는 노느메기란 말이 더 마음에 들었다. 그 말은 먹을 것과 수확농산물의 공동분배를 의미한다. 잔치 때 함께 나눠먹는다는 뜻이 아닌가. 농장이라는 것도 한자어니 순우리말인 밭으로 바꿔버리자고 결심했다. 그렇게 해서 '노느메기밭'이 탄생했다.

10만 평 땅을 얻은 뒤 필요한 물자는 서울에서 지원받았다. 백기완은 농장이 꾸려지기 직전 '이게 내 능력'이라는 말과 함께 20만 원을 줬다. 보통 월급쟁이들의 두 달치 월급이 되는 적지 않은 돈이었다. 그 돈으로 농기구를 샀다. 차가 없어 고민할 때도 백기완이 트레일러가 달린 차 한 대를 빌려왔다.

우선 논과 밭, 그리고 과수용 토지 등을 구분한 뒤 용도에 맞게 개간을 시작했다. 자갈밭을 파다가 하루에 삽날을 무려 일곱 개나 부러뜨린 날도 있었다. 땅은 수십 년 넘게 사람 손을 타지 않은 상태였다. 갈대도 문제였다. 땅 아래로 뿌리를 뻗은 갈대는 천지로 깔려 자갈과 바위 못지않게 개간에 걸림돌이 되었다.

선우휘 선배가 자기 일처럼 나서서 수원 임업시험장에 주선을 해주었다. 연락을 받은 나는 임업시험장에 가서 묘목들을 직접 실어 날랐다.

4월 하순 온 산이 진달래로 붉을 때 밤나무 400그루와 호두나무 200그루가 부려졌고, 나무 심는 일은 서울에서 온 사람들이 거들어줬다. 지금은 고인이 된 매제 왕진연이 오동나무 묘목 5,000주를 보내주기도 했다.

콩, 옥수수, 고추, 들깨는 요긴한 작물이니 욕심대로 많이 심었다. 축산도 해볼 생각이라 사료용 작물도 많이 심고, 도라지 밭도 따로 만들었다.

그리고 그해 가을·겨울철에 대비하여 흙담집을 한 채 새로 짓기로 했다. 그때까지만 해도 우리는 농장이 내려다보이는 곳에 토굴을 파고 살았었다.

토굴 위에 비를 가릴 수 있게 지붕을 올린 것 말고는 거의 원시적인 움막집과 다를 바 없었다. 어떤 날은 일에 지쳐 고단한 몸을 뉘려 들어가 보면 뱀들이 먼저 똬리를 틀고 있기도 했다. 제대로 된 집이 필요하기는 했다. 그런 고민을 할 때 박근서가 냉큼 나섰다.

노느메기밭에 집을 지을 당시. 필자 앞의 사람이 어머니다.

"저의 아버지가 목수일을 하시니까 한번 부탁해보겠어요. 시간 있으면 며칠 와서 도와달라고 해보겠습니다."

"그래 볼까?"

박근서의 아버지가 도착하기 전 우리는 보름 가까이 집을 지을 흙벽돌을 찍어 한 옆에 수북이 쌓아놓았다. 그의 아버지는 도착한 다음날부터 집을 짓기 시작했고 거의 보름 만에 멀쩡한 집 하나가 뚝딱 완성됐다.

부엌, 안방, 대청마루의 틀을 잡고 옆에 헛간을 지었다. 방은 부엌 끝에 따로 붙여 지었다. 지붕을 기름먹인 종이(루핑)로 씌우니 기역자 집이 그럴듯하게 완성됐다. 잠자리도 이젠 편해졌다. 각자 따로 방을 쓸 수 있게 된 것이다. 마음도 느긋이 여유가 생겼다.

사실 집짓기를 서둘렀던 데는 또 다른 이유가 있었다. 그해 6월 서둘러 결혼식을 올렸던 것이다.

아내까지 합세하여 박근서와 안이만, 그리고 나. 이렇게 넷이서는 날마다 개간에 열을 올렸다. 하루에 300평 정도 밭을 갈면 정말 일 잘하는 소라고 쳐줬는데 우리는 매일같이 단지 삽 하나에 의지해 300평을 개간했다. 오죽하면 삽을 그렇게나 많이 부러뜨렸겠는가. 우리는 밤낮을 가리지 않고 개간에 열중했다.

몸을 움직이면 움직이는 대로, 땀을 흘리면 흘리는 대로 척박한 땅은 쓸모 있는 땅으로 변해갔다. 나는 평생 어딘가에 소속된다는 것을 혐오해온 사람이지만 그때만큼은 내가 노느메기밭에 속해 있다는 것이 너무나 자랑스러웠다. '산다'는 것의 진정한 의미를 다시 발견한 듯한 느낌이었다.

물에 소속되는 것이야말로 진짜 자유와 기쁨이 있는 일임을 알게 되었고, 나무에 소속되는 일에 내 인생이 있다는 것을 실감하게 되었다. 땅에 소속되는 일이야말로 진짜 땀 흘릴 가치가 있음을 다시 한 번 확인했다. 무엇보다도 함께 땀 흘리고 고단함을 서로 위로하고, 함께

98

생각과 마음을 나누는 사람들에게 소속되어 있다는 것이 내 마음을 흡족하게 했다.

분지형태의 노느메기밭에는 개울이 하나 흘렀는데 위쪽 물은 식수로 사용하고 아래쪽 물은 빨래 등을 하는 생활용수로 사용했다. '언제이 넓은 땅을 다 개간할까' 하며 걱정에 잠기던 것도 잠시, 돌아보면 낭만도 꿈도 태산과 같았다. 온 사방이 깜깜해질 때까지 밭을 갈다 집으로 돌아와 새우잠을 자도 피곤한 줄을 몰랐다. 새가 우는 소리에 잠을 깨면 아침햇살은 너무나 찬란했다. 구름은 햇살을 받을 때마다 시시각각 빛났다.

봉우리마다 구름이 얹혀 있었고 무지개를 구경할 수 있는 날도 심심찮게 많았다. 구름이 그렇게나 빠르게 움직인다는 것을 그때 처음 알았다. 빙글빙글 돌아가는 구름의 움직임을 바라보면 온갖 나쁜 마음이나 시름이 눈 녹듯 말끔하게 사라졌다. 내 마음도 덩달아 고요하고 평온해졌다.

완벽한 평화였다. 또한 완벽한 유토피아였다. 개척 원년, 가슴에 품은 큰 꿈이 척척 풀려나갔다. 몸은 더 이상 고될 수 없었지만, 그런 건 조금도 문제가 되지 않았다. 진정한 삶, 오랫동안 꿈꿔온 이상촌이 바로 이런 것임을 느꼈다. 나에게 노느메기밭은 기적의 공간이었다. 오랜 방황 끝에 얻은 제자리인지라 더없이 만족스러웠다.

질풍노도와 같았던 10대 시절의 방황, 들개처럼 쏘다녀야 했던 전쟁통, 아버지의 돌연한 죽음과 악몽 같던 군대시절 등, 지나온 세월이

주마등처럼 스쳐갔다. 의식불명 상태의 어머니 손을 뿌리치고 떠났던 유럽 행, 어둡고 음습했던 독일의 탄광, 고독했던 파리의 뒷골목, 그리고 귀국한 이후 서울 바닥에서 버둥거렸던 일 따위도 모두 이 노느메기밭의 평화를 위해 치러야 했던 통과의례였다는 생각이 들었다.

척박하고 광활하기만 했던 땅이 옥토로 변해가는 모습을 보며 가슴이 벅차올랐다. 이곳에 뼈를 묻고 싶었다. 이 농장에 사람들이 몰려와 함께 웃고 울고 살아가는 앞날을 그려보며 미친놈처럼 혼자 웃음을 흘리기도 했다. 수천 그루의 묘목들은 빠른 속도로 뿌리를 내렸고 새로 치기 시작한 흑염소는 짧은 기간에 700여 마리로 불어났다.

해질 무렵이면 능선에 올라 내 삶의 터전을 내려다보았다. 우르르 몰려다니는 흑염소 떼는 장관이었다. 붉은 노을이 분지에 그득 차오르면 고즈넉한 평온이 무럭무럭 피어났다. 낮게 퍼지는 염소의 울음소리, 그 소리를 들으며 나의 꿈이 자라고 있었다.

그 천국의 첫 겨울, 이제 친구들이 다시 연신 찾아들었다. 살롱드방을 드나들었던 이부영, 김도현, 김정남 등의 재야인사들, 문화예술인 최민 등은 여름날 놀러와 유신시절의 답답함과 우울함을 잊고 함께 땀을 흘리기도 했다. 일이 끝난 뒤 저녁이면 시국 이야기에 문학과 역사, 통일, 민족 등 끝도 없는 주제를 놓고 고담준론을 했다. 이제 겨울이 왔으니 여름철의 땀 흘리기와는 달리 이제는 원없이 한판 즐기러 온 것이다.

"형님. 노래 한번 해보슈. 뱀장수 흉내도 내보고."

100

문학동네와 미술동네 후배들이 번갈아 놀러왔다. 시골의 정취에 취했던 그들은 흥겨운 노래판을 즐겼다. 산중에는 우리 집 한 채뿐이라 한밤중에 우리가 아무리 크게 떠들고 고성방가를 해도 저 아래 쪽에는 들리지 않았다.

"이름조차 엘레나로 달라진 순이/ 오늘 밤도 파티에서 춤을 추느냐~"

술을 마시며 '구라'에 흥이 실리면 끝없는 장광설을 풀어 주변을 즐겁게 만들다 그것도 지치면 나는 숟가락에 입을 댔다. 이번에는 노래 순서다. 왕년의 가수 안다성이 탱고리듬에 실어 크게 히트를 쳤던 노래 '엘레나가 된 순이'.

시골처녀가 양공주로 변신한 스토리를 절절하게 담았으니, 나 같은 얼치기 민족주의자, 애국주의자에게는 제법 잘 어울리는 노래였다. 술판이 무르익을 때면 나만의 주특기인 뱀장수 사설이 이어졌다. 허리띠를 풀어 쇼를 하는 것이다.

"나를 소개하자면 진짜배기요. 어째서 진짜배기냐. 성은 진 자요. 이름은 자배기. 자~, 그럼 이 약은 어떤 약이냐. 한 번 먹어 안 나아? 두 번 먹어! 두 번 먹어 안 나아? 세 번 먹어 안 나아? 병원에 가. 이런 약이여. 알갔시오?!"

"브라보!"

"황석영 구라보다 낫다. 계속하셔!"

일행들은 방바닥을 거의 대굴대굴 구르다시피 했다. 최민은 미학을 전공해서 그랬을까? 유달리 감수성이 풍부했던 그는 나의 구라와 라이브 쇼를 그렇게 좋아했다. 그렇게 노느메기밭에서의 첫 겨울은 행복이 무럭무럭 익어갔다.

그러나 노느메기의 평화는 너무 빨랐는지도 모른다. 울음산에서의 실험작업과 달리 세상은 점차 험해졌다. 유신 초기 '이호철 등 문인 간첩단 적발'이라는 기사가 신문 1면을 장식했다. 그때는 정말 미처 몰랐다. 그것은 홍진 세상에 다름 아닌 서울의 일이고, 노느메기밭과는 전혀 무관할 줄로만 알았다.

서울에서 시작된 무지막지한 '재앙의 파도'가 강원도 땅에까지 미칠 줄은 아무도 예측하지 못했다. 충분히 피우지 못한 노느메기의 평화는 그때부터 서서히 불길한 그림자에 싸이기 시작했다. 누구도 가늠할 수 없었던 일었다.

'그것이 과연 나의 팔자인가?'

'이 땅에 유토피아를 세우는 것은 그토록 불가능한 꿈이던가?'

지금까지도 간혹 되묻는 가슴 아픈 질문들이다.

노느메기밭이 자리잡은 울음산은 삼국시대 말 애꾸눈 왕인 궁예가 왕건에게 밀려 숨어 살았던 곳이라 한다. 그런 내력을 지니고 있어서일까. 어느 날엔가는 정말 산이 울고 있는 듯한 기분이 들기도 했다.

후일담이지만 나는 노느메기밭을 떠난 이후 한 번도 농장 근처를 가보지 않았다. 아니 못 갔다. 그곳만 생각하면 지금도 가슴이 무너지기 때문이다. 혹시 여행을 하며 신철원과 울음산 근처만 지나가도 울음이 왈칵 쏟아질 것 같아서 일부러 우회를 한다.

102

9

KODAK TMX 5052

남자 중의 남자, 아! 선우휘 형

"배추, 당신은 김일성과 무전교신을 했다!"

"손 들엇!"

갑자기 등 뒤에서 들이닥친 검은색 가죽점퍼 차림의 사내 두 명이 권총부터 들이댔다. 1974년 1월 중순 서울의 동생 집에서 일어난 일이다.

결혼한 아내가 만삭에 가까워지면서 몸을 풀 곳으로 서울 동생 집을 찍었다. 막 집에 들어서면서 반갑게 인사를 나누려던 무렵 나타난 괴한에 놀라기보다는 어이가 없었다. 나는 너털웃음부터 터뜨렸다.

"헛헛헛! 야, 이 녀석들아. 어디 털 데가 없어서 우리 같은 가난뱅이 집을 덮쳐?"

겨우 두 놈이었다. 가볍게 처리할 수 있을 것 같았다. 나와는 달리 겁에 질려 오들오들 떨고 있는 만삭의 아내가 좀 걸렸지만, 여차하면 가볍게 손을 봐줄 생각이었다. 그런데 그들이 품에서 무언가를 꺼내 척하니 내게 내미는 게 아닌가. 신분 증명서였다. 하는 짓이 강도치고는 조금 이상했다 싶었는데, 그 녀석들은 뜻밖에도 정보부 소속의 기관원들이었다.

나를 잡으러 강원도 노느메기밭까지 갔다가 허탕을 친 뒤 여기까지 추적해왔다며 수갑을 채웠다. 뭐가 잘못돼도 한참 잘못됐다는 생각이 들었다. 당혹스러움, 그러나 뭔가 착오가 있었던 거겠지, 하는 생각으로 그들을 따라나섰다.

"여보, 잠깐만 나갔다 올게."

그러나 잠깐은 결코 잠깐으로 끝나지 않았다. 임의동행 끝에 나는 구속이 되고 말았다. 죄명도 거창했다. 간첩. 농장 시작 1년이 채 안 된 시기다. 내가 어떻게 될까, 하는 걱정보다는 신혼의 꿈과 이상촌 건설의 희망이 산산조각 나는 건 아닌가 불안감이 엄습하기 시작했다.

압송되어간 곳은 대구의 대공분실이었다. 끌려가는 도중에 그들의 말을 엿들었다. '방동규란 녀석은 함석헌, 장준하, 백기완 등 반체제 인사들과 교류가 많은 요주의 인물이니 되도록 사람들의 눈에 띄지 않는 곳으로 빼돌려야 한다'는 것이었다. 가슴이 덜컥 내려앉았다. '이거 걸려도 크게 걸린 것 같다'는 예감이 스쳤다.

"방동규! 이 새끼야. 우리들은 다 알고 있어. 너 김일성과 무전교신을 했잖아. 그때 사용했던 암호를 대란 말이야!"

"그 많은 정부 전복용 게릴라 특수무기는 도대체 어디에 감췄냐?"

"네 녀석이 운영하는 농장을 홀딱 뒤집어놓기 전에 모두 불란 말이야, 이 새끼! 입 안 열어?"

욕설 따위는 일도 아니었다. 턱도 없는 다그침과 함께 그들은 연신 몽둥이찜질에 전기고문을 해댔다. 전기고문은 견딜만 했다. 공포스럽기는 했지만, 금세 정신을 잃었기에 차라리 고통은 덜했다.

"이 쓰벌 놈들아, 그래, 천하의 김일성이 어디 그렇게 할 일이 없어 나 같은 잡놈한테 밤이면 밤마다 전화질을 하냐? '야, 배추! 나 김일성 인데, 너 지금 뭐하냐?' 하는 개수작을 했다고? 내가 그렇게 대단한 놈 이냐? 너희들은 정말로 그렇다고 생각해?"

그런 얼빠진 고생을 15일이나 한 뒤 이내 서울 서대문교도소로 옮 겨졌다. 푸른 수의에 달린 번호 '350', 평생 못 잊을 숫자요, 수인번호 다. 그래도 뭔가 일이 꼬였으니까 이 지경이지, 조만간 풀어주겠지 하 는 희망을 여전히 품고 있었다. 그러면서도 쟤네들이 작심을 하고 엮 으려 들면 무엇인들 못하겠는가 하는 두려움도 없지 않았다.

6개월 수감 중 5개월을 독방에 집어넣은 걸 보면 엄청 중죄인 취급 을 했던 모양이다. 분류는 일단 사상범이었다. 타고난 한량이자 잡놈 인 나로서는 엄청난 누명이 아닐 수 없었다. 하루 한 번 운동(햇볕보기) 도 없었다. 화장지도 넣어주지 않았다. 하는 수 없이 독방 벽의 한 구 석을 정해 그림 아닌 그림을 그려야 했다. 손가락으로 대충 처리를 한 뒤 차곡차곡 발라뒀다. 훗날에야 그때의 일을 두고 마치 유화를 그리 듯 했다고 너스레를 떨기도 했지만 사실 당시의 고통은 말도 못했다. 최악의 생활이었다.

그건 그렇고 도대체 왜 간첩죄 구속이었을까? 아무리 생각해도 알 수가 없었다. 혹시 개헌청원 100만 인 서명운동에 간여했기 때문일까? 사실 73년 12월 장준하와 백기완은 허술(전 중앙일보 기자), 이부영(전

동아일보 기자), 그리고 나를 은밀히 불러들였다. 장준하의 면목동 집이었다. 그들은 등사기를 밀어 개헌청원서 초안을 제작했고, 나는 허술, 이부영과 함께 집 주변을 감시했다. 그 일 때문일까? 하긴 그들은 그런 것도 일일이 체크를 했을지 모른다.

하지만 그게 전부는 아니었다. 직접적인 계기는 엉뚱한 곳에서 불거졌다. 안이만! 그의 입이 사단을 내고 만 것이다. 우직하면서도 단순 무식한 안이만은 나를 광적으로 좋아했다. 노느메기밭을 일굴 때 내가 전갈을 하자마자 만사 제쳐두고 달려올 정도였다. 국회의원은 물론 백기완보다도 내가 더 훌륭하다고 생각했다.

우리가 나눴던 반독재, 농촌운동, 그리고 이상촌 실험 따위의 말이 그의 귀에도 감동적으로 들렸겠지만, 지금 생각해보면 일부는 소화불량의 언어였는지도 모른다.

안이만이 잠시 시골에 다니러 갔다가 내게 들었던 얘기를 동네방네 자랑삼아 떠벌렸다. 안이만은 자기의 의도와는 달리 불온한 사람들에 대한 정보를 제공한 셈이었고 그의 사촌형은 무릎을 쳤다. 그의 사촌형은 육군하사 출신으로 충실하게 반공교육을 받은 사람이었다. '빨갱이 배추'를 신고하면 포상금을 챙길 수도 있다고 여긴 것이다. 신고를 받은 수사기관은 나에 관한 뒷조사를 시작했다.

그들에게 나는 70년대 초반에 일어났던 시국사건의 모든 조건을 갖추고 있는 인물이었다. 외딴 곳에서 수상한 농사를 짓는다고 껍죽대질 않나, 반체제 거물급들이 줄줄이 찾아들지 않나…. 그들은 나를 어마

어마한 거물로 착각해버렸다.

긴급조치 1, 2호라고 하는 무서운 그물망은 나 같은 작은 먹이까지도 덜컥 낚아채버렸다. 무혐의로 풀려나기까지 꼬박 6개월 동안 형무소 신세를 져야 했다. 잡범도 못되는 내가 사상범으로 둔갑한 이 사건은 너무나 뼈아픈 결과를 가져왔다.

이제 막 자리를 잡아가던 노느메기밭이 휘청거리게 된 것이다. 서울의 거의 모든 친구들이 구속돼 외부지원을 바랄 수도 없는 형편이었다. 또한 출산을 앞두고 있던 아내는 고통으로 속이 시커멓게 타들어가 버리고 말았다.

감방생활 6개월, 얻은 것과 잃은 것

　0.75평의 좁은 독방에서 지내는 동안 벽과 천장이 사방에서 나를 옥죄어오는 듯한 환상을 보곤 했다. 공기마저 무겁고 가슴도 답답했다. 그래서 나는 변기 위에 나 있는 작은 창에 얼굴을 대고 종일 창밖을 내다보곤 했다. 그러지 않으면 가슴이 터져버릴 것만 같았다. 그러던 어느 날 건너편 건물 복도를 거닐고 있는 낯익은 사람을 발견했다.

　"야, 기완아! 나 배추야."

　너무도 반가웠다.

　"야, 배추!"

　그가 내 감방 창살 앞으로 다가왔다. 나는 창살 너머로 마치 그의 손을 잡기라도 할 것처럼 팔을 쭉 뻗었다. 반가움에 날뛰었다. 그는 장준하와 함께 긴급조치 1호로 끌려왔다고 했다. 그의 방은 '2사상1호'였다. 당시 형무소 내에는 15개 사동이 있었고 각 사동은 2층 건물이었다. 1층은 하, 2층은 상이라 표시했다. 그리고 각 층마다 모두 열 개 이상의 방이 있었고 1번과 2번 방은 독방이었으며 나머지 방들은 여러 명이 함께 들었다. 그러니 '2사상1'은 2번사동 2층의 1번 독방을 뜻했다. 나는 '3사하1', 즉 3번사동 1층의 1번 독방이었다.

"너도 왔구나. 야, 건강이 최고야. 기죽지 마, 인마!"

당시 끌려온 문인과 지식인들은 기개가 있었다. 어렵고 힘든 상황일수록 그들은 더욱 강해졌다. 열혈투사인 백기완은 더 말할 것도 없었다. 그는 검취(검사의 취조)를 받으러 마개비(간수)의 손에 이끌려 맞은편 옥사의 복도를 오갈 때마다 한두 마디를 툭하고 던졌다. 나에게 던지는 일종의 격려였던 셈이다.

마개비는 당시 재소자끼리의 은어다. '망할 자식', '개자식', '빌어먹을 자식'의 앞 글자를 따서 만든 신조어가 바로 마개비인데, 지금도 그런 말을 쓰는지는 모르겠다.

그 시절 거기서 보았던 사람 중에 소설가 이호철도 잊을 수 없다. 유난히 많은 수염을 깍지 않아 임꺽정처럼 변해버린 그는 걸음걸이부터 당당했다. 그런 모습으로 검사에게 고래고래 호통까지 쳤으니 그건 배짱과 신념이 아니면 도무지 불가능한 일이지 싶었다. 겉으로는 안 그런 척하면서도 속으로는 벌벌 떠는 내 꼴이 부끄러웠을 정도다.

이호철, 임헌영 등은 문인지식인 간첩단 사건으로 끌려왔다. 재일동포 노동당원에게 포섭돼 대중선동 지령을 받았다는 게 수사기관이 발표한 혐의였다. 하지만 재야의 광범위한 유신헌법 개헌논의에 재갈을 물리려는 조작사건임을 이미 세상은 다 알고 있었다.

창밖을 보는 것마저 지겨워지면 나는 통방(감방 간 대화)을 시도했다.

112

무료함을 달래고 용기도 얻을 겸 서로의 이름을 불러가며 이야기를 나누었다. 신호라고 해서 별건 아니었고 그저 서로의 이름을 부르고 대답하는 아주 간단한 방식이었다. 그게 전부였지만, 속으로 얼마나 든든한지 몰랐다.

맨 처음에는 "야, 호철아!" "어, 배추!" 하며 상대의 이름을 불러줬다. 하루 이틀 그게 자꾸 반복되다 보니 간수들이 이호철의 감방에게 달려가 호되게 주의를 줬다. 이호철의 방은 내 방 바로 위인 '3사상1호'였는데 특정인의 이름을 반복해 부르니까 마개비 녀석들이 알아버린 것이다. 꾀를 낸 우리는 배추란 말을 암호삼아 안부를 대신했다.

"배추!"

"배추!"

그게 재미있어 보였는지 다른 수인들까지도 덩달아 배추를 연호했다. 특히 저녁식사 뒤에는 내 방 네 방 가릴 것이 없이 배추라는 암호 아닌 암호가 불쑥불쑥 튀어나왔다. 마개비가 어디에서 나오는 소리인가 추적할 때쯤이면 '배추 합창'을 방불케 하는 소리가 사동 전체를 들썩이게 만들었다.

분위기가 묘하게 변해갔다. '배추'는 마치 유신체제와 형무소 당국에 대한 조롱으로, 양심수끼리의 단결과 연대를 뜻하는 묘한 구호로 여겨지게 되었다. 10대 시절 옷차림 때문에 붙었던 내 별명이 반체제의 구호로 돌변했던 웃지 못할 일이다. 마개비들이 총동원돼 허둥지둥대면서 이리저리 왔다 갔다 하던 모습도 기억에 선하다.

형무소 생활은 그렇게 하루 이틀 지나갔지만, 뜻밖의 일들이 꼬리를 물었다. 15년을 훌쩍 넘은 그 옛날 부산 범어사에서 중노릇할 때 고 시생 신분이었던 문호철을 다시 만난 것이다.

어느 날 검취를 받으러 특별실(형무소 안에 있는 특별 취조실)에 갔는데 그를 만났다. 서로 범어사 이야기가 한차례 오갔고 그는 잡탕밥에 배 갈, 담배까지 대접해주었다. 합방을 할 수 있었던 것도 그의 배려 덕분 이었다.

그러나 그 시절의 반가움은 반가움이고, 일은 일이었다. 그는 상대 를 부드럽게 대하면서도, 숨이 막힐 듯한 공포와 긴장을 느끼게 했다. 유명한 공안사건을 전담하다시피 했던 경력이 과연 장난이 아니었음 을 느낄 수 있었다. 문호철은 그로부터 4년 뒤인 78년 한참 나이인 41 세에 지병으로 숨졌다. 이부영에 따르면, 죽기 직전 문호철은 "검사가 권력인지 뭔지는 몰라도 이 무슨 고약한 직업이던가" 하며 자기 신세 를 그토록 후회했다고 한다.

하루하루 지날수록 바깥사람들에 대한 그리움도 커져갔다. 특히 아 내의 얼굴이 어른거려 견디기 힘들었다. 임신을 한 상태에서 내가 이 런 처지가 되었으니 얼마나 충격이 클까. 그러나 나는 아내 뱃속의 아 이를 생각하며 이를 악물었다. 얼굴도 못 본 아빠인데, 그 아이가 아빠 를 김일성과 무전교신을 하는 간첩이라고 믿게 만들 수는 없었다.

독방에서 벗어난 뒤에는 감방동기들을 두루 사귀었다. 교도소 안에 는 백기완, 이호철, 임헌영을 비롯해 아는 얼굴들이 벌써 수두룩했다. 당시 대학생 신분이던 유홍준과도 이때 만났다.

114

통방을 하면 '배추 형님'의 안부를 묻는 젊은 대학생들의 응원이 연속으로 전해져 왔다. 이후 30년 넘은 지금까지 그들은 나의 후원자이자 친구가 되어주었다. 그때 만난 재소자 중 성격 좋은 이재오의 활달함은 인상적이었다. 기결수도 아닌 신분에 복도를 무상으로 출입해 부러움을 사기도 했다.

"야, 재오! 너 어떻게 복도를 마구 다니냐?"

"이거요? 그럼요. 이거 정말 아무나 하는 거 아닙니다. 형님들, 그저 힘내시고요."

형이 확정된 기결수들은 자진하여 노역을 나갔다. 하루 종일 감방에 죽치고 있는 것보다는 그렇게 나가 밥을 짓거나 밭을 가꾸거나 세탁을 하고 있노라면 지루하지 않고 시간도 빨리 지나간다고 했다. 하지만 그는 노역을 하는 것도 아니었으니 대단한 수완임에 틀림없었다. 나중에 그를 통해 시인 김지하가 교도소에 들어왔다는 소식도 전해 들었다. 감옥 안에서 전해 듣는 소식이 사회보다 더 빠르다고 하지 않던가.

독방에서 합방으로 옮긴 뒤부터 나는 한방을 쓰는 재소자들에게 깍듯한 사상범 예우를 받았다. 쑥스러웠지만, 관례라니 어쩔 수 없는 노릇이었다. 흔히 뺑끼통이라 부르던 화장실 옆 말석을 준대도 할 말이 없을 텐데 관물대와 식구통 사이의 상석을 내게 양보했고, 호칭도 '선생님'으로 통했다. 잠자리 순서도 그랬다. 감방 안에는 관례적으로 감방장, 총무, 기율부장 등이 있었는데, 사상범이 최우선이었다. 잡범들은 사상범에게 깍듯했다. 사식이나 강아지(담배)도 당연히 상석이 먼저

다. 이렇게 대접을 받게 된 데에는 원래 방장이었던 사람의 덕도 있었다.

"저기요, 제가 선생님을 잘 압니다."

"어떻게 저를 압니까?"

"예전에 명륜동에 살았던 주원복(전 고려대 미식축구 코치) 씨와 선생님이 어울리던 모습을 멀리서 몇 번 봤습니다."

그는 회사원(소매치기) 생활로 잔뼈가 굵어 결국 회사(소매치기 집단)를 차리고 운영하다가 들어왔다고 했다. 그 방장의 도움으로 차츰 합방 생활에 익숙해져갔다.

탁(담뱃불 붙이는 유리 조각), 마개비채(칫솔대에 유리를 박아 감방 밖을 보는 잠망경 거울) 등의 은어도 알게 되었고, 간수들이 수인들에게 담배 한 개비씩을 팔아 푼돈을 챙긴다는 것도 알게 되었다.

하루 종일 두 평 반 남짓한 방에서 여러 명이 지내다 보니 자연스레 많은 이야기들이 오갔다. 그들은 내게 '한 말씀'을 해달라고 졸라대곤 했다. 도대체 무슨 말을 하란 말인가. 나야 원래 근엄한 사상범도 아니오, 사상가도 아니지 않은가. 결국 '구라'를 풀 수밖에. 무슨 이야기를 할까 이리저리 궁리를 하다가 찾아낸 이야기들은 훗날까지 단골 레퍼토리가 되었다.

"어? 선생님, 출소(석방)하시겠네?"

어느 날 그 감방장이 저녁식사 뒤 몰래 강아지를 피우려고 탁을 다루다가 손에 작은 상처를 냈다. "앗 따가워" 하며 순간적으로 손을 흔들었는데 핏방울 하나가 하필 내게 튀었다. 무엇이든 의지하고 싶은 마음이 드는 외롭고 쓸쓸한 감방생활이니, 그저 미신 같은 것이겠거니 싶었는데 정말 30분 뒤 간수가 소리를 쳤다.

"350번 출소!"

감옥사 제일 끝방에 있던 나는 '출소!' 소리에 방을 나왔다. 저녁식사 후 취침 전이라 모두가 그 소리를 듣고 창살 안에서 부러운 듯 나를 쳐다보았다. 갑자기 배신자가 된 기분이었다. 이들을 두고 나만 나가야 하나 하는 가책이 가슴을 꽉 메웠다. 그들의 박수소리를 들으며 죄지은 배신자의 모양이 된 나는 긴 간방 복도를 걸어나왔다.

6개월의 서대문 형무소 숙박을 통해 나는 얻은 것도 있고 잃은 것도 있다. 내 모든 것을 바치고 싶었던 노느메기밭을 그냥 그렇게 방치할 수밖에 없었던 건 지금까지도 천추의 한이다. 공백기간은 단지 6개월에 불과했지만 내가 느낀 상실감은 엄청났다. 인생 전체를 잃은 것에 비견할 만했다.

그렇다고 잃은 것만 있는 건 아니었다. 그때 나는 문단을 포함한 재야인사들의 친구가 됐고, 무엇보다 나를 친형제 이상으로 아껴주는 선우휘 형님의 진심을 다시 한 번 확인할 수 있었다.

노느메기에서 자란 두 딸

내게는 두 명의 딸이 있다. 이 애들을 한마디로 말하자면 내가 죽어도 혼자 살아갈 수 있을 만큼 강한 생활력을 가진 애들이다. 녀석들은 누구보다 험한 환경에서 거칠게 자랐고 강하게 컸다.

간첩혐의로 끌려갔을 때 아내는 이미 산달이 가까웠던 터라 내심 걱정이 되었다. 남편이 덜컥 감옥에 갇혔으니 보통 때라 해도 견디기 힘든 일인데, 그 무거운 몸으로 혼자서 그 고통을 감내하고 있자니 병이 안 날래야 안 날 수 없었다.

아내가 동생네 집에서 앓고 있다는 이야기를 들을 때면 감옥 문을 박차고 나가버리고 싶은 충동을 느끼기도 했다. 그러던 어느 날, 마개비를 통해 아내가 무사히 출산했다는 소식을 들었다. 그나마 한시름이 놓였다. 소식을 빨리 들을 수 있었던 건 어머니가 마개비에게 5만 원을 쥐어주었기에 가능한 일이었다.

출소를 하니 밖에서 현재 강서구청장을 지내고 있는 김도현이 기다

118

리고 있었다. 그는 나보다 형무소 대선배다.

"배추 형님, 고생 많으셨어요. 우선 저쪽으로 가시죠."

한 옆에서 기다리고 있던 어머니가 들고 있던 두부를 내 입에 들어넣었다. 그리고 바로 목욕탕으로 데리고 갔다.

"저긴 왜?"

"형님 같은 분들이 맨 먼저 들러야 할 곳입니다."

목욕탕에 들어가 오랜만에 때를 벗겼다. 욕탕에서 나오려 하자 목욕탕 주인이 가만히 있으라고 하더니 내 머리 꼭지 위로 소주를 들이부었다.

"이게 뭐하는 겁니까?"

"목욕을 해서 몸의 때를 벗기듯이 소주를 부어 마음의 때를 벗어내라는 거지요. 이래야 다시는 이곳에 안 온답니다."

서대문 형무소를 출소한 사람들이 으레 거치는 방식이라고 했다. 목욕을 마치고 나오니 어머니가 장위동으로 나를 이끌었다. 아내가 있는 동생네 집이었다.

아내의 핼쑥한 얼굴이 눈에 들어오자 새삼 그동안의 이별이 서럽게 느껴졌다. 얼마나 몸고생, 마음고생이 심했을까 싶었다. 아내의 손을 꼭 잡고 가만히 고개를 끄덕였다. 그리고 아내 품에 안겨 있는 딸아이를 내려다보았다.

"얌마!"

그랬더니 이 녀석이 방글방글 웃는 게 아닌가.

"이 녀석 애비를 아네! 그래, 넌 누구냐?"

여전히 녀석은 방글방글 웃었다. 옆에서 어머니가 말참례를 했다.

"너 나오면 이름 짓는다고 아직 이름도 안 붙여줬다. 뭐, 생각한 이름이라도 있니?"

"그런 걸 왜 미루고 그럽니까. 그냥 알아서 지으시지."

"그래도 애비가 붙여주는 게 낫지 않겠니."

"알았어요. 이 녀석 자꾸 웃는 거 보니까 방그레라고 합시다."

"에그머니나!"

"왜 그렇게 놀라세요."

"이름도 참 빨리도 짓는다. 그래, 방그레가 뭐니, 촌스럽게."

"촌스럽긴요. 방 씨 집안에 태어났으니 성이야 바꿀 수 없는 거고, 이렇게 방글방글 웃어대니, 방그레, 얼마나 좋습니까."

나는 이렇게 너스레를 떤 뒤 첫딸의 얼굴에 내 얼굴을 갖다 댔다.

"방그레야. 세상에 웃고 살 수 있는 것처럼 좋은 일은 없단다. 평생 웃을 수 있으면 얼마나 행복하겠니. 너는 양심의 가책 없이 평생 웃고 살아라."

그리고 곧장 아내와 딸을 데리고 다시 노느메기 밭으로 향했다. 다음 해에는 둘째 딸이 태어났다. 큰딸 방그레가 74년생이고 둘째 딸 방시레는 75년 생이다. 연년생으로 태어난 녀석들은 다른 아이들과 달리 우애가 좋았다. 77년 초 우리 농장이 남파

세종대왕기념사업회가 주최한 '고운 이름대회' 시상식을 마치고.

간첩 침투의 루트라면서 정부가 난데없는 철폐령을 내릴 때까지 그곳에서 지냈으니 녀석들은 유아기를 고스란히 산에서 보낸 셈이다.

녀석들과 지내면서 재미있고 신기한 일을 많이 겪었다. 먹을 게 부족해 더러 뱀알을 삶아 먹기도 했는데 녀석들은 그것을 아주 좋아했고 잘 먹었다. 개구리를 잡아 삶아 먹거나 구워 먹는 것도 예사였는데, 개구리 굽는 냄새만 나면 어떻게들 알고 기어왔다. 메뚜기를 잡아 볶아줘도 잘 먹었다. 없는 살림이었지만, 우리 아이들은 자연 속에서 살며 토실토실 살이 올랐다.

병아리를 100마리 사다가 기른 적이 있는데, 처음에는 비리비리한 것들이었지만 내가 실수로 밟아 죽인 단 한 마리만 빼놓고는 모두 건강하게 잘 자랐다. 노느메기밭에는 우리가 그동안 잃어버려온 야성을 길러주고 품어내는, 무언가 신성한 힘이 깃들어 있는지도 모른다.

더욱 신기한 것은 이 닭들이 독수리도 물리쳤다는 것이다. 내가 이 말을 하면 동물학자들은 다 거짓말이라고 한다. 하지만 내 두 눈으로 똑똑히 지켜봤으니 엄연한 사실이다. 지금도 그렇지만 당시에는 휴전선 근처인 철원 지방에 겨울이면 백두산 독수리들이 몰려오곤 했다. 그러면 우리 농장 위를 맴돌며 호시탐탐 먹잇감을 낚아챌 기회를 노렸는데, 나는 전혀 걱정하지 않았다.

"여보, 독수리들이 날아다니는 모양새가 심상치 않아요. 닭들을 닭장에 몰아넣을까요?"

"내버려둬요. 쟤들이 알아서 할 테니까."

독수리가 내려오자 수놈이 암놈을 다 닭장에 넣어놓고 점프를 하며 사투를 벌였다. 나중에 보면 독수리 털이 닭장 주변에 수북이 빠져 있었다. 한갓 닭들이지만 날짐승의 제왕인 독수리와 맞장을 뜰만큼 건강한 야성을 회복했음을 보여준 것으로 알고 나는 부쩍 힘이 솟았다. 그런 닭들 사이를 우리 딸들은 상처 하나 입지 않고 걸어 다녔다. 또한 염소떼 한가운데로 기어가서 놀아도 염소들이 절대로 녀석들을 밟지 않았다. 그렇다. 노느메기밭 시절은 내 삶에도 '야성이 펄펄 살아 있던' 시절이었다.

나와 아내의 피땀이 스며 있는 노느메기밭이 억지폐쇄를 당한 뒤 나의 꿈도 꺾여버렸다. 눈물을 머금고 그곳을 정리했다. 식술들을 이끌고 노느메기밭을 빠져나올 때는 내 영혼마저 어디론가 멀리 도망가버리는 듯한 기분이 들었다. 아내도 못내 아쉬운 듯 연신 뒤를 돌아보며 떨어지지 않는 발걸음을 옮겨야 했다.

그렇게 청춘의 꿈은 사라져버렸고 우리 가족은 터전을 잃었다. 아니, 많은 사람들의 관심 속에 많은 후원을 받으며 시작되었던 공동체 운동의 맹아는 그렇게 무참하게 잘려나갔다. 그 뒤에는 양수리에서 토끼를 기르기도 하고 안양에서 중국집을 운영하기도 했다. 그러는 사이 아이들은 자라 초등학교(초등학교)에 다니게 되었다. 마침 아이들 학교에는 탁구부가 있어서 둘 다 국민학교 4학년부터 선수생활을 했다. 합숙을 해서 떨어져 사는 날이 많았는데, 그 사이 아이들은 점점 더 강해져갔다.

흑인이든 백인이든 상관없다

방시레가 열아홉 살이 되던 해였다. 너석이 시름시름 앓기에 아내가 병원에 데리고 갔다. 의사는 아내를 보며 심각한 목소리로 말했다.

"따님은 난소암에 걸렸습니다. 더 늦기 전에 수술을 해야 합니다."

아내에게 이 소식을 전해 듣고 하늘이 무너지는 것 같았다. 그토록 씩씩하고 건강하고 밝게 자란 아이인데, 난소암이라니…. 세 번이나 수술을 했다. 의사들도 모두 가망이 없다고 손을 놓아버렸다. 암세포는 여러 장기에 전이되어 있을 뿐 아니라 온몸 근육막에까지 전이되어 있었다. 마지막이라도 집에서 편히 살게 하다 보내라 했다. 그때 나는 중국에 있었다. 당시 나의 비서는 재중국 동포였는데, 내 사정을 알고는 이렇게 말했다.

"저희 오라버니가 백두산 근방에서 산림소장을 하고 있습네다. 예전부터 암에는 상황버섯이 제일이라고 하지 않았습니까. 오라버니에게 부탁하면 백두산 정기를 듬뿍 받은 천연 상황버섯을 구할 수 있을 겁네다."

어차피 마지막인데 못할 게 뭐 있으랴 싶었다. 비서에게 부탁해서 자연산 상황버섯을 얻어다 한국으로 보냈다. 아내는 버섯을 달여 방시레에게 먹였다. 그런데 다시 기적이 일어났다. 다른 것은 아무것도 한 게 없고 오로지 그것만 먹였을 뿐인데 암세포가 없어졌다는 것이다. 의사마저도 고개를 갸웃거리며 이상하다고 했다.

그 뒤 방시레는 정말 병세가 눈에 띄게 나아졌다. 병원에 치료를 가는 횟수도 한 달에 한 번, 석 달에 한 번, 6개월에 한 번, 1년에 한 번으로 줄어들었다. 그리고 완치되었다.

두 딸 모두 내가 중국에 있던 시절 그곳으로 불러들여 뤼순미술학교를 다니게 했다. 큰딸 방그레는 어렸을 때부터 그림을 잘 그렸는데 막상 회화과에 집어넣었더니 조소과로 옮아가 조각을 전공했다. 거기서 8년에 걸쳐 공부를 해 대학과 대학원을 나왔고 졸업작품이 중국인민예술제에 입상하여 지난 2005년에 대련경공업학원 미술설계학원의 교수가 되었다.

인민예술제에 입상한 방그레의 작품을 나도 본 적이 있다. 살찐 여자들이 바닥에 나자빠져 있는 형상이었다.

"얘, 이게 무슨 뜻이냐?"

"그건 아빠가 더 잘 알지 않아요? 자본주의 사회에서 살아가는 사람들의 희한한 꼬락서니를 조금 흉내 낸 거죠, 뭐."

둘째 딸 방시레도 패션디자인과를 졸업하여 지금 제 언니와 함께 다롄에서 살고 있다. 왕년의 싸움꾼 배추가 문인친구들을 두고 살아왔

124

더니 딸들도 그런 아빠에게 배웠는지 죄다 딴따라를 마다하지 않는다. 나는 늘 입버릇처럼 두 딸에게 말하곤 한다.

"연애하라고 잔소리는 않겠다만, 너희들과 결혼할 녀석들은 내 시험을 통과해야 한다."

"그게 뭔데요?"

"우선 그놈이 어떤 놈이든 나와 팔씨름을 해서 지면 안 된다. 이 늙은이도 못 이기는 녀석이라면 말짱 도루묵이니깐."

"뭐라구요? 이건 아예 결혼하지 말라는 말과 다르지 않잖아요. 누가 아빠랑 팔씨름을 해서 이길 수 있단 말예요?"

"그래? 그럼 그건 그만두자. 하지만 이 세 가지는 양보할 수 없다. 청첩장 보내지 말 것, 부조금 받지 말 것, 학벌 안 따질 것. 알았지?"

"걱정마세요. 그쯤이야 우리도 감당할 수 있으니까요."

"그래, 그 조건만 맞는다면 나는 너희들이 검둥이를 데려오든 흰둥이를 데려오든 상관 않겠다. 너희들이 좋아서 죽겠다고 한다면야 내가 반대할 이유가 없으니까."

"역시 우리 아빠가 최고야!"

앞서도 말했듯이 나는 결혼이라는 관습의 테두리에 얽매이는 것이 힘들고 싫은 사람이다. 그래서 내 딸들만이라도 결혼이라는 제도에 얽매이지 않고 자유롭게 살아갈 수 있기를 바랄 뿐이다. 관습에 안주하려는 순간, 이미 그 인생은 바둑판처럼 구획되고 정해진 길을 따라갈 수밖에 없기 마련이니까 말이다.

"배추 풀어주라" 박정희와의 담판

지난 2006년 6월. 그달 내내 나는 전전긍긍했다. 소설가이자 조선 일보 주필을 지낸 선우휘의 타계 20주기를 기리는 추모모임 개최소식 때문이다. 추모모임은 그의 기일인 12일 오후 한국프레스센터 19층 매화홀에서 열린다는데, 가야 할지 말아야 할지 영판 고민이 됐다.

'초대장이 영 마음에 안 들어.'

몇날 며칠을 그렇게 되뇌었고, 주변 사람들에게도 그런 마음을 밝혔다. 초청인은 선우휘의 조선일보 출신 후배 언론인과 그가 나왔던 육군정훈장교 출신 예비역 장교들이다. 그들이 초대장의 인사말에서 '친북좌파의 발호' 어쩌구 하면서 반공 얘기를 너무 많이 늘어놓는 바람에 버럭 짜증이 난 것이다.

'선우를 그렇게 자기들 입맛대로만 해석하고 팔아먹으면 안 된다'며 사람들을 붙잡고 연신 못마땅해했던 나는 최근 들어 '내가 아는 선우휘는 따로 있다'는 하는 말을 자주 하곤 한다. 결국 모임에 나가 밥 한 그릇을 먹고 휭하니 돌아왔다. 여전히 마음이 편치 않았다.

126

선우휘에 대한 평가야 여러 가지일 수 있지만, 세간에 다 알려지지 않은 그의 진면목을 나는 알고 있다. 그리고 내가 아는 모습이 그의 진짜 모습이라고 믿는다. 16년 교유가 그리 길지만은 않지만, 나는 그 16년 동안 그와 태산 같은 믿음을 서로 주고받았다.

조선일보 주필이었고, 덩치도 사람됨도 모두 컸던 그는 나보다 열세 살 위이니 엄연히 형님뻘이다. 나의 무엇이 그리 마음에 들었는지 선우는 나를 위한 노력을 아끼지 않았다. 74년 간첩죄 구속을 풀어준 것도 그의 노력이다. 당시 다혈질의 선우는 직접 청와대를 찾아가 박정희 대통령에게 면담을 신청한 뒤 '죄 없는 방동규란 피해자를 선처해달라'는 메시지를 전달했다.

'긴급조치의 무분별한 적용으로 인한 선의의 피해자는 구제돼야 한다'는 명분을 들이댔다. 그는 박정희와 면담하면서, 긴급조치를 남발할 경우 언론의 협조를 거부할 수 있다는 으름장까지 놨다. 당시 그의 동생 선우련은 청와대 공보비서관이었는데, 그가 선우휘의 집으로 찾아와서 따져 물었다.

"형, 지금 시절이 어느 때인데 빨갱이들과 놀아?"

"뭐? 너 인마, 말조심 좀 해야겠다. 아무한테나 빨갱이란 딱지를 붙이냐? 박통이 하는 짓이 요즘 전부 그런 식 아냐?"

"구속된 방동규, 그 사람은 정말 빨갱이라며? 수사기관에서 그렇다고 발표했는데, 왜 난데없이 형이 쌍지팡이를 짚고 나서? 왜 그 따위 일로 대통령까지 만나고 하는 거냐고?"

"인마, 네가 내 동생이듯, 방동규도 내 동생이야."

"형, 그게 말이 되는 얘기요?"

선우련의 그런 행동을 이해 못할 일은 아니다. 대통령을 보필해야 하는 자신의 처지에서 보자면, 영향력 있는 언론인이자 자신의 친형이 보인 돌출행동은 큰 부담이었을 것이다.

"보자보자 하니까, 이 자식이?"

심각한 말다툼 끝에 선우는 동생의 뺨을 냅다 갈겨버렸다. 동생은 코피까지 주르르 흘렸다. 당시 상황을 곁에서 보고 들었던 선우 형님의 부인이 내 아내 이신자에게 털어놓았던 말이다.

선우가 그런 구명노력을 한 데에는 새까만 후배 기자, 그것도 조선일보가 아닌 이웃 동아일보에 근무하는 기자 이부영의 숨은 노력도 있었다. 신문기자 생활을 시작한 지 몇 해 안 된 신출내기 이부영이, 당대 최고의 영향력을 가진 왕초 기자 선우휘를 못살게 굴었던 것이다.

"방배추 석방을 위해 어떻게 힘을 좀 써주시길…."

날이면 날마다 이렇게 들러붙으니 선우휘도 두 손을 들었다.

"네 말이 아니더라도 배추 석방을 위해 나도 노력하고 있으니 그만 좀 못살게 굴어라."

어쨌거나 그런 우여곡절 끝에 구속에서 풀려난 뒤 그 얘기를 전해 들으니 콧날이 다 시큰해졌다. 12년 뒤 서울 남영동 대공분실에서 이근안에게 고문을 당할 때 보름 만에 기소유예로 풀려난 것도 모두 선우의 노력 덕분이었다.

선우가 지병인 고혈압으로 타계한 86년 6월 바로 그 직전에 나는 경

128

기도 안양에 차렸던 자장면 집을 접은 뒤 운동화나 슬리퍼 따위를 파는 가게를 서울 사당동에 차렸다. 몸도 불편한 선우가 그곳까지 찾아왔다. 내가 사는 모습을 보고 싶고, 도움을 주겠다는 게 이유였다. 내가 장사하는 꼴을 지그시 보고 있더니 선우가 지팡이를 짚고 일어섰다. 무얼 하려나 싶어 바라보니 운동화 한 짝씩을 양손에 쥐고 목청도 좋게 소리를 질러대는 게 아닌가.

"자, 골라 골라요. 학생들 운동화 하나 장만해가세요. 제가 바로 신문쟁이 선우휘입니다."

이웃에 총신대와 숭실대가 있던 탓에 지나가는 대학생들이 많았다. 어리둥절할 수 밖에…. 신문의 칼럼 면에서 보아왔던 넥타이 차림의 점잖은 노신사가, 당대의 논객답지 않게 시장바닥에 자리를 잡은 채 신발을 딱딱 치며 손님을 부르고 있으니 말이다. 학생들은 설마 하는 얼굴로 연신 고개를 갸웃 기울였다.

그 소탈한 모습이야말로 세간에 알려지지 않은, 내가 아는 선우의 인간적인 모습이다. 철원에서 노느메기밭을 할 때 함석헌 선생을 모시고 찾아온 사람도 그였고, 도시를 등진 농장경영의 정신에 뜨거운 공감을 담은 칼럼을 써준 사람도 그였다.

선우휘는 현실적이고 경제적인 문제에 있어서도 내게 많은 도움을 줬다. 노느메기밭에 그 많은 묘목을 보내준 것은 일부일 뿐이다. 안양에서 자장면 장사를 할 때도 그는 사람들을 끌고 찾아오곤 했다. 매상을 올려준 다음 떠날 때는 자장면 값이라며 큼지막한 봉투를 내밀기도 했다. 저쪽에서는 선우의 출퇴근을 시켜주는 신문사 전용차가 서 있었다. 수년 동안 낯을 익혀온 사람 좋아 보이는 운전기사는 못 본 척 빙긋 웃는 얼굴을 했다.

"아이쿠, 형님. 이러시면 제가…."

내가 너무 손사래를 치면, "배추, 이러면 나 다시 안 올래!" 하며 등을 투덕투덕 두드려줬다.

그는 시원시원한 성격의 남자였다. 무언가 부탁을 하면 나중에 보자며 뒤로 빼는 걸 도무지 본 적이 없다. 어렵다는 표정으로 쭈뼛거리는 일도 없었다. 나중에 전화를 해주겠다는 식의 말을 하며 시간을 버는 따위의 일도 전혀 없었다. 한번 들어보고 말이 된다 싶으면 "어, 그래?" 한 뒤 그 자리에서 즉시 해결을 보는 스타일이다.

간첩죄로 구속되고 나서 3년쯤 뒤에 조선일보로 그를 찾아간 적이 있다. 그는 요즘 빈둥거리며 놀고 있다는 말을 듣더니 현대그룹 정주영 회장실에 전화를 했다. 정회장을 찾은 그는 "저 조선일보 선우휘입니다. 드릴 말씀이 하나 있어서…" 하는 짧은 전화 하나로 나의 취직을 간단하게 해결지었다.

그리고 79년에 중동으로 근로자 파견을 나가려고 할 때도 그의 도움을 받았다. 취직에 신세를 진 것도 있고 해서 그것만은 혼자 힘으로 해결하고 싶었다. 간첩죄 구속경력 때문에 신원조회에 걸려 '된다, 안된다' 하면서 시간을 질질 끌고 있던 참이었다. 선우에게 말하면 즉석에서 해결을 해주겠지만, 염치도 있고 해서 대신 국립중앙박물관장을 찾았다.

130

이미 돌아간 그분은 몇 해 전 베스트셀러가 된 미술사 관련 에세이는 물론 전집까지 출간했을 정도로 이름만 대면 알 만한 사람인데, 실은 가까운 내 친척이기도 했다. 정부 밥을 먹는 신분이라서 신원보증을 서주기 딱 좋은 데다가 내게는 오촌 고모부였으니 부탁은 어렵지 않겠다는 생각을 했다. 촌수로 멀지 않은 그는 우리 집이 개성에 있던 시절 자주 내왕을 하던 사이이기도 하다. 개성송도박물관에 재직했던 그에게 부친이 약간의 도움을 줬던 것으로 알고 있었다.

　　"고모부 저 왔습니다."

　　문을 열고 들어가면서 인사를 했다. 그는 저쪽 남산 쪽을 바라보고 있었다. 노크 소리를 채 듣지 못했나 싶어서 다시 큰 목소리로 말을 했다.

　　"고모부, 저 동규예요."

　　그러자 그가 고개도 돌리지 않은 채 말했다.

　　"안다. 너 온 것 다 알고 있어."

　　너무나 찬 태도에 내가 다 움찔했을 정도다. 전형적인 학자풍인지라 사람을 대할 때 남다른 게 있겠지 싶은 마음에 꾹 참고 자초지종을 말했다.

　　"제가 먹고살려고 중동에 나가려 하는데 신원보증을 좀 서주시면…."

　　고모부는 고개를 저었다. 단호했다. 나의 간첩죄 구속경력이 걸린다고 했다. 서운하기 이를 데 없지만 깨끗이 포기를 했다. 그 길로 경복궁을 빠져나왔다. 잠시 광화문 대로를 바라보며 생각에 잠겼다. 경복궁에서 조선일보까지는 불과 5분 거리. 결국 이번에도 선우의 신세를 져야 하나?

"어, 그래?"

주필실로 찾아가니 선우는 무슨 원고를 쓰고 있던 참이었다. 칼럼 마감을 하고 있었을까? 그 바쁜 중에도 내 말을 좀 듣더니 어딘가로 전화를 했다. 사내 전화인 듯 했다. 곧바로 최 과장이라는 사람이 나타났다. 40대 초반쯤 됐을까? 나중에 선우휘에게 들어보니 중앙정보부 사람이었다. 박정희 시절 당시에는 언론사마다 정보부 사람들이 한 명씩 상주하고 있었다.

"최 과장. 이 사람이 내 아우인데, 중동근무를 나가겠다는데 대체 무슨 일로 신원조회에서 걸려 잘 안 된다는 거야? 내 부탁이니 잘 좀 해결해주서. 알았지?"

"노력을 해보겠습니다."

"노력? 그런 게 아냐. 당장 당신네 회사(정보부)로 가서 오늘 해결해버렸으면 하는데. 내가 당신네 보스한테 지금 편지 한 장을 써줄 테니까 그걸 갖다 드리게."

이틀 후, 어떤 사람이 아예 새로 발급한 여권을 들고 우리 집을 찾아왔다. 연신 굽신거리며 "죄송합니다"라는 말을 했다. 놀랄 수밖에 없었다. 그들의 태도도 그랬지만, 정보부는 도대체 어디에서 구했는지 내 사진까지 척하니 붙여왔던 것이다.

배추가 돌아왔다 2

선우와의 첫 만남

배
추가
돌아
왔다

그와의 첫 만남도 주필실에서 이뤄졌다. 좀 꺼림칙하긴 하지만 술값을 얻으러 들렀던 것이 계기였다. 그때가 1970년 10월 경? 우선 히피를 방불케 하는 내 옷차림부터 영 불량스러웠을 것이다. 독일, 프랑스에서 거친 생활을 7년이나 한 직후라서 삼류 불량배와 다름없는 꼬락서니였다.

당시 선우의 나이는 50세가 채 안됐고, 나는 서른여섯이었다. 나는 알록달록한 줄무늬 티에 꽉 끼는 흰색 바지를 입고 있었다. 장발에 턱수염까지 텁수룩했다. 당시에는 건달로 종일 쏘다니는 게 일인지라 얼굴까지 새까맸다.

"백기완이 가보라고 해서 왔시다."

샌들을 질질 끌며 들어간 주필실에서 던진 내 첫 마디는 내가 듣기에도 퉁명스러웠다. 선우의 얼굴에 '이건 대체 웬 괴물이야?' 하는 표정이 대뜸 떠올랐다.

"당신 이름이 뭐야?"

남자 중의 남자, 아! 선우휘 형

133

"방동규라고 합니다."

백기완이 '사람 하나를 보낼 것'이라고 전갈을 했으니 망정이지 그렇지 않았다면 쫓아냈을지도 모를 일이다. 선우휘는 마지못해 서랍을 열어 돈을 건네주었다. 종종 백기완을 비롯한 재야인사들의 뒤를 봐주던 그였다.

나중에 선우는 백기완을 만나 짜증까지 벌컥 냈다고 들었다. 내 인상이 꽤 좋지 않았다는 증거다. 점잖은 분위기의 신문사에 날건달 같은 녀석이 덜컥 들어오는 바람에 선우의 얼굴이 조금 깎인 셈일까?

"백형, 당신이 그날 내게 보냈던 녀석이 술집 웨이터였어?"

"예? 누굴 말하는 거지요?"

"그날 샌들 질질 끌고 건들거리면서 돈 타냈던 서양뱃놈 비슷하게 생긴 그 건달 말이야."

"아, 그 친구가 그 유명한 배추 아닙니까?"

"배추라고? 내게는 방아무개라고 하던데?"

"헛헛헛, 그놈이 그놈입니다. 제가 여러 번 말씀을 드렸는데, 유럽 생활을 마치고 막 보름 전에 돌아왔지요. 그래서 제가 겸사겸사 인사도 한번 시킬까 해서 보냈던 건데…."

"아, 그 유명한 배추가 그 녀석이야? 그런데 왜 그렇게 불량스러워 보였는지. 원, 쩝."

그러던 그가 나를 보는 눈이 달라진 계기는 노느메기밭이었다. 첫 만남 뒤 이러저런 술자리에서 오해는 풀었지만, 나중에 내가 농사일을

배추가 돌아왔다 2

배울 겸 경북 영일만에서 머슴 노릇을 하며 현장경험을 했다는 소문을 선우가 들었던 모양이다. 곧이어 10만 평을 강원도에 확보한 뒤 표표히 서울을 떠났다는 뒷이야기도 그의 귀에 들어갔다.

훗날 선우가 내게 고백하기를 그 순간 가슴이 뜨거워졌다고 한다. 공동체실험과 자급자족운동이라는 말에 깊은 감동을 받은 것이다. 그 일을 두고 '나에게 있어 하나의 구원'이라고까지 고백을 한 것은 농장을 둘러보고 나서 쓴 칼럼에서였다.

요즘처럼 오피니언 페이지가 매일 나오는 지면도 아니었다. 그 옛날 칼럼이란 것은 일주일에 한두 번 나오는 게 전부였다. 거꾸로 말해 파워가 대단했다. 또 정치적인 시비를 다루는 칼럼이 주류이던 시절에 선우가 털어놓은 감상적인 고백은 읽는 사람들을 어리둥절하게 만들기도 했다.

'나도 그렇게 철든, 불행한 속물의 한 사람이다. 아니 어쩌면 그런 속물의 대표 격인지 모른다. 그런데 그러한 위인이 얼마 전 아주 순수한 감동을 받았다. 그것은 무엇보다 나 자신에게 있어서 하나의 구원이었다.

소설가이자 조선일보 주필이었던 선우휘.

건(件)은 아주 평범한 일이다. 30을 훨씬 넘긴 후기(後期)청년 두 사람(나와 백기완을 이르는 말이다)과 18세 되는 후기 소년 한 명(박근서)이 3·8선 너머 철원 가까운 산으로 깊숙이 들어간 것이다. 그 헐벗은 산에 나무를 심고, 경사진 터에 낟알을 심어가며 거기서 살 것을 결심하고 서울을 등졌다는 것이다.

리더 격인 B라는 30대 한 사람은 장기간 서독과 프랑스에서 체류한 경험이 있는 인텔리인데 그는 입산을 앞두고 1년 가까이 벽촌으로 내려가 실제 머슴살이를 경험했다. '도시는 순수한 인간의 혼을 썩힌다.' 그렇게 그는 주장하는 듯싶으며, 그것이 어느 유명인의 말을 멋으로 옮기는 게 아니라 반생의 경험에서 얻은 뼈저린 실감인 점에서 천근의 무게를 느낀다.' (조선일보 73년 5월 15일자 〈화요 칼럼〉)

선우의 농장 실험 예찬은 열렬했다. 함석헌 선생을 모시고 농장을 찾아오기 전후에 흑염소 20마리, 밤나무 400그루를 보내줬다. 모두 자기의 사재를 턴 것이다. 호두나무 200그루, 오동나무 300그루도 보내줬고, 그것이 농장에 깊숙이 뿌리를 내렸다.

우리의 우정은 그렇게 깊어갔다. 그리고 평생 동안 조금도 변함이 없었다.

'백기완처럼 큰 그릇이 되자. 선우처럼 가슴 넓은 사람이 되자.'

내가 지금까지 가슴에 새기고 있는 말이다. 선우와 나는 사는 처지가 달랐을 뿐, 기질은 닮은꼴이었다. 무엇보다 내가 아는 선우는 대장부였다. 두주불사 형의 술꾼이기도 했는데, 한번 자리에 앉으면 오줌도 누러가지 않고 대작을 즐겼다.

"기자생활 때문에 작품을 못 써서 큰일이야. 정말로 나는 소설만 쓰는 전업 작가들이 부러워."

선우는 그렇게 자기 속마음을 털어놓기도 했다. 노느메기밭을 찾을 때면 잊지 않고 꼭 하는 말도 있었다.

136

"배추, 농장은 우리 모두의 희망이야. 내가 나중에 신문사를 그만두게 될 것 아냐. 그러면 이곳에 와서 살 테니 나 혼자 조용히 글이나 쓸 집 한 칸 지어줘. 아, 그 복잡한 신문사를 언제 그만두게 되나…."

남자 중의 남자, 논객 중의 논객

칼럼에서 나를 '인텔리'라고 표현한 것도 못내 부끄러운 일이지만 선우는 나와 백기완 같은 '구라꾼'을 기꺼이 '문우(文友)'라고 불렀다. 70년대 초반, 명동의 한 대폿집에서 술을 마시던 어느 날이었다. 중앙정보부에서 나온 기관원들이 "잠깐 할 얘기가 있다"며 백기완을 끌고 가려 했다.

가만히 앉아 있을 선우가 아니었다. 벌떡 일어나 그들을 제지하자 기관원들이 선우에게 "당신은 빠져"라고 나무라기까지 했다. 천하의 선우를 미처 못 알아본 것이다. 그러자 선우가 호통을 쳤다.

"저 사람 백 선생은 나처럼 글로 소설을 쓰는 것이 아니야. 입으로 소설을 쓰는 '이야기 소설가'야. 이 무식한 놈들아."

선우에게는 남자다운 기개가 넘쳤다. 그런 그의 기질을 잘 보여주는 유명한 사건이 또 하나 있다. 사실 자체를 감춘 채 쉬쉬해온 김대중 납치를 처음으로 언급한 것이다. 물론 발행인에게는 일언반구 보고도 하지 않은 채 혼자 결단을 내리고 써내겨간 명 사설이었다. 선우는 그

138

사설을 쓰고 난 뒤 백기완에게 가장 먼저 알렸다.

"내가 어제 저녁에 단편소설 하나를 썼어."

"무슨 단편이요?"

"쓰긴 썼는데, 형식은 신문사설이야."

다음날 새벽에 받아본 신문에 실린 그의 사설은 사뭇 시적이면서도 비감한 분위기를 물씬 풍겼다. 그 사설 하나로 청와대는 바짝 긴장을 했고, 장안은 발칵 뒤집혔다.

'요즘 우리의 심정은 알고 싶은 것이 있는데 알 수가 없고 말하고 싶은데 말할 수 없는 상태에서 몹시 우울하고 답답하다….이제 햇곡으로 떡을 빚어 조선(祖先)의 영전에 바쳐야 하는 이 국민의 가슴에 젖어드는 불안은 무슨 까닭이며, 왜 죄 없는 착한 국민은 이다지도 가슴을 조여야 하는가. 신(神)이여! 이 국민에게 용서와 축복을!'

1973년 9월 7일자 조선일보 사설이었다. 김대중 납치사건이 일어났지만, 아무도 입을 열지 못하던 세상이었다. 선우는 진상규명을 요구하는 민심을 반영한 사설 〈당국에 바라는 우리의 충정〉을 그렇게 썼다. 국내 언론 첫 언급이다.

그는 그날 아침 편집국에 나타나 "주필로서의 판단에 따라 책임지고 행동하겠다. 어떤 위협에도 누구의 간섭에도 굴하지 않겠다"고 밝혔을 만큼 당당했다. 선우는 그때의 심경을 그의 친구인 〈사상계〉 주필 출신 지명관에게 이렇게 털어놓았다.

"주필로서 단 한 번만 할 수 있는 일이었지. 새벽 두 시가 되면 서울 시내판 인쇄가 시작돼. 사주(社主)도 중앙정보부 요원도 없지. 담요를 뒤집어쓰고 자는 시늉을 하다가 돌연 마지막 판 사설을 바꿔 끼운 거야. 그것이 주필로서 일생에 한 번 휘두를 수 있는 칼자루라고 생각했어. 우리를 망하게 할 작정이냐고 성을 내는 사주의 노여움을 각오하고 벌인 일이었지."(지명관《경계를 넘은 여행자》)

그 일화는 선우 20주기를 기리는 추모 모임에서도 다시 한 번 화제가 되기도 했다. 지금과 달리 그래도 낭만이 살아 있었는지 박정희 대통령은 선우휘의 당당한 기개에 외려 호감을 품었다. 오히려 그를 청와대로 불러 감사원장 자리를 권하기까지 했다.

"정치가 안정되면 (대통령직을) 물러날 겁니다. 들어와서 좀 도와주십시오."

그때 선우휘는 일본의 하이쿠 한 토막을 인용하면서 은근한 고사의 뜻을 표했다.

"들에 핀 꽃이 아름답다 해서 집안에 옮겨 심으면 아름다울 리 있겠습니까?"

박정희와 선우 사이의 선문답을 들은 삼성그룹 회장 이병철이 나중에 선우휘를 만나 이렇게 말하기도 했다.

"선우 주필, 회장이나 총리는 할 수 있다 하더라도, 주필이야말로 누구나 할 수 있는 게 아닌 것 같소."

내가 아는 선우는 이처럼 체제와 반체제, 좌와 우의 경계를 넘어섰다. 그의 술친구는 박정희부터 "박정희 정권 물러가라"고 외쳤던 함석헌, 장준하, 백기완 등에 이르기까지 폭넓었다. 시인 김지하의 석방을

배추가 돌아왔다 2

요구하는 칼럼을 썼고, 그의 구명운동에 누구보다 적극적이었다.

확실히 세상의 잣대로 보면 선우와 나는 전혀 다른 처지다. 선우의 경우 소설 〈불꽃〉의 작가이고 당대의 지성인이었다. 나도 〈불꽃〉을 읽었고, 분단 이념전쟁 같은 현대사의 핵심주제를 선 굵은 방식으로 풀어나간 그 작품이 50년대 전후문학(戰後文學)의 대표작품으로 평가받는 것도 당연하다고 생각했다.

그런 그가 나 같은 잡놈과 마주친 것이야말로 세상살이의 묘미가 아닐까 하는 생각이 지금도 새록새록 피어나곤 한다.

이루지 못한 꿈 하나

누가 그랬던가? 놓친 열차가 아름답다고. 그건 정말로 맞는 말이다. 지금까지도 내내 가슴에 묻어둔 채, 평생의 아쉬움으로 남는 일이 하나 있다. 85년이었다.

"배추, 딱히 할 일도 없고 나이 때문에 취직도 안 된다는데 내가 추천해줄 곳이 딱 한 군데 있긴 있어."

"뭔데요?"

"하도 엄청난 일이라서…. 그러나 아무리 생각해도 배추하고는 썩 잘 어울릴 듯 해."

"선우 형님이 추천해주는 일이라면 제가 가리고 자시고 할 것도 없지요, 뭐."

타계 꼭 1년 전, 선우는 어느 날 갑자기 눈을 반짝거리면서 이렇게 말했다.

"배추, 최계월이라고 하는 진정한 남자가 하나 있어. 오래 전부터 인도네시아 섬에서 목재를 다루는 사업을 하더니 이 친구가 '마두라

유전'이라는 것을 개발해 석유산업에 뛰어든 지가 꽤 오래야. 성공적이지. 이제는 브라질 적도개발에도 눈을 돌리고 있어. 브라질 적도개발은 70년대 중반부터 박정희 대통령이 관심을 가지고 밀어주는 사업이기도 해. 어때, 관심이 가지? 최계월은 나와는 친구 사이인데, 아무리 생각해봐도 배추와는 그저 딱 어울려."

최계월은 한 시대를 풍미한 기업인으로 해외자원에 눈을 돌린 첫 개척자다. '나는 아스팔트가 깔린 길은 가지 않는다'는 명언을 남긴 그는 도전과 모험을 멈추지 않았다. 인도네시아 살림개발을 하는 사람으로는 당시 그가 유일했다. 인도네시아의 실세들과 친했던 그는 '수초이'라는 별명을 달고 다녔다. 수카르노, 수하르토, 수자루오 등 '수' 자로 시작되는 이름이 귀족층인데, 그에게 사람들이 '수'자를 넣어 '수초이'라고 멋지게 이름을 붙여준 것이다.

그만큼 인도네시아 인맥이 많았던 그는 그 옛날부터 세계의 석유광들이 몰려들어 일확천금을 꿈꾸는 인도네시아는 물론 적도의 또 다른 미개척지에도 관심이 많았다. 최계월의 친구인 극작가 한운사는 그와 함께 인도네시아 왕궁에 초대되어 그의 영향력과 위력을 확인하기도 했다.

나 역시 석유왕의 꿈을 갖고 있다는 최계월이라는 사나이에게 바짝 관심이 가지 않을 수 없었다. 선우에 따르면 몇 해 전 인도네시아 석유공사로부터 개발권을 주겠다는 약속을 받아냈고, 한국과 인도네시아 양쪽 정부는 공동개발 의정서에 합의했다고도 했다.

그 이전 최계월은 석유는 물론 철광석과 목재개발에 뜻을 품고 브라질 적도 부근에 꼭 충청남북도를 합한 땅만한 토지를 구입해놓기도 했다. 마두라유전과 적도개발이야말로 최계월에게는 두 손에 든 떡이요, '아스팔트가 깔리지 않은 길'이었다.

"선우 형님, 고맙습니다. 추천만 해주신다면 기꺼이 뛰어들 생각입니다."

"잘 생각했네."

"그런데 제가 할 만한 일이 있을까요?"

"그럼. 있지. 실은 그쪽에서 믿을 만한 사람을 막 찾고 있다는 말을 들었어. 무엇보다 거친 환경에서 사업을 해야 하니 성실해야 하겠고. 물론 최계월이 내게 직접 사람을 구해달라고 하더구만."

"그런 쪽의 일이라면 제가 조금은 할 수 있을 것도 같네요…."

"그럴 거야. 나도 그러리라고 짐작해. 배추 같은 사람이라면."

그때 나는 자장면집 등을 전전하면서 영 사는 게 답답하기 짝이 없었다. 그 이전 중동 현지근무에서도 별 재미를 못 봤다. '10여 년 전 그때 노느메기밭의 실패에 이어 드디어 돌파구가 뚫리나' 싶어 몸이 후끈 달아올랐다. 내 나름대로 최계월에 대해 정보를 알아봤다. 매력적이었다.

우선 그가 작업 중인 현장인 마두라는 '거친 사나이의 공간'이었다. 한국으로 치면 부산 정도가 되는 인도네시아의 수라바야라는 도시에서 멀지 않은 곳인데 지금도 그 나라 사람들은 '마두라 사람' 하면 고개를 설레설레 내젓는다고 한다. 단적으로 말하자면 무지 폭력적이

144

고, 공격적인 성향을 가진 사람들이다. 지금도 한국에서 일어나는 엽기살인은 저리 가라 할 정도라고 한다. 오토바이를 타고 거리를 활보하면서 나무 치는 벌목칼 끝에 쳐 죽인 사람머리를 매달고 달리는 일이 드물지 않을 정도라고 하니 말이다.

그 거칠고 강퍅한 땅이야말로 나의 능력을 발휘하기에 딱 좋은 환경이었다. 브라질 아마존은 생각만 해도 가슴을 쿵쾅거리게 만들었다. 열대우림 등 천연림의 정글과 그 사이를 흘러가는 장장 6275Km의 물길, 강이라기보다는 차라리 바다로 불리는 아마존…. 아마존 밀림이 한반도 전체 면적의 25배라고 하지 않던가. 그 밀림을 무대로 한 목재개발과 가공사업이야말로 남자라면 한번 뛰어들 만한 일이 아니던가.

최계월이란 사나이는 더 멋졌다. 진정한 사나이를 꿈꿨던 그는 6척이 넘는 쾌남아. 일본 와세다대학에서 유도, 보트레이스 등 안 해본 것이 없었다.

그가 남긴 말 중에서 가장 유명하고, 내 가슴까지 울렁이게 했던 것은 '1달러는 세계 어디에 가도 1달러다' 라는 말이었다. 더없이 근사했다. 아프리카에서 벌어 오나 미국에서 벌어 오나 다 같은 1달러라는 말이다. '검은 1달러'가 있고 '하얀 1달러'가 있는 것이 아니니, 눈 밝고 의욕 넘치는 사나이라면 가능성이 있는 곳에 기꺼이 몸을 던져야 한다는 명언이었다. 인도네시아 마두라 유전을 개발할 때는 이런 말도 했다.

"망망대해에서 혼자 막 웃었지. 원유라는 걸 만져보고 찍어서 맛도 봤어. 그때 내가 직원한테 했던 첫마디가 '우리가 미국 사람들을 거느리게 됐으니 자부심을 가지라'는 것이었어. 광구를 개발하니까 코쟁이 미국 기술자들을 부려먹게 됐지 않느냐고 말이야. 환장하게 좋다캤지. 경제의 향기라는 게 그런 힘이여. 핫핫핫."

하도 꿈이 커서 사람들이 그에게 붙여준 별명이 '국제 사기꾼'인데, 그런 별명조차도 껄껄대며 좋아한다는 최계월은 호탕한 성격으로도 유명했다.

브라질 적도의 드넓은 땅 위에서 검게 탄 나 배추. 그 모습은 썩 잘 어울리는 풍경이기도 했다. 배짱이 그랬고, 마인드도 딱이었다. 그런 생각과 그림 자체가 상상만 해도 장쾌하지 않은가?

그러나 사람 일이란 게 그렇게 마음대로만 되는 것은 아닌 모양이다. 가스와 기름을 딸과 아들이라고 표현했던 최계월과의 인연은 끝내 맺어지지 못했다. 취직 약속을 했던 선우가 바로 타계를 한 것이다. 86년 6월의 일이다.

믿기 어려운 일, 그러나 현실이었다. 내가 품었던 브라질 적도의 꿈은 그때 끝내 지워버릴 수밖에 없었다. 아쉬웠다. 유전사업에 참여 못한 것이 아쉽고, 또 최계월이라는 사나이의 꿈에 합류하는 계획이 무산된 것 역시 더없이 가슴 아팠다. 그 못지않게 가슴 아팠던 건 최계월에게 잇달아 불운이 생겼고, 두 개의 꿈이 좌절되고 있다는 소식을 들었을 때다.

지금도 석유 값이 이랬다 저랬다 하며 치솟고, 석유쇼크가 어쨌다고 저쨌다고 할 때면 브라질의 적도와 최계월, 그리고 선우휘 형을 다

146

시 한 번 생각한다.

어쨌거나 이루지 못한 꿈을 잠시나마 품을 수 있도록 해준 사람도 선우였다. 그가 저세상으로 간 지도 20년이 지났다. 그를 생각할 때마다 '내 인생에서 선우만한 사람을 또 만날 수가 있을까, 내가 남에게 선우의 역할을 하고는 있나?'라는 생각을 아릿하게 해본다.

10

KODAK TMX 5052

실패를 거듭하며
깨친 삶의 진실

배추의 윗목인생

    내게 1970년대 중반 이후는 내내 세상살이의 쓴맛과 어려움을 고스란히 맛본 시기였다. 사람들이 보통 중후한 중년에 돌입하는 40대 중후반과 50대 나이에 나는 이렇다 할 성공을 보여주지 못했다. 세상에 이름을 내지 못한 것이 사실이고, 돈 모으는 데도 실패했다. 입신양명이라는 기준에서 보면, 나의 중년은 초라하다고 할 수도 있다. 그러나 지금 생각하면 당시의 나는 무수한 모색 속에서 실패를 거듭하면서 삶의 어떤 진실을 조금씩이나마 깨쳐가던 과정에 있었던 게 아닐까 싶다.

    노느메기밭을 완전히 접은 뒤 제세그룹 이창우 회장의 도움으로 한때 양토(토끼 기르기)사업에 뛰어들었다. 건축가 조건영의 소개로 알게 된 이창우 회장은 70년대 율산그룹 신선호 사장과 함께 재계에서 '무서운 아이들'로 꼽혔다. 경기고를 거쳐 서울대 기계공학과를 나온 그는 74년 '세계를 제압하겠다'며 선반기계 하나 달랑 가지고 소금창고 안에서 제세산업을 만들어 무역업, 해운업, 부동산업까지 진출하면서 성장을 거듭했다.

150

내 눈에 그는 사나이다웠고 그 호탕함과 기개에 쉽게 의기투합할 수 있었다. 그러나 제세그룹은 이란 테헤란 신도시개발사업 진출을 위해 인수한 부실기업 대한전척이 화근이 돼 78년 부도로 쓰러지고 말았다. 그 전해 잠시 벌였던 양토사업은 더구나 콕시즘이라는 토끼 전염병이 돌아 토끼가 하루아침에 전멸하는 바람에 바로 접을 수 밖에 없었다.

이 모든 일들은 주변의 도움 때문에 가능했지만, 이도저도 안될 때는 '이 한 몸 던지자' 하는 마음으로 시장 바닥에서 몸을 내리 굴렀다. 타고난 건강한 체질이니 아파트 건설현장에서 등짐을 지거나 채석장에서 돌을 깨는 일에도 뛰어들었다. 오히려 그렇게 일을 할 때 당당하고 떳떳했다는 게 솔직한 심정이기도 하다. 노동이 아름답다는 말을 할 수 있으려면, 살기 위해 일을 해봐야 하고 굵은 땀을 흘리는 고되고 힘든 일을 해봐야 한다. 이런 나의 신념도 그런 경험을 통해 만들어졌다.

중동건설이 붐을 이루던 시절, 선우의 도움으로 현대건설에 입사할 수 있었다. 그렇게 77년 현대건설에 입사한 뒤 79년에는 중동 파견근무를 나갔다. 당시에는 2년을 근무한 뒤 중동으로 가는 게 회사의 불문율이었다. 그러나 신원조회에 걸려 못 간다 하여 발을 구를 때부터 일은 순탄치 못했다.

일단은 선우 덕분에 중동 행 비행기에 몸을 실을 수 있었다. 그렇게 해서 간 곳이 아랍에미리트(UAE)였고, 그곳에서 중장비를 동원해 상하수도 등 도시 인프라공사를 지휘했다. 직원 100명을 움직이는 중장비

공장장이 나의 소임이었다.

모두 다 아는 사실이지만 중동은 종교문제 때문에 음주를 금한다. 하지만 궁하면 통한다고 사람들은 살살 꾀를 내기 마련이다. 게다가 우리는 음주가무를 즐기는 민족이 아니던가. 파인애플 등 열대과일의 즙에 빵을 부풀리는 이스트를 살짝 집어넣고 그 술단지를 사막의 모래밭에 슬쩍 집어넣는다. 과일즙은 단 며칠 새에 매력적인 술로 변한다. 선인장으로 만든 중남미의 술 데킬라가 유명하다지만, 중동의 '파인애플 이스트 술'도 매력적이다.

중동건설 노무자들이 즉석 제조한 '파인애플 이스트 술'은 테킬라와 일단 닮았다. 데킬라는 스트레이트로 마실 경우 톡 쏘는 듯한 맛을 자랑하는데, '파인애플 이스트 술'은 단맛이 살짝 도는 부드러운 풍미가 있다. 무색투명한 이 술은 알코올 도수가 50% 전후로 엄청 독하다.

혈기왕성한 노무자들은 밤이면 밤마다 그걸 즐겼다. 직책상, 그리고 효과적인 인력운용을 위해서라도 나는 그걸 막아야 할 자리에 있었다. 그러나 나는 매사 그렇듯 거꾸로였다. 일에 지장이 없다면 억지로 막을 필요는 없다고 생각했다. 무엇보다 머나먼 타향에서 뙤약볕을 맞아가며 달러를 버는 그들의 심사를 나는 누구보다 잘 알고 있었다. 오히려 나도 틈나면 그들과 어울려 기분 좋게 한잔 마시곤 했다.

회사에서 정해놓은 규칙위반일 뿐 실은 이렇다 할 만한 큰 사고도 거의 없었다. 작업장은 주거지에서 멀리 떨어져 있어 약간의 고성방가와 싸움 정도가 있어도 그저 애교로 넘어갈 수 있었다. 그러나 문제는 회사 내 분위기였다. 나는 못 말리는 사고뭉치 중간관리자로 윗선에 찍혀버렸다.

나는 또 간혹 근무시간 틈틈이 페르시아 왕자의 복장을 한 채 각종 노래자랑 등에서 인기를 모았다. 주특기인 뱀장수 흉내도 빼놓을 수 없었다. 별다른 오락거리가 없던 사람들은 모두 그런 공연을 즐겼고, 다른 관리자들과는 다르게 나를 대했다.

페르시아 왕자 복장을 하고 있는 중동 근무 시절의 필자.

그러던 중 82년 중반 조기귀국하라는 조치가 윗선에서 내려왔다. 지금도 현대건설과 중동근무가 매끄럽지 못한 것을 못내 후회한다. 정주영 회장과 기질 상으로만 보자면 무언가 잘 맺어질 수도 있었는데, 그 점이 못내 아쉬울 따름이다.

성공난무의 시대, 대 실패남

배
추
가
돌
아
왔
다

중동에서 돌아온 나는 건달이나 마찬가지였다. 직장도 썰렁하고 밥벌이도 딱히 없을 때, 나는 그저 시내출입을 하면서 '허가받은 건달' 노릇을 유감없이 했다. 이미 따낸 명예문인의 '쫑'을 가지고서 말이다. 민중문학 진영의 핵심 아지트 노릇을 하던 '창작과 비평사'를 드나든 것도 70년대 후반부터 시작되어 80년대 내내 이어졌다.

문학과는 거리가 먼 내가, 단편소설 하나 써본 일 없는 내가 창비를 드나들면서 문인들과 어울릴 수 있었던 건, 그들이 나를 자신들과 다른 별종으로 취급하며 배려해준 덕도 있을 것이다. 그들과 어울리는 것만으로도 모자라 나중에는 '조선의 3대 구라'라는 별칭까지 얻게 되었다. '문단의 3괴' 중 한 명으로 불리던 막걸리 시인 천상병을 비롯해 '인사동의 디오게네스'로 불리는 거리의 철학자 민병산과 특별한 인연을 맺었던 것도 바로 이 시절이었다.

1980년대 중반, 어느덧 내 나이 50대에 이르렀다. 취직은 거의 포기하다시피 했다. 사실 가진 것 없고 특별한 기술도 없는 보통의 중년남

154

자들이 모두 그렇게 살지 않았던가? 그때는 자기 사업에도 자신이 없었다. '나는 실패하는 데는 귀신'이라는 자괴감도 조금은 작용했다.

"배추, 사업을 한번 벌려보셔. 자금이 문제라면 그건 내가 어떻게 만들어볼게. 은행융자는 어렵지 않을 테니까."

중동 아랍에미리트 건설현장에서 돌아온 내게 선우는 그렇게 자기 일처럼 걱정해줬다. 그러나 그러한 호의도 마다했다. 오죽하면 80년대 후반 〈다리〉 지에 썼던 나의 글 제목이 〈성공난무 시대의 대(大) 실패남(男)〉이었을까? 궁여지책 끝에 자장면집 운영을 구상했다. 기술 없고 돈 없는 서민들이 제일 차리기 편한 게 밥집이 아니던가. 먹는 장사가 남는 장사라는 말도 있고.

마침 경기도 안양에 좋은 자리가 나왔다. 중국인인 나의 매제가 그 장소를 주선해주었다. 외국어대 교수였던 그는 틈틈이 농장에서 나를 거들어주던 듬직한 사람인데, 벌써 저세상 사람이 됐다.

〈다리〉 지에 필자가 기고한 글의 첫 페이지.

"잘 아는 화교 한 분이 자장면집을 운영해왔는데, 자기는 은퇴하고 가게를 임대할 생각이 있다던데…"

그래서 함께 답사한 곳이 경기도 안양의 옛 역사 근처였다. 역세권인 데다 380명을 수용할 수 있는 1, 2층 건물이 제법 컸다. 마음에 들었다. 요리를 먹는 방만도 13개였다. 그렇게 해서 중국집 문을 연 게 82년 말이다. 큰딸인 방그레가 국민학생 시절인데, 이름은 그냥 옛이름 그대로 영흥관이라고 했다. 선우휘, 이부영, 백기완 등은 우리 집 단골손님으로 자리를 잡았고, 선우는 회사 차를 타고 와 틈틈이 매상을 올려줬다.

그런대로 마음은 편했으나 번거로웠던 점도 있었다. 하나는 주방장들이 종종 속을 썩인다는 점이다. 그거야 내가 주방에 뛰어 들어가 팔을 걷어붙이면 일단 급한 불은 끌 수 있었다.

그런데 은근히 골치 아픈 또 하나의 일은 툭하면 손을 벌리는 동네 불량배들이었다.

"형씨, 나를 알아두는 게 좋을걸."

"사장님, 용돈 한 30만 원만 주시지?"

지금이야 이런 사람들이 많이 정리됐겠지만, 당시는 하루에도 여러 명이 들이닥쳤다. 대충 타일러 보내는 것도 한계가 있었다. 정 말을 안 들으면 힘으로 해결할 수밖에 없었다.

때로는 너무 심하다 싶은 경우도 있었다. 어떤 녀석은 2층 홀에 들어와 대뜸 바지춤을 내린 채 오줌을 갈겨대기도 했다. 보다 못해 뛰어 들어 한 대 쥐어박았더니 벌러덩 하고 계단으로 굴러 떨어졌다. 아내는 그런 험한 장사가 불안하기도 하고, 신물이 난 듯도 했다. 그래도 그럭저럭 5년을 끌고 갔으니 꽤 오래한 셈이다.

영흥관을 정리한 뒤에는 사당동으로 옮겨 신발가게를 차렸다. 하지만 그것도 제대로 된 가게는 아니었고, 역시 먹는 장사에 대한 미련이 남았다.

156

내가 무슨 돈이 있나? 하도 먹고살 길이 없어 막막하다고 하니 그 소식을 듣고 친구 채현국과 한윤수 등이 대뜸 돈을 대줬다. 제법 큰돈이었다. 채현국은 보신탕집 운영자금이라며 당시 돈 300만 원을 아무런 조건 없이 던져줬다. 채현국이 돈을 디밀 때 한윤수 역시 100만 원을 내게 건네줬다. 한윤수는 지금 민예총 일을 보는 화가 김용태와 절친한 친구 사이다.

이런저런 도움으로 경기도 송추에 보신탕집을 차렸다. 불과 1년여 하고 바로 접어버린 보신탕집은 내게 작은 일화 하나로 기억된다.

프로레슬러와의 헤드록 사건

한번은 보신탕집에 '어깨친구'들이 우르르 몰려왔다. 그중에 프로레슬러 활동을 했던 덩치가 한 명 있었다. 몸보신을 한다며, 그러면서 배추 형님네 매상을 올려주고 틈틈이 일손도 거들어주겠다며 꽤나 거나하게 때려먹었다. 고맙기도 하고 미안하기도 했다.

"옛다. 가는 차비로 보태 써라."

막 작별인사를 주고받을 무렵 만 원짜리 한 장을 꺼내 프로레슬러 손에 쥐어줬다. 당시의 나로서는 결코 적지 않은 돈이었다. 아주 큰돈은 못되지만, 그래도 서울까지 택시 타고 가기에 부족한 돈은 아니다 싶었는데, 그의 인상이 확 구겨졌다. 느닷없이 내가 보는 앞에서 만 원을 북 하고 찢어버렸다. 그리고는 찢은 돈을 다시 포갠 뒤 또 한 번 찢었다. 그래도 그게 내 마음인데 '어떻게 이럴 수가 있나' 싶었다.

"짝!"

나도 모르게 손이 그냥 나가버렸다. 녀석의 귀퉁배기를 냅다 후려쳐버린 것이다.

158

"새끼가 아주 돌아버렸구만?"

"뭐야, 이거 나를 친 거요? 형님께서 이렇게 나오시면 안 돼지. 나도 체면이 있지. 그래 돈 만 원이 뭐요? 제기랄, 치긴 또 왜 쳐?"

"뭐? 이런 놈을 봤나? 피 같은 돈 귀한 줄 모르고 찢어버리는 놈이 말도 많네. 오냐! 정 억울하면 제대로 한판 붙자."

"그럽시다. 내가 뭐 겁낼 줄 아쇼! 형님이고 아우고 이젠 서로 계급장 떼고 붙는 거야."

"조웃타. 그래도 네가 내 아우님 아니냐. 자, 옛다. 내 머리통을 대줄 테니까 어디 네 마음대로 해봐라."

그 녀석은 내 말에 껄껄 웃었다. 명색이 프로레슬러 아니던가.

"형님, 나한테 그거 걸리면 바로 죽는 거야" 하면서 막 들이대는 머리통을 냅다 죄어버렸다. 순간 '헉!' 소리가 절로 나왔다. 대단했다. 머리통이 왕창 뽀개져 나가는 느낌, 꼭 그랬다. 목은 아주 끊어지는 것만 같았다.

'이거 내가 실수 했구나' 싶었지만, 내가 자초한 싸움이었다. 길지 않은 3분여, 그 짧은 시간에 정말 지옥이 따로 없는 통증을 맛봤다. 녀석은 정말 엄청난 힘과 기술로 압박을 해왔다. 몸통과 다리 쪽을 아무리 버둥대도 한번 들어간 기술은 요지부동이었다.

정말 젖 먹던 힘까지 다해 머리통을 확 뽑아냈다. 순간 하도 너무 힘을 준 탓에 그 녀석의 균형이 무너지며 휘청거렸다. 그 순간 정교한 펀치로 승부를 끝낼 생각에 오른손 주먹을 날렸다. 정확하게 미간을 겨냥했다. 턱이나 광대뼈 등은 바로 사고로 이어질 수도 있으니까 일부러 피했다.

녀석이 엉덩방아를 찧으며 퍽 주저앉아버렸다. 레슬러는 본래 충격에 약하기 때문이었으리라. 180Cm 키에 몸무게 100Kg이 넘는 거구가 그렇게 어이없이 나가떨어졌다. 녀석은 꽤 오래 주저앉아 있다가 겨우 몸을 일으켰다.

"역시 배추는 배추구만. 형님 제가 졌습니다."

손을 탁탁 털며 그가 한마디 던졌다. 단순명쾌한 성격이었다. 그러더니 금세 "서울에 나가서 한잔 더 하시지요. 제가 모시겠습니다" 하고 사근댔다. 나로서는 미안하기 짝이 없는 일이었다. 환갑을 코앞에 두고 찾아온 손님에게 힘자랑이라니…. 그의 제안을 마다하지 않고 따라나섰다.

그렇게 나선 인사동에서 우연히 구중서를 마주쳤다. 구중서 역시 상당한 덩치인데 말하자면 시골장사 스타일이다. 그렇게 세 덩치가 밤새도록 술을 마셨다.

현장에는 없었지만, 한두 시간 전에 일어난 일은 구중서의 입을 타고 문단에 마구마구 퍼져나갔다. 주먹 배추의 전설에 아직 내가 여전히 살아 있다는 실화가 하나 보태진 것이다.

"형님, 정말 지가 몰라도 한참을 몰랐지요. 세상에 레슬러가 걸어버린 헤드록을 그렇게 간단하게 풀어버리다니…. 또 소문대로 엄청나게 주먹이 셉디다."

"거참, 치사한 놈일세! 아, 다 늙은 선배가 그래 머리통을 대준다고

160

하니까 기다렸다는 듯이 낼름 헤드록을 걸어버리는 경우는 또 뭐냐고? 그냥 대충 하는 척도 아니고 숫제 머리통을 부서버릴 듯이 말이야. 에라이~ 순!"

"핫핫하. 그래도 천하의 배추 형님하고 맞장을 떠봤다는 게 제게는 큰 영광이죠, 뭐. 아, 어떤 레슬러한테 헤드록을 대줄 테니 한번 붙자고 말해보세요. 어느 놈이더라도 입에 침 질질 흘리면서 달려들걸요?"

'만두향'을 경영하다

신발가게를 하던 무렵, 일이 없고 손이 날 때면 틈틈이 관철동이나 인사동 등지로 마실을 나갔다. 그곳에서 문인들이나 재야인사들을 만나 세상 돌아가는 일을 나누는 것이 몸에 배었다. 인간미 푸근한 그들과 놀다 보면 숨통이 트이는 것도 같았다.

그러던 무렵 민중판화가로 유명한 오윤의 매제가 운영하는 밥집 경영을 맡아달라는 제안이 들어왔다.

"오숙희라고 있잖아, 당신도 알지?"

"잘 알지. 판화가 오윤의 누이 아냐?"

"그래. 그 오숙희의 남편이 서울 서초동에서 만두집을 경영하는데, 안 해보던 장사라서 영판 죽을 쑤고 있는 모양이야. 그 집 경영을 손봐주면 어떨까 해서…."

"내가 뭘 알아야지."

"밥집은 잘 아는 편이잖아. 음식 맛에서 경영까지 좀 도와주서. 죽은 오윤이 얼굴을 봐서라도 말야. 안 그래?"

162

오윤은 심성 고운 청년이지만, 때로는 불칼을 휘두르며 분노를 토해내는 민중미술가, 바로 그 모습으로 내 뇌리에 남아 있다. 오윤이 살아 있을 때 그의 집으로 찾아간 적이 있었다. 그때 오윤은 고목나무의 뿌리를 다듬으며 한시 한 구절을 판각하고 있었는데 그가 그 한시 구절을 풀이해줬다.

'남을 돕는 일은 어렵지 않으나, 남을 도왔다고 자랑하고 싶은 마음을 억누르기란 매우 힘든 일이다'라고.

그는 내게 심오한 인격의 소유자로 남아 있다.

대리경영 제안을 그냥 흘려들었는데 나중에 오숙희가 직접 찾아왔다. 그래서 맡았던 '만두향'은 제법 규모가 컸다. 문제는 역시 주방장이었다. 음식 맛도 형편없는 데다가 성의까지 없었다. 당장 새 주방장을 모셔왔다. 아무래도 음식장사는 맛이 첫째다.

이미지 개선을 위해 오숙희와 상의해서 만두집 이름도 바꿔버렸다. '개성만두'로. 내가 주방에 자주 들락거리면서 신경을 쓰자 금세 손님이 늘어났다.

어느 날 신문이나 잡지 등에 '맛집기행'과 같은 글로 유명한 홍 아무개라는 사람이 찾아왔다. 이름을 대면 알 만한 신문에 대중소설을 연재하여 유명했던 그가 우리 가게에 관한 제법 인심 후한 글 한 꼭지를 실은 적이 있는데, 그 뒤 손님이 부쩍 늘었다. 한때는 줄을 선 손님들에게 번호표를 나눠주면서 성업을 이루기까지 했었으니까.

그런데 어느 날 '개성만두'에 출근을 하니 손님받는 방 한쪽에 웬 소설책이 잔뜩 쌓여 있었다. 거의 산더미였다. 오숙희에게 "이게 뭐냐"고 물었다.

"우리 집을 신문에 소개해준 분이 내신 책이에요. 그분에게 인사를 해야 한다고 해서 어떻게 하느냐고 물어봤더니…."

"아니 이게 말이 돼? 쥐꼬리만한 영향력이 있다고 그걸 이렇게 써도 되는 거야?"

확인해보니 적지 않은 돈봉투도 전달한 모양이다. '이건 아니다' 싶었다. 화가 치솟았다. 언젠가 만나면 단단히 망신을 주리라, 작심하고 있었는데 몇 달 뒤 그를 딱 마주쳤다.

인사동 어느 술집에 친구들과 있는데 그곳에 홍 아무개가 들어오는 게 아닌가. 술잔이 오가고 모두들 얼큰하게 취했다. 잘 만났다 싶었다.

"야, 홍가 놈아. 잠시 이리 좀 와볼래?"

이리 오라는 듯 손짓을 했다. 영문을 몰랐던 홍 아무개는 자기 테이블을 떠나 우리 쪽 테이블로 냉큼 다가왔다. 전부터 얼굴은 아는 사이였다. 그가 다가오자 손을 뻗어 그의 콧잔등을 비틀어버렸다. 오른손 검지와 중지를 갈고리처럼 만들어 꼼짝달싹 못하게 쥐어버린 것이다.

"홍가야, 네 죄를 네가 알렸다?"

장난인 줄 알았던 홍 아무개는 억지로 웃는 시늉을 하더니 결국에는 벌겋게 달아오른 얼굴로 버둥거리기 시작했다. 그로서는 나이 70세가 다 되어가는데, 망신도 그런 망신이 없었을 것이다. 그때 개성만두 집 스토리를 둘러싼 사실관계를 차곡차곡 따져 물었다.

처음에는 얼버무리려들던 그도 선선히 시인했다. 소설책 강매에 돈

봉투 전달까지 모두 실토했다. 내 할 일은 이제 다 한 셈인데, 생각해보니 그가 딱했다. 세상에 이름 좀 있다고 그렇게 사는 인생이 측은했다.

"당신 그렇게 살면 안 돼!"

그렇게 조용히 한마디를 타일렀다.

저쪽 홍 아무개네 테이블은 처음에는 영문을 모르고 있었다. 그저 저 사람이 왜 웬 불한당 같은 덩치 녀석에게 느닷없이 콧잔등을 붙잡혀 버둥거리고 있나 싶었을 것이다. 하지만 나를 알아보았는지 덤비거나 항의도 못한 채 멀거니 지켜만 보고 있었다. 그 점이 또 한 번 내 비위에 거슬렸다.

"여보셔. 당신네 친구가 지금 나한테 된통 당하고 있어. 물론 이 친구는 자기 잘못을 순순히 인정했지만, 어쨌거나 친구가 혼쭐이 나는데 당신들이 한꺼번에 덤벼들어야 되는 것 아냐? 어떻게 한 녀석도 대드는 사람이 없지? 오려면 와! 한꺼번에 덤비란 말야!"

그 사건은 다음날부터 인사동의 화제가 됐다. 당시 사건을 지켜봤던 화가 주재환이 그 소문을 냈고 나 역시 묻는 사람들에게 술자리 안주삼아 그 일을 털어놓았던 탓이다.

가슴에 불덩이를 안고 사는 사나이

내가 입버릇처럼 하는 말 중 하나가 '가슴에 불덩이 하나를 품고 산다' 는 말이다. 나이 들면 누구나 몸도 마음도 푹 쳐지고 수굿해지기 십상인데, 나는 그런 상식에 끌려 다니고 싶지 않다. 그런 점에서 나는 아직도 천진한, 혹은 대책 없는 어린아이인지도 모른다.

89년 그해 초복 날, 엄청 더웠다. 불쾌지수도 꽤나 높았다. 막노동이 끝나는 날이라 소주 한잔 걸친 김에 마침 한국에 와 있던 김태선을 불러 2차, 3차, 마상주까지 끝내고는 안양 쪽으로 가는 총알택시를 탔다. 시계를 보니 새벽 1시를 막 넘기고 있었다. 헌데 일이 꼬이려고 그러는지 옆사람이 자꾸 시비를 걸어왔다. 내가 타고 나서 조금 뒤에 합승을 한 사람인데 뒷자리에 나란히 앉은 그는 30대에 덩치가 제법 좋았다. 나중에 안 일이지만 노가다 십장 출신인 그는 인근 동네를 무대로 활동하는 '동네 건달' 이었다.

그런데 그가 자꾸 횡설수설을 했다. 처음에 몇 마디를 주고받다가 이내 시비가 됐다. 건달이 보기에는 옆 자리에 합승한 덩치 좋은 늙은

이가 말투부터 영 고분고분하지 않았던 모양이다.

"당신, 중동 얘기를 자꾸 하는데 가보긴 했어?"

어떻게 하다가 왕년에 중동 땅에서 노가다 생활을 한 얘기가 나왔는데, 젊은 사람의 험한 입놀림에 나는 질끈 입술을 깨물었다. 참아야지, 생각했다. 하지만 이어지는 말에는 발끈할 수밖에 없었다.

"말하면서 자꾸 조선 땅, 조선 땅 하지 마셔. 당신 혹시 빨갱이, 뭐 그런 거 아냐?"

사실 나이 든 사람들 중에는 '대한민국', '한국' 같은 정식 국호만큼 친숙한 것이 조선 아니던가. 거기에다 나는 이북 개성 출신이다. 문단에서 즐겨 쓰는 '조선의 3대 구라' 등의 표현도 그렇다. 그러나 반공 교육을 너무 많이 받은 일반인에게는 이북 냄새가 날 수도 있었다.

하지만 순간 몇 해 전 고문기술자 이근안에게 당했던 악몽이 떠올랐다. 그때 질리도록 듣고 또 들었던 게 빨갱이 소리였다. 악몽의 빨갱이 소리를 하필 나이 새파란 녀석한테 또 듣다니….

"야, 너 인마 당장 내려."

"그래? 내리라면 못 내릴 줄 알아? 영감이 어디다 대고 인마 전마를 하셔? 당신 꼴을 보니 사람을 여럿 팰 뻔새인데?"

상황이 그렇게 꼬여갔다. 이미 수습은 물 건너갔다. 화살은 쏘고 나서 주울 수 있어도, 말은 던지면 못 줍는다고 하지 않던가. 길가에 내려선 순간 오른손 주먹을 그 청년 얼굴에 날렸다. 콧대가 시작되는 위, 즉 양 눈썹이 모아진 그곳에 제대로 꽂았다.

사내는 길바닥에 그대로 고꾸라졌다. 뒤로 나자빠진 것도 아니고 타격 순간에 정신을 잃었는지 등을 위로 보인 채로 엎어져버렸다. 그 동네에서 주먹을 좀 쓰는지는 몰라도 시시했다. 그런데 상황이 좋지 않았다. 고약하게도 그가 거품을 무는 게 아닌가. 버걱버걱 토해낸 게 거품이 아스팔트를 덮었다. 겁이 버럭 났다. 슬쩍 까보니 눈엔 흰자위만 보였다. 이건 전형적인 뇌진탕 증세가 아닌가!

"선생님, 이 사람 동네 불량배니까 도망치세요."

택시 기사가 눈을 찡긋거리면서 내 셔츠를 잡아당겼다. 하지만 그럴 수는 없는 노릇이었다. 저쪽에서 막 달려온 순찰차에 무거운 몸을 실었다.

'할아버지가 웬 주먹질?' 하며 어리둥절해하던 경찰관의 어이없는 표정을 지금도 선명하게 기억한다. 한 10여 분, 이윽고 경찰서에 도착했다. 입구에는 '폭력단속 일제 강조기간'이라는 대형 플래카드까지 걸려 있었다. 재수가 옴 붙은 셈이다. 맨 먼저 연락을 받은 아내가 경찰서로 달려와 혀를 끌끌 찼다.

이어서 프로레슬러 무리들이 주르르 위문 차 나를 찾아왔다. 대여섯 명인데, 경찰서를 꽉 채웠다. 주먹세계의 선배를 위한다고 시위 아닌 시위를 벌인 것이다. 응원을 한답시고 몇 마디를 던졌는데, 그게 나를 더욱 민망하게 만들었다.

"어느 녀석이 대들었어요?"

"형님을 몰라보는 녀석이 있단 말예요? 그럼 안 되죠."

그러던 그들이 조서를 쓰고 있는 나를 쿡 찌르더니 물었다.

"그런데 형님, 말이죠. 그 연세에도 주먹을 쓰시는 겁니까? 아, 형님

배추가 돌아왔다 2

나이를 생각하서야지…"

담당형사도 싱긋 열없는 표정으로 웃었다. 동네깡패 녀석 앞에서 옛날 무용담을 늘어놓다가 시비로까지 번졌으니 그것부터 내 잘못이다. 형사에게는 무조건 내 잘못이라고 털어놨다. 조서는 마음대로 써도 좋다고 일러놓는데, 그 형사도 이 '늙은 주먹'을 어떻게 다뤄야 할지 몰라 곤혹스러워하는 표정이 역력했다.

병원에 실려가 MRI까지 찍었던 그 젊은이가 다음날 오전 10시쯤 의식을 되찾았다는 소식을 들었다. 아내가 유치장을 찾아와 밝은 표정으로 "여보, 그 젊은이가 깨어났대요" 하고 귀띔을 해줬다. 그때서야 길고 긴 안도의 숨을 내쉴 수 있었다.

치료비 120만 원에 합의도 봤다. 이 돈을 벌기 위해 팔자에 없는 원고지와 씨름을 해보기도 했다. 〈다리〉 지에 글을 쓴 것이다. 젊은이는 의외로 단순한 사람이었고, 집안사람들 역시 거칠지 않게 나와서 천만다행이었다. 며칠 뒤 병원을 찾아간 내가 완쾌된 그에게 "앞으로 형님 동생으로 살자"며 화해까지 청했다. 그러나 따끔한 한마디는 잊지 않았다.

"너도 주먹깨나 쓰는 모양인데, 앞으로 형님이라고 깍듯하게 대접해? 알았지?"

고개를 푹 숙이고 있던 그가 한참 뒤에 궁금한 듯 물었다.

"그런데 형님, 그때 저를 때릴 때 망치로 내리친 겁니까?"

"아이고, 이놈아, 세상에 택시 타는 사람이 어디 망치 들고 타는 거 봤어? 핫하하"

문단이 공인한 '조선 3대 구라'

"배추? 걔 한창 때는 펄펄 날았던 아이야. 대단했지."

"당신이 배추를 다 알아?"

"사람 참! 알고 모를 게 뭐 있어. 걔를 키워준 게 바로 나야. 주먹질 같은 것도 다 내가 알려줬고, 사람도 만들어줬잖아."

"당신은 한영고등학교 출신인데? 가만 있자, 배추는 그 학교 출신이 아닌 것도 같은데?"

"아니, 그런 건 아니고."

"그럼?"

"배추가 나보다 몇 살 어려. 학교를 서로 비슷한 시기에 함께 다녔거든."

일행들과 함께 막 밥집에 들어가 자리에 앉을 판인데, 저쪽 테이블 사람들이 내 이름을 들었다 놨다 하고 있었다. 척 보니 당시 꽤 유명한 야당 국회의원이던 정치인 김 아무개 패거리들이다.

신문에 자주 나오는 사람이라서 이름 정도는 알고 있었지만 서로

170

인사를 나눈 적도 없었다. 그런데 뭐? 키워주다니, 말도 안 되는 헛소리였다. 또 나와는 동갑내기로 아는데 이 무슨 헛소리람? 자기가 아무리 '정치판 마당발'이라지만, 나 정도를 안다는 게 무슨 자랑이라고….

그때가 1978년, 79년 무렵, 창비에 들러 이런저런 한담을 하다가 밥 먹을 때가 돼 따라나선 참이었다. 점잖은 성품의 백낙청을 필두로 평론가 염무웅, 소설가 이호철 등과 함께였다.

백낙청이 이끌던 출판사인 창작과 비평사는 당시 한국일보 뒤 관철동 부근에 자리잡고 있었다. 당시만 해도 관철동과 청진동 어름은 출판 1번지였다. 당연히 문인들이 출몰하는 '먹물들의 양산박'이자 단골 아지트 구실을 했다. 당시 나는 울산 현대건설에서 근무하기 직전이었다. 세상일과 밥벌이 따위에 시달리다가 사람냄새가 못내 그리울 때면, 쪼르르 관철동과 인사동으로 달려가곤 했다.

70년대 후반 이후 80년대 내내 그랬다. 74년 간첩죄 구속을 전후해 문인 감방동기도 사귀었고 급기야 그쪽 동네의 확실한 식구가 되어버린 참이다. 백기완과 구중서도 길잡이 역할을 해줬고, 바로 친해졌던 소설가이자 시인인 천승세도 나를 반겨줬다. 그때 천승세는 돈도 만질 겸 친구들을 만나는 아지트도 만들 겸 해서 청진동에 '한돌기원'을 차리고 있던 때였다.

그중에서도 내가 출입을 가장 자주했던 곳이 창작과 비평사였다. 당시 창비는 한국문학을 끌고 나가는 곳으로 발돋움하던 시기였다.

소설가 이호철이 내 옆구리를 찔렀다.

"김 아무개 의원 저 사람 알아? 배추 당신과 알던 사이냐구?"

"전혀! 저 사람이 없는 얘기를 마구 지어내고 있네? 자 자, 신경들 쓰지 말자구."

나는 고개를 저었다. 본인이 바로 옆에 있는데, 저쪽에서는 없는 말을 마구 지어내고 있고…. 거참 웃기는 풍경이 돼버렸다. 면구쩍고 쑥스러운 나머지 슬그머니 엉덩짝을 뗐다.

"어딜 가려구?"

"아니, 그냥."

차라리 잠시 이 어색한 판을 모면할까 싶었는데, 이호철이 허리춤을 낚아채며 도로 앉혔다. 그러곤 헛기침을 두어 번 하더니 급기야 저쪽을 향해 "여보쇼. 김 아무개 의원!" 해버렸다. 이호철은 김 아무개 의원보다 나이가 몇 년 위다.

한참 신나게 옛날 얘기를 풀던 김 의원이 고개를 돌려보니 아는 얼굴이 꽤 있지 않나! 이호철은 물론 백낙청 등 우리 쪽 패와 서둘러 가벼운 수인사를 나눴다.

"그런데 여보, 당신이 키워줬다는 배추가 여기 있어. 그런데도 얼굴도 몰라봐? 이 사람이 바로 배추야. 알아?"

이호철의 터진 입을 틀어막기에는 이미 늦어버렸다. 본래 이호철의 성미가 그랬다. 얼결에 일어나 김 아무개 의원과 어색한 악수까지 나눴는데, 정말 어색하기 짝이 없었다.

민망하기는 마찬가지이지만, 김 아무개에 비길 바는 못됐나 보다.

172

자기 테이블로 돌아간 그는 멀리서 봐도 도무지 어쩔 줄을 몰라 했다. 양쪽 테이블에서 모두 망신을 당한 꼴이 됐다. 안절부절 못하는 기색이 역력했다.

그렇게 한 10여 분? 조금 있다가 보니 김 아무개 의원이 휑하니 밖으로 뛰쳐나가는 눈치다. 화장실 가나 싶었다. 그때서야 꾹꾹 눌러 참아온 웃음보가 내 패거리 쪽에서 터지기 시작했다. 킬킬거리다가 급기야 박장대소까지 연신 터졌다. 끝내 김 아무개는 돌아오지 않았다. 나갈 때 보니 저쪽 옷걸이에 걸어뒀던 그의 저고리도 그대로 둔 채였다.

화가 주재환과 평론가 구중서 등은 나중에 그 스토리를 하도 많이 들어서 줄줄 왼다. 이후 오랫동안 문단 사람들 술자리에서 안주가 떨어질 때마다 이야기 소재로 동원된 탓이다. '펄펄 날았던' 10대 시절과 유럽시절 스페인 조폭과의 결투, 그리고 백기완에게 뺨 맞은 스토리도 단골 안주다.

그 탓에 도무지 글 한 줄, 그림 한 점 그려본 일이 없는 나 같은 사람이 '입으로 작품을 쓰는' 구라 소설가 예우를 받게 되고 '조선 3대 구라'라는 말까지 듣게 된 것이다. 소설가와 시인들이 글로 작품을 쓴다면, 나 방구라는 '입으로 작품을 쓰는 즉석 소설가'인 셈이다. 황구라(소설가 황석영)는 양수겸장인 셈이고.

'조선의 3대 구라'가 다시 한 번 유명해진 건 황석영이 한 신문 연재소설(중앙일보 2005년 10월12일자)에서 그 스토리를 털어놓으면서부터다.

'기왕에 '구라' 얘기가 나왔으니 이른바 '조선의 3대 구라'라는 말이 나오게 된 연유도 밝혀야겠다. 대개는 문단 후배들과 문화운동 쪽의 후배들 사이에서 회자됐던 소리인데, 그 분류로는 두 종류가 있다. 한 가지는 백기완, 방배추, 황석영을 3대 구라로 친다. 다른 종류는 가운데의 방모를 소설가 천승세로 바꾸어 넣는다.'

황석영은 그 실화소설에서 이런 얘기도 마저 털어놓았다. 동양철학자 도올 김용옥, 문학평론가 이어령, 그리고 미술사학자 유홍준 등 이른바 '신흥구라'들을 입 하나로 간단히 평정해버린 내 스토리를 소개한 것이다.

"배추 형님, 지금 세상에서는 조선의 3대 구라는 모두 갔다고 합니다. 대신 백구라, 방구라, 황구라를 뛰어넘은 신흥 구라들이 몰려오고 있지요."

"신흥구라라. 맨 앞줄에 선 친구가 누군데?"

"요즘 유홍준이 만만치 않습니다. 백만 권 이상이 팔려나간 《나의 문화유산답사기》를 쓴 다음에 유명해져서 동네방네에 라지오를 풀고 다니면서…"

"인마, 걔가 무슨 구라꾼이야? 글쎄, 교육방송쯤이면 딱이겠지."

황석영은 그 일로 '조선의 3대 구라' 위치가 흔들리기는커녕 더욱 확고부동해졌다고 덧붙였다. 그 바람에 김용옥, 이어령, 유홍준은 '교육방송', '지방방송'으로 밀려나버린 결과가 됐다. 어쨌거나 '조선의 3대 구라'는 제각각 특징이 있다. 백기완은 일단 스케일이 엄청나고 웅장하면서도 때론 비감에 찬 맛이 특징이다. 판소리로 치자면 서편제가 아니라 우렁우렁한 뼈대를 강조하는 동편제 소리쯤이 된다.

동편제와 달리 여린 듯 잔재미가 많은 서편제 소리는 소설가 황석영의 몫이다. 그는 질척거리는 육담(肉談), 여자를 꼬여 재미 보는 얘기로 한몫을 한다 해서 '양아치 구라'로 분류된다. 사실 스스로를 '양씨 문중'이라고 밝힐 정도로 막힘이 없는 성격이 바로 황석영이다.

나는 대류 형도 아니고, 양아치 형도 아니다. 뭐라 말해야 할지 모르겠지만 사람들은 나의 이야기를 선이 굵은 '인생파 구라'로 분류하곤 한다.

나의 이런 이미지를 표현한 게 고은의 연작시 《만인보》다. 그가 본 나의 이미지는 험상궂다 못해 좀 야단스럽다. 그러면서도 기인의 이미지가 짙게 풍긴다. 이를테면 '황소 불알 서너 개 덜렁덜렁 달려/ 석양 머리 넘어오는 사람'이 바로 나라는 위인이란다. '힘깨나 쓰지만 힘자랑보다/ 입심 좋아/ 그 입심에 술자리 눈과 귀 집중하다가/ 술자리 입들 짝 벌어져/ 와/ 와 웃음 터진다'라는 시구는 문단 술판에서 이런저런 이야기를 풀어내는 나의 모습을 잘 보여주기도 한다. 그의 말대로 나는 정말 '천장에 매달린 대들보 같은' 엉뚱한 사람은 아닌지 종종 생각하곤 한다.

평생친구 평생 라이벌, 문학평론가 구중서

요즘에도 나는 술자리가 생기면 이런저런 이야기를 안주삼아 풀어놓고는 하는데, 그때마다 딴죽을 거는 이가 바로 구중서다.

"거, 나팔 좀 그만 불어대라. 너, 왜 그렇게 잔망스럽게 노냐? 배추답지 않게스리."

구중서는 10대 시절부터 백기완과 함께 어울려온 평생의 지기(知己)이다. 그가 다음에 내뱉을 말을 나는 이미 알고 있다.

"거 말이야. 이제는 주먹을 감추는 법도 좀 배워야 하는 것 아냐? 언제까지 젊은 애들하고 붙어서 때려주고 박살을 냈다면서 이겼네, 졌네하는 소리를 떠벌릴 거야. 응? 이제 나이도 제법 먹었잖아?"

그런 말까지 튀어나오면 그저 헛기침을 한두 번 하고 대충 피해야 한다. 이 지적에는 당최 어떻게 해볼 재주가 없다. 몸싸움이 아니라 말싸움에서 우리는 항상 라이벌이다. 복싱 스타일로 치자면 나는 공격을 하는 인파이터형인데 사람 좋게 생긴 그는 링 주변을 빙빙 돌며 카운터 펀치를 노리는 아웃파이터 형이다. 도통 쉽사리 나를 놓아주지 않

176

는다. 하지만 그렇다고 그냥 밀릴 수야 없지 않는가.

"나는 버젓한 사회인이 되어보겠다고 법학을 공부했잖아. 그런데 중서 너는 사기꾼이나 해먹으려고 문학을 전공했잖아. 그게 너라는 인간하고 나하고 근본적으로 다른 점이야."

사실 대학은 체육특기생으로 들어갔고 법대도 그저 소속만 그랬을 뿐이다. 그것도 2년 중퇴 학력이 전부지만, 그래도 이럴 때는 마구 우겨야 한다.

"중서, 쟤가 데데한 교수 노릇을 하지 않았더라면, 나랑 더욱 똥창이 잘 맞게 놀았을 텐데 말야. 괜히 문학을 하고 또 교수를 한답시고…. 너 그때 50년 전에 말야. 백기완이 하고 독서회 만들어 공부할 때 방 안이 엄청 추웠잖아. 그때 밖에 나가 땔감으로 나무간판 뜯어올 때 너만 쏙 빠지고 나하고 김태선만 나쁜 짓하게 내버려뒀잖아?"

이쯤 되면 구중서도 재반격에 나서고 우리의 말다툼은 점입가경이 된다.

"어허, 이 녀석 봐라. 배추! 나는 너와 달라. 나는 어엿한 선비가 아니냐. 물에 빠져도 개헤엄을 치지 않는 게 바로 선비야. 아냐? 어디 선비가 그런 험한 일 하는 것 봤냐?"

"너는 은퇴교수에 실업자 신세이고, 나는 아직 어엿한 직장인이야. 경복궁 관람안내 지도위원 아냐."

"그러서? 하긴 봉급 94만 원이라도 직장인은 직장인이지."

"아주 비웃어라. 그래, 중서. 그래도 네가 내 대부 아니냐? 그런 녀석이 나한테 용돈을 주길 하나, 괜찮은 취직자리 같은 걸 알아봐주길 하나. 이런 제길."

"에라이, 순 엉터리야. 대부가 어디 용돈 대주는 사람이냐? 장가도 못 가고 빌빌대니까 사람 꼴 만들어주려고 성당에 데려간 것 아냐? 아직도 정신을 못 차리고. 쯧쯧쯧."

사람들은 보통 나이가 들면 성숙해지고, 점잖아진다고 말한다. 하지만 나와 주변 사람들에게 그것은 통하지 않는다. 그저 생긴 대로 산다. 나이 같은 건 상관없이 이런 시시껄렁한 농담 따먹기를 즐긴다. 하긴 '어른'이 뭐 별거던가.

구중서는 나에 비해 잘 닦인 매너와 말투로 점잖은 풍모를 유지하고 있다. 그 점에서 그는 한국의 전형적인 선비 스타일이라 할 만하다. 나는 그런 구중서가 자랑스럽다. 평생 하는 일이 달랐고, 밥벌이가 달랐으면서도 세상을 바라보는 눈은 지금도 일치한다. 나 같은 깡패 출신 가운데 이런 문인 친구를 가진 사람 있으면 나와 보라고 말하고 싶다.

많은 이들이 아직도 꺼내기만 하면 웃음보부터 터뜨리는, 구중서와 얽힌 일화가 한 가지 있다. 80년대 초반. 구중서가 다른 사람보다 조금 늦게 대학교수 감투를 썼을 때였다. 수원대 국어국문학과에 취직한 것이다.

구중서와의 즐거운 한때, 필자와 구중서는 만나기만 하면 이렇게 웃음보가 터진다.

"머리도 나쁜 녀석이 웬 교수냐. 너 한잔 사야 돼."

"좋다. 기분으로 내가 멍멍이탕을 크게 낼 테니 한번 모이자."

178

그렇게 해서 관철동에 모였다. 시인 황명걸, 신경림, 화가 김용태 그리고 관철동의 영원한 맹주이자 '거리의 철학자'로 불리던 민병산까지 모였다. 조금 시간이 일렀던 탓에 근처 기원으로 향했다. 나와 구중서가 점잖게 앉아 대국을 벌였다. 일명 '구중서 교수취직 기념 대항전'.

바둑은 구중서가 조금 세다. 그러나 사람들 심리가 왜 그렇지 않던가. 여기저기서 약자인 나를 응원해 자꾸만 훈수를 뒀다. 또 친구들이 구중서 몰래 흰 돌을 내 쪽으로 놓아서 집계산을 할 때마다 내가 이기도록 유도했다. 한 판, 두 판, 세 판…. 그 덕에 내가 연전연승을 거듭하자 구중서의 표정이 서서히 변하기 시작했다. 못마땅한 표정으로 바둑을 두던 구중서는 내리 다섯 판을 지자 기어이 자리에서 일어났다.

"나, 화장실 좀….'

화장실에 간다던 녀석이 10분이 지나고 20분이 지나도 돌아오지를 않았다. 한 시간 넘도록 기다리다가 급기야 신경림의 시 원고료를 털어먹는 걸로 그날을 마감해야 했다.

'우린 왜 이렇게 눈치가 없냐' 하는 한탄을 하면서. 아무리 친선바둑이라고 해도 구중서로서는 기분이 상할 만했다. 또 명색이 자기 취직기념으로 만든 자리가 아닌가. 그는 화장실에서 나온 뒤 내처 정릉에 있는 자기 집으로 쑥 하니 들어가버리고 말았던 것이다. 지금도 그날의 해프닝을 말하면 사람들은 다시 배꼽을 움켜쥔다.

"아, 얻어먹으려면 눈치가 빨라야지. 술 사주겠다고 돈을 싸들고 나온 사람한테 그게 말이 돼?"

그때의 이야기만 꺼내면 구중서는 민망한 얼굴로 슬그머니 후퇴를
한다.

"그만 좀 할 수 없냐. 제발 없었던 일로 해주라."

구중서는 평론 활동 40년을 맞아 2006년 여름 시화전과 함께 평론
선집《문학적 현실의 전개》도 펴냈다. 인사동에서 열리는 '너른뫼 시
화전'에서는 자신의 성격대로 느긋하면서도 구수한 문인화와 붓글씨
25점을 전시했다. 둘이서야 티격태격하지만 역시 풍류가 무엇인지 아
는 사람이다.

'거리 철학자' 민병산과의 우정

배
추
가
돌
아
왔
다

　내가 문인들과 교우관계를 맺게 된 건 그들과 나의 배짱이 맞아서였다. 그들이 문학으로 세상 거칠 것 없는 자유를 추구했다면, 나는 맨주먹 하나로, 맨몸 하나로 세상과 부딪히며 살아왔다. 서로의 방식은 달라도 완전한 자유를 추구한다는 점에서 나는 그들과 기질 상으로 동료의식을 느낀다.

　호방하면서도 걸쭉한 문체를 구사했던 소설가 천승세와는 기질에서도 잘 맞아 처음부터 속을 터놓고 지냈다. 오래 사귀기는 단연 이호철이다. 같은 이북 출신이라는 동질감도 있었지만, 그와는 74년 서대문형무소 감방동기로 만나기 이전 백기완의 연구소가 명동에 있던 시절부터 우정을 쌓아왔다. 특히 형무소 시절에 보았던 그의 당당함을 나는 지금도 잊지 못한다. 그때 '아무나 문학을 하는 것이 아니구나!' 하는 서늘한 충격도 맛보았다. 이런저런 자리에서 술 먹고 함께 망가질 때, 그리고 음담패설과 농담을 주고받으며 질탕하게 놀 때와는 전혀 다른, 문학의 위엄이라는 것을 엿본 심정이었으니 말이다.

그 못지않게 친분을 나눴던 사람들로는 같은 '구라' 반열에 오른 황석영을 빼놓을 수 없고, 67년 그 유명한 소설 《분례기》를 발표하면서 혜성처럼 등단한 '촌놈 소설가' 방영웅도 꼽아야 한다.

소설가 김성동도 잊을 수 없다. 사회 나이로는 10여 년 후배인 그는 본래 정각이란 법명으로 중노릇을 했었다. 절에서의 수도생활을 소재로 한 《만다라》를 발표하면서 등단을 했는데 나는 그의 소설이 보여주는 여린 문체와 꼭 닮은 그의 사람됨을 사랑한다. 김성동은 아마도 자기에게는 없는, 내가 지닌 억센 사내다움 따위에 매료됐던 것일 게다. 그리고 또 한 사람 잊을 수 없는 이가 있다.

'민병산은 관철동에 출입하는 인사들 중 유일하게 술을 못 마신다. 단 한 잔도 입에 대지 못한다. 그런 그가 술꾼들의 세계인 관철동에서 부동의 맹주(盟主)이다. 그가 유전다방에 나타나면 모두들 그를 중심으로 모여 앉는다. 저녁마다 마련되는 술좌석은 '이동식 민병산 살롱'이 돼버린다.

그렇다고 민병산이 앞장을 서는 것도 아니다. 모두들 어울려 술집으로 향할 때도 그는 항상 꽁무니에서 느릿느릿 따라온다. 그러나 앞장서 걸어가는 사람들은 늘 뒤통수에 눈을 달고 그의 걸음걸이에 보조를 맞춘다. 술은 못하지만 민병산은 애주가다. 1년 내내 관철동에 나타나지 않는 날이 없는데, 말하자면 술 한잔 못하는 술꾼인 셈이다.'

강홍규가 왕년의 문단 풍속사를 담은 《관철동 시대》라는 책에서 '거리의 철학자' 민병산(1928~88)을 묘사한 부분이다. '막걸리 시인'

182

천상병이 문학판의 기인이었다면, 민병산은 인사동과 관철동 전체를 아우르는 '디오게네스 철학자'였다. 그들의 우정은 도타웠지만 스타일은 많이 다르다. 천상병이 괴팍스러웠다면, 그는 한없이 수줍고 여린 마음을 가졌다. 그러면서도 그 개성 강한 문인들을 보듬고 따르게 만들었던 부드러운 힘은 그만의 것이었다. 그런 민병산과 내가 통했던 것 역시 서로가 너무 달랐기 때문일 것이다.

그를 처음 대면한 것은 친구 구중서가 상(喪)을 당했을 때였다. 빈소 한편에서 허름한 차림에 70세는 족히 되어 보이는 늙은이가 오도카니 자리를 지키고 있는 게 보였다. 적어도 나보다 서른 살 이상 나이가 많아 보였다. 말수가 적고 풍모가 예사롭지 않았다. 가만히 지켜보니 그 허름하고 술 못하고 말수 없는 사람 주변에 마치 꿀을 본 벌들처럼 신경림, 황명걸, 방영웅, 구중서, 민영을 비롯해 임재경(동아일보 기자), 채현국(광산 부자), 강홍규(바둑해설가) 등이 들러붙어 있었다. 그가 중심에서 빛나고 있다는 느낌을 받았다.

강홍규가 묘사한 그대로였다. 관철동 시절에 자주 드나들던 유전다방이나 한국기원 등에서 앉아 있으면 오가는 문인들이 진을 쳤고, 그런 모습은 천승세가 운영하는 한돌기원에서도 마찬가지였다. 사람들은 민병산이 술을 전혀 못하는 걸로 알지만, 실은 소주 반 병 정도는 기분 좋게 먹었다.

그런데 나보다 한 세대 위쯤으로 보았던 그가 알고 보니 불과 일곱 살 위였다. 잘생긴 것도 아니요, 힘 있는 수완가도 아니었지만 처음 보는 사람들까지 끌어들이는 그 무엇이 있었다. 인사동 밥집이나 찻집

아줌마, 직장 처녀들까지 옹기종기 그의 옆으로 모여들었으니 말이다.

그는 지고 다니던 배낭에서 사탕도 꺼내 나눠주고, 수첩도 건네주는가 하면, 붓과 벼루를 꺼내 글씨 한두 점씩을 휘휘 써갈긴 다음 비쭉 내밀곤 했다. 주로 여자들에게 그랬다. 그런 모습을 보면 친구들이 한두 마디를 거들었다.

"민 선생, 늙마에 호강하는구먼!"

"예끼! 이 사람 말하는 걸 보게?"

"인기가 좋아 보여서 그래."

"늑대도 한번 이빨이 빠져봐. 영락없는 애완동물이 되는겨."

우리는 차츰 낯을 익히며 허물없는 사이가 되어갔다. 그래도 호칭은 '민 선생님', '방 선생'으로 했다. 그는 남을 하대하는 법이 없었기 때문에 '배추 선생'이라는 말도 하지 않고 꼬박꼬박 '방 선생'이라 불렀다. 나도 민병산이 써준 글씨 몇 점을 아직 지니고 있다.

화반개(花半開) 주미취(酒未醉)

꽃은 반쯤 피어야 아름답고, 술은 절반만 취할 때가 좋다는 뜻 정도로 풀이될까? 두주불사랍시고 술을 향해 마구 달려드는 나를 위해 일부러 써준 글이 아닌가 싶다. 글씨체도 기막히다. 아무런 격식도 없고 그저 물 흐르듯 편안하고 꾸밈없다.

따슨 볕 등에 지고 유마경 읽노라면

어지럽게 나는 꽃이 글자를 가리운다

구태여 꽃 밑 글자를 읽어 무삼하리오

184

그가 준 또 한 점의 글씨는 한글인데, 거기 담긴 여유와 정서도 멋스럽지만 마구 흘려 쓴 듯하면서 그 꼬불거리는 글자들이 서로 어울려 기막힌 조화를 이룬다. 글씨를 좀 본다는 유홍준이 "배추 형, 그게 천하제일의 민병산체여. 음, 그냥 허튼체라고나 할까?"라고 말했을 때 고개를 끄덕이지 않을 수 없었다.

민병산은 우리 집에 여러 번 놀러오기도 했는데 이야기를 나누면서 그와 내가 가족사까지 매우 닮았음을 알고 서로가 화들짝 놀라기도 했다. 어린 시절, 당대의 갑부집안이었다는 점과 뚜껑 없는 컨버터블 승용차를 타고 다녔다는 점까지도 똑같았다.

충북 청주 태생의 그의 조부 민영필은 자기 대에 거부(巨富)가 된 사람인데, 사랑하는 손자를 검정색 승용차에 태워 등하교를 시켜줬다. 그 도시에 승용차가 단 두 대가 있을 시절인데, 운전기사는 금테 모자를 썼다. 점심시간이면 인력거로 도시락을 전해줬고, 도시락은 빨간 매실이며 쇠고기 산적이 그득한 진수성찬이어서, 반 친구들이 새까맣게 모여 함께 먹었다고 한다. 그런 점에서 민병산은 다른 갑부 집 아이들과는 남다른 셈이다. 함께 먹길 권유할 만큼 순박했으니 말이다.

85년 민병산의 전시회에서. 왼쪽이 민병산이고 오른쪽이 필자.

그의 인생에도 갈림길이 있었다. 일제시대 말인 1944년, 보성학교 4학년 재학 중에 독서회 사건으로 10개월 미결수 생활을 한 것이다. 청주의 세력가 집안인지라 구속 중에 풀어주겠다는 말을 들었지만 '친구들과 함께 나가지 않으면 못 나간다'고 버티다 해방 두 달 전에 끝내 혼자 풀려났다. 혼자서 나온 게 분통했으나 더 우스웠던 건 해방과 함께 석방된 친구들이 마치 독립투사 행세를 하는 꼴이었다.

'부귀와 명예는 짐일 뿐이다.'

그 사건으로 그는 나름의 깨달음을 얻은 셈이다. 동국대 철학과에 입학한 뒤 6·25가 터졌고, 그때 피난지 대구에서 조부의 타계 소식을 듣고 그는 '아, 이제 나는 자유다'라고 선언했다. 청주 부자의 장손이 아니라 인간 민병산으로 살기로 결심한 것이다.

엄청난 재산도 깨끗이 포기했다. "눈곱만한 미련도 없다"고 선언하고 고교 강사와 지방신문 기자 등을 거친 뒤 1957년 서울 명동에 나타났다. 초등학교 때 같은 반이었던 시인 신동문도 미처 친구를 알아보지 못했다. 어릴 적 친구가 60대 할아버지의 얼굴을 하고 있었기 때문이다. 누구 말대로 서른 초반에 벌써 장엄한 노인의 표정을 갖게 된 것인데, 엄청난 격동기에 순결하기 짝이 없는 마음고생을 안고 사는 바람에 조로해버린 것이다.

이후 민병산은 콩 튀듯 팥 튀듯 정신없이 전개되는 한국사회의 주류에서 멀찌감치 비껴선 삶을 선택했고, 재산과 명예 따위의 모든 기득권을 포기한 채 문학동네에 피신해 숨만 쉬고 살았다.

민병산은 만년에 서울 불광동에서 살았다. 건축가 조건영이 설계한 독신자용 다가구 주택이었는데, 채현국 등 문단의 여러 명이 돈을 모아 그가 안정적으로 거처할 곳을 마련해준 것이다. 그러나 그가 얼마나 '안 들어가겠다'고 완강하게 거부했는지 모두들 절절 매야 했다. 그런 일은 그가 환갑이 되던 88년에도 다시 벌어졌다.

"민선생 회갑잔치를 해드리면 어떨까?"

"좋지. 당신께서 마다하시겠지만 한번 추진을 해보자구."

이 아름다운 음모를 꾸민 것은 강홍규, 방영웅, 황명걸 등이었다. 생일도 알려주지 않아 그의 조카에게 날짜를 확인해야 했다. 장소는 인사동 누님손국수로 정한 뒤 초대장까지 찍었다.

"이거 부고장이 따로 없구먼."

회갑연을 며칠 앞두고 뒤늦게 초대장을 본 주인공 민병산의 얼굴은 막상 밝지 않았다. 모두들 그다운 유머에서 나온 말일 뿐이라고 생각하고 대수롭지 않게 넘겼다. 그러나 회갑연을 하루 앞둔 19일 오전 기가 막힌 소식이 날아들었다.

"민선생이… 가셨다."

환갑을 하루 앞두고 가버리고만 것이다. 그는 저승으로 가는 순간마저 사람들을 놀라게 했다. 과연 자연사일까? 아니면 잔치를 마련한다는 주변 후배들의 정성이 부담스러워 스스로 목숨을 끊은 것은 아닐까?

하지만 지금에 와서 생각하면 그건 역시 천하의 기인, 우리시대의 숨은 철학자 민병산다운 죽음이 아닐까도 싶다. 문단의 추측대로 자연사가 아니라면, 풀잎의 이슬 같은 인생에 대한 위대한 익살을 그 나름대로 표현한 것일 수도 있지 않나 싶다.

KODAK TMX 5052

브라보!
은퇴 없는 현역인생

지치지 않는 열정

"배추 형. 그 좋은 얼굴 그만 썩히고 사시유."

"무슨 헛소리여?"

"사장 노릇 한번 해보시라고요."

지금은 문화계의 거물이 된 김용태(민예총 회장)와 문학평론가 염무웅(영남대 교수)이 어느 날 갑자기 연락을 해왔다. 수영장이나 보트 등의 덮개로 쓰이는 방수포 제조공장인데, 충청도 홍성에 있는 공장을 맡아보면 어떠냐는 제안이었다. 그게 90년대 초반, 환갑 나이에 팔자에 없던 CEO(대표이사)에 취임한 것이다.

1990년대 나는 그렇게 내 인생의 또 다른 전성기를 맞이했다. 1991년 서해화성 최고경영자로 영입된 것이다. 월급사장이지만 출세임엔 분명했다. 아내도 그런 나를 뿌듯하게 생각했다. 그러나 내가 느낀 자부심은 다른 곳에 있었다. 최고경영자니 뭐니 하는 것들이 아니었다. 아직도 당당한 현역으로 살아가고 있다는 자부심이 컸다. 나이는 그저 숫자에 불과하다는 나의 신념을 지킬 수 있었던 게 뿌듯했다.

190

또한 CEO 생활을 하면서 지본주의 사회를 막연하게만 비판하던 내가 그 비판의 정당성을 새삼 깨달을 수 있게 되었다는 것도 하나의 소득이다. 자본의 생리를 비롯해 이윤극대화를 목표로 돌아가는 한국사회의 면모와 메커니즘을 곁눈질해본 의미 있는 '수업기간' 이었다.

맨 처음 취임해서 들었던 말은 '직원들 대부분이 홍성지역의 시골 출신이니 잘 다독거려달라' 는 회장의 특별지시였다. 알고 보니 서해화성은 모기업인 교하산업 산하의 7개 방계회사 중의 하나였다. 유독 이 회사에만 노동조합이 조성돼 있었는데, 회장은 은근히 그게 마음에 걸렸던 모양이다.

나를 위해 애써준 친구들의 얼굴에 먹칠을 하지 않기 위해서라도 열심히 하는 수밖에 없었다. 나의 체질이 그렇기도 했다. 무엇을 하든 최선을 다할 뿐이라는 생각으로 공장 안에 야전침대부터 들여놓았다. 남들 보라고 만든 게 아니라 먼저 내 숙소를 정해놓은 것이다. 서울 북창동에 있는 본사의 직급으로는 상무지만, 현장 공장장을 겸한 서해화성의 대표이사라는 신분이니까 어쨌든 CEO다. 식솔들을 책임지는 무한책임자의 입장이니 최선을 다하지 않을 수 없었다.

옛말에 '종이 종을 부리면 식칼 들고 설친다' 고 했던가? 그게 인지상정인지도 모른다. 그러나 나는 그러고 싶지 않았다. 따듯하게 품어주는 것보다 더 나은 인사는 없다는 게 나의 신념이다. 일단 회사의 '바닥' 부터 챙겼다. 회사에서 제일 험하다면 험하고, 별 볼일이 없다면 볼일이 없는 정문 경비원 등 하급 직원들에게 따뜻한 배려를 시작했다.

경비원에게 나의 법정휴가를 떼어주기도 했다. 그렇게 몇 개월, 진심에서 우러나온 회사운영에 공장 분위기가 조금씩 바뀌기 시작했다.

취임한 지 6개월째 되던 어느 날이었다. 집무실에서 바라보니 누가 저쪽에 세워둔 내 차를 세차하고 있는 게 아닌가. 실눈을 뜨고 바라보니 다름 아닌 노조위원장이었다. 잘못 봤나 싶어서 다시 확인을 했을 정도다. 황급하게 후다닥 내려갔다.

"이 사람, 왜 이래? 위원장이 그러면 안 돼. 사람들이 우리 회사 노조를 어용노조로 오해할 수도 있잖아?"

"사장님, 제가 하고 싶어서 하는 것이고, 사장님이 고마워서 그럽니다."

머쓱한 표정의 그는 세차를 멈추지 않았다. 가슴 한구석이 뿌듯해졌다. 나름대로 성공적인 출발이었다. 실패로 끝났던 79년대 말 중동 아랍에미리트 근무의 아픔도 씻을 수 있었다.

당시 서해화성은 4조 3교대식 구조로 24시간 가동됐다. 하지만 야근팀을 포함해 적당히 일하자는 분위기가 없지 않았다. 내가 무슨 대단한 투시력을 가진 건 아니고, 자리가 높아지면 그런 게 눈에 다 들어온다.

일하는 사람은 일하는 사람이고, 회사는 회사대로 잔꾀를 부리곤 했다. 임금협상을 하기 두어 달 전부터 월급을 일주일 혹은 2주일 정도 늦춰 지급을 하는 것이다. 회사 자금사정이 좋지 않아 그렇다는 일종의 연막작전이다. 그러나 회사 측의 '장난'에 노조도 쉽게 넘어가지

192

않았다. 이렇게 문제만 점점 복잡하게 꼬여가고 있었다.

이를 감지한 나는 본사의 지시와는 달리 효과적인 현금관리를 통해 월급의 정시지급을 규칙화했다. 다행스럽게도 그게 서해화성의 생산성 향상으로 이어졌다.

이런 와중에 나는 일주일 중 하루는 본사에서 열리는 임원회의에 참여하기 위해 서울 북창동을 찾아야 했다. 내게는 퍽 곤혹스러운 일이었다. 안하무인인 회장 때문이었다. 그는 멀쩡한 휴가시즌인지 다 알면서도 직원들이 자리를 비운다는 이유로 괜한 불호령을 내리기 일쑤였고, 직원들이 횡령했다며 근거 없이 면전에서 모독을 주는 일도 다반사였다.

그는 밥을 먹으면서까지 담배를 피워대는 골초였는데, 그 때문에 회의실은 자욱한 담배연기로 앞사람이 안 보일 정도였다. 정말 참을 수 없는 것은 따로 있었는데 바로 아랫사람들을 종 부리듯이 하는 그의 태도였다.

"고부장, 당신 이번 일에 얼마나 받아먹었어!"

"저, 그런 일 전혀 없습니다."

"야, 이 새끼야. 돈 한 푼 안 먹었는데 왜 납품업자 편을 드냐고?"

"아닙니다. 저 먹지 않았습니다."

교하산업 회장은 매사가 그런 식이었다. IMF를 맞기 전 천민자본주의에 찌들었던 일부 기업의 모습이었을까?

그러던 차에 위기가 닥쳐왔다. 취직을 해서 약 1년이 됐을 때쯤이다. 이미 회사의 경영성적은 '양호' 내지 '우수'로 나와 있는 상태였고, 회장단의 신뢰도 어느 정도 쌓였다고 자부를 했다. 바로 그때 회장이 나를 은밀히 회장실로 불러들였다.

본사 회의 직후 홍성으로 돌아가려던 내게 '회장님이 찾는다'는 전갈이 왔다. 회장의 표정은 매우 은근했다. 거의 귓속말을 했다.

"저기 말이야, 방 형님. 이 전무의 비리를 좀 캐줄 수 없을까?"

"이 전무라뇨?"

"왜 있지 않아. 이 회사 창립멤버인데, 요즘 경영실적도 없고 왠지 뒤가 구려. 당신이 그 사람 컴컴한 구석을 좀 알아주서."

회장은 나를 개인적으로 만날 때는 '형님' 소리를 했다. 오너랍시고 잔머리를 굴린 셈이다. 나를 그만큼 믿는다는 신임을 주고, 동시에 껄끄러운 임원의 뒷덜미를 잡겠다는 심사였다. 참다 못한 내가 폭발했다.

"난 당신 회사에 일하러 왔지. 사람 뒷조사하고, 이간질하고, 무고한 자를 해고하고, 그런 총대 메러 온 사람이 아니요."

딱 잘라 그렇게 말하고는 회장실을 박차고 나왔다. 그리고 바로 사표를 써서 회장실로 보내버렸다. 그러자 회장이 얼마 뒤 나를 불러들였다.

"아, 방 형님 성격이 꽤나 괄괄하구만?"

"…"

"미안한데 없었던 일로 접어두자구. 마음 가라앉히라구."

회장은 머쓱한 표정을 지었다. 그런 그는 외려 나를 중용했다. 그 사건이 있은 지 2년이 채 못돼 나를 중국공장 책임자로 대뜸 발령한 것이다. 승진발령이었다. 홍성공장 대표이사 생활 3년은 그렇게 흘러갔고, 이제 또 다른 인생이 펼쳐졌다.

194

사장 6년에 세상 돌아가는 켯속을 알고…

사실 지금 그때의 사진을 보면 신수가 훤하기 짝이 없다. 사장이란 자리가 좋긴 좋은 모양인지 얼굴은 부옇게 피어났고 윤까지 난다. 또 깔끔한 검정색 위아래 싱글에 나비넥타이가 그렇게 잘 어울릴 수 없다. 장소도 멋지다. 누가 보면 한중 정상회담장이 아닌가 하고 착각을 할 만도 하다. 뒤편 저쪽으로 대형 현수막이 걸려 있고 그 앞에 놓인 기다란 테이블에는 태극기와 중국 오성기가 꽃다발 앞에 나란히 놓여 있어 공식적이면서도 엄숙한 분위기를 연출하는데, 교환문서에 막 서명을 하고 있는 이가 바로 나다.

96년 1월 중국 칭타오에서의 내 모습이다. 화성에서 중국으로 발령을 받은 게 94년, 그 공장은 단일품(방수포) 생산 공장으로는 세계 1위의 생산량을 자랑했다. 중국 칭타오

중국 칭타오에서의 필자.

공장은 재임 당시 크게 번창을 하여 바로 제2공장을 증설했고, 제3공장까지 확장됐다. 생활은 그런대로 즐거웠다. 칭타오 자체가 예전의 독일령이어서인지 독일풍의 시가지하며 모던한 건축물들, 그리고 합리적인 경영환경 모두가 쾌적했다.

그러나 마냥 행복한 것만은 아니었다. 서울 본사의 비자금 조성 지시에 방계회사들이 전전긍긍하는 모습, 회장도 그렇지만 회장 동생이란 자의 참기 어려운 횡포…. 그게 IMF 사태 직전 우리 기업의 초상화였는지도 모른다.

어느 회사나 마찬가지였겠지만 비자금을 조성해야 했다. 서울 본사에서 매일같이 현찰송금을 독촉하는 통에 정상적인 회사운영이 쉽지 않았다. 가끔 서울의 회장단이 와서는 술타령에 계집타령을 하는 몹쓸 꼴도 봐야 했다. 또 중국 비즈니스맨들을 얼마나 사람 취급하지 않았는지 어이가 없을 지경이었다. 회장 동생이라는 본사 부사장은 외국 유학이라도 잠시 다녀왔는지, 미국 타령을 끝도 없이 늘어놨다. 중국 은행장을 만나서도 안하무인이었다.

"당신 미국의 금융계를 알아. 월가를 아느냐고."

"잘 모릅니다."

"그것도 모르면서 당신이 무슨 은행을 운영해? 당신 말이야. 오해하지 말고 들어. 공부를 좀 하라고…. 알았냐?"

바로 다음날 400만 달러를 융자받는다는 계획이 전면 취소됐음은 물론이다. 그런 모욕을 받고 무슨 자선사업가 아닌 다음에야 어느 누가 융자를 해줄 것인가.

우여곡절을 거쳐 그렇게 돌아가던 회사는 내가 근무하던 2년차 시절, 즉 IMF 직전부터 서서히 휘청거리는 징후를 보였다. 무리한 확장 탓인지 아니면 기업의 체질이 특별히 허약했던지 교하산업의 방계회사는 전부 여기저기에서 비명을 질러대고 있었다. 결국 교하산업은 97년 말 기업파산을 당했다. 방만한 운영에 어설픈 경영은 결국 그렇게 끝을 맺었다.

그 와중에 나는 개인적으로도 큰 피해를 봤다. 회사 부도의 상황 속에서 전 재산인 집 한 채를 덜렁 날려버린 것이다. 회사 빚을 갚기 위해서였다. 회사 측은 '부도 위기 속에서 회사에 투자한 개인 재산은 조만간 돌려드리겠다'고 호언장담했지만 결과는 그게 아니었다.

회사가 부도 나도 대표는 뒤로 남는다고 했는데, 월급사장에게는 국물도 없었다. 나중에는 '최소한 자녀들의 교육비만이라도 회사가 지급을 해드리겠다'고 말했지만, 두어 번 시늉을 한 뒤에 그 역시 끊기고 말았다. 회장이 써준 채권변제각서에는 아직도 수억의 금액이 적혀 있다.

서해화성 근무는 허울은 근사했을지 몰라도, 크나큰 손실을 입은 셈이다. 하지만 그건 재산 상의 손실일 뿐, 최고경영자 근무는 만년 인생의 의미 있는 경험이자 열매인 것은 분명했다.

어머니, 나의 어머니!

서해화성 근무시절, 나는 재산을 잃은 것뿐 아니라 개인적으로 또 하나의 어려운 일을 당했다. 아, 어머니. 30여 년 전 사위의 총질에 식물인간 상태로 고생하다가 극적으로 살아났던 어머니가 저세상으로 가신 것이다. 중국공장으로 가기 직전, 홍성공장에 재직하던 때였다.

일주일에 한 번 있는 본사 회의가 끝나면 어머니가 입원해 있는 안양의 병원으로 달려갔다. 폐암으로 누워 계신지 벌써 6개월째다. 그런데 그날은 정말 상태가 좋지 않아 보였다. 옆에서 간병하던 아내는 더없이 침통해 보였다. 그런 와중에도 어머니는 아들인 내 손을 잡고 놓지를 않았다.

30여 년 전 독일로 떠날 때도 그렇게 쥔 손목을 풀지 않던 어머니의 손길이 아니던가. 한시도 잊어본 적이 없던 그 손길, 그 감촉이었다. 이후 기적적으로 회생한 뒤 오랜 세월 내 곁을 지켜줬던 어머니가 이제 생을 마감하시려는가 하는 느낌이 왔다.

"서… 서… 서…"

그러시고는 어머니는 막내동생 성규를 찾았다. 의식은 남아 있었던 것일까? 나는 그 말을 '사랑한다'는 '사…사…사…'로 듣고 "저도 엄마를 사랑해요"라고 말해드렸다.

하지만 내가 얼마나 철이 없는 인간인지, 그러면서도 '설마 우리 어머니가 죽을라고' 하는 엉뚱한 생각을 했었다. 죽음은 누구도 비켜갈 수 없는 것인데 왜 내 어머니만큼은 죽지 않을 거라 생각했을까. 나는 철부지처럼 어머니만큼은 내 곁을 떠나지 않을 거라 굳게 믿었다. 예전처럼 기적이 다시 한 번 찾아올 줄만 알았다.

그런 마음이 반이었고 또 회사 생각으로도 마음이 급했다. 내일이면 일본으로 수출할 물건에 라벨을 모두 붙여야 한다. 일손을 하나라도 더 보태야 되는 상황이었다. 이미 차 안에 라벨이 한 가마니 들어있었다. 입원실을 조용히 빠져나와 홍성으로 향했다. 그때 아내의 다급한 소리가 전화를 타고 들려왔다.

"여보, 어머니가 점점 이상해. 운명하시려나 봐."

뭔가 느낌이 이상했다. 다시 어머니가 계신 안양으로 향했다. 액셀러레이터를 힘껏 밟았다. '아, 이런 와중에서도 임종을 지키지 않고 회사 일을 한답시고 이렇게 뛰어다니다니' 하는 후회가 물밀듯이 들었다. 수원쯤에서였을 것이다. 난데없이 눈물이 마구 쏟아지기 시작했다.

주체할 수가 없었다. 막 병원에 도착하니, 어머니는 영안실로 이미 옮겨진 상태였다. 결국 어머니는 만년에 그렇게 어렵게 얻었던 사랑하는 맏며느리의 손을 잡고 저세상으로 떠났다. 화장한 유골을 들과 강에 골고루 뿌렸다.

개성 시절 재혼 아닌 재혼으로 잠시 호사로운 생활을 했지만, 유약했던 남편의 자살 이후 무려 40년을 혼자 힘으로 세상을 헤쳐 왔던 어머니였다. 어머니는 내게 여걸이자, 신이자, 하늘이었다. 마흔에 청상과부가 된 어머니는 남편을 일찍 여읜 터라 나를 마치 남편처럼 애정을 쏟고 아끼고 의지했다.

부신에서 군대에 입대할 때 나는 병영기피자로 몰려 있었기에 정상적인 입대가 아니었다. 정신훈련도 따로 받아야 했다. 같은 처지에 있는 사람들과 모여 기차를 타고 이동하는데 철망 너머로 어머니가 보였다. 어머니가 연신 두리번거리는 게 보였다. 어머니는 나를 미처 보지 못했지만 나는, 어머니를 보았다. 철망에 매달려 저기 어디쯤 있을 아들을 향해 하염없이 손을 흔들며 울고 계신 어머니를.

또 형무소 시절, 검취를 받을라치면 밖에 있는 통로를 따라 이동을 해야 했다. 그런데 희한하게도 그때마다 형무소 밖에 어머니가 와 계셨다. 어떻게 그럴 수가 있었을까, 당신은 아니라 하셨지만 내가 생각할 때는 매일같이 못난 아들을 먼발치에서라도 볼까 하여 그곳에 와 계셨던 게 아닌가 싶다. 그렇지 않고서야 어떻게 검취 때마다 어머니가 보인단 말인가.

어머니는 옛날 사람치고는 생각도 젊고 진보적이었다. 딸만 둘 낳은 상황에서 여느 어머니라면 누구나 아들 하나쯤은 더 낳으라고 재촉을 했을 텐데 어머니는 남달랐다.

"딸 둘이면 충분하다. 인구가 많아지면 인류에게도 죄악이고 네 삶

200

에도 별로 좋을 게 없다. 아들이든 딸이든 다 똑같다."

오히려 어머니의 생각이 나보다 더 열려 있었다. 정관수술도 어머니가 하라고 해서 했을 정도다.

그런 어머니 가시는 길을 지켜드리지 못한 것은 아직까지도 가슴에 멍울로 남는다. 어머니 생각을 할 때마다 눈물이 울컥 솟는다. 세상 모든 어머니들의 마음이 그러하던가. 그리고 어머니를 떠나보낸 자식의 심정이 다 이러하던가.

나의 세 가지 구라

서해화성 근무시절 내가 특히 보람 있게 생각하는 것은 따로 있다. 주 1회씩 하는 직원대상 교육 시간이나 정신훈화 시간에 모처럼 내 속마음을 털어놓을 수 있었던 점이다. 눈물을 자아내는 구라를 직원교육 시간에 풀어냈고, 그때마다 직원들은 감동을 받았다.

30년 전 서대문형무소에서 일반 재소자들을 상대로 선보였던 단골 레퍼토리였고, 인생을 살아오면서 살이 붙은 '구라' 세 편에는 내 삶의 철학이 담겨 있다. 이런 이야기를 허심탄회하게 들려주면 직원들은 예상 외로 뜨거운 반응을 보였다. 하긴 이 얘기를 들으면서 서대문형무소의 재소자들은 눈물을 줄줄 흘리기도 했었으니….

칭타오 CEO 시절 조례를 하는 모습.

교육이란 게 항상 그렇고 그런 법이고, 평소 멀쩡하던 직원도 교육만 받으면 꾸벅꾸벅 졸기 마련인데, 나의 가슴속 말들은 전혀 뜻밖이었을 것이다. 《삼국유사》에 나오는 《노힐부득과 달달박박》(이두문

202

자로 읽을 때는 노골부들 탄탄빡빡이라 한다) 스토리를 통해 '함께 사는 세상'을 말하지 않나, 뜬금없는 모파상의 단편소설 〈비곗덩어리〉 이야기를 하지 않나. 여기에 흥이 나면 러시아의 대문호인 막심 고리키의 명작 《어머니》 얘기로 급기야 눈물까지 뽑아냈다.

보통 '구라'는 일본어에서 유래됐다고 생각한다. 일본말 중에 '장(藏)'을 '쿠라' 혹은 '구라'라고 읽고, 이 말의 뜻은 '숨기다, 감추다'라는 뜻을 가지고 있기 때문에, 여기에서 구라라는 말이 나왔다는 속설이다. '숨기고 제대로 말하지 않는 거짓말'이라는 뜻이다.

하지만 정말 그럴까? 나는 외려 구라를 '입 안에서 술술 풀려나오는 아름다운 비단'으로 풀이해야 한다는 쪽이다. 적극적인 의미인 '구라(口羅)'로 해석해야 한다는 얘기다. 그게 담뿍 담긴 이야기가 바로 프랑스 소설가 모파상의 단편소설 〈비계 덩어리〉 얘기다.

"보불전쟁이 한창이던 시절이야. 지금의 독일인 프로이센하고 프랑스가 한판 붙었던 그때가 19세기 말 경이야. 프로이센이 점령한 도시인 '루앙'을 탈출하는 마차가 한 대 떠나. 마차 안에는 귀족과 수녀 두 명을 포함해서 돈 많은 상인과 그리고 입으로만 민주주의를 외치는 공화주의자들까지 있었는데, 공교롭게 살이 꽤 쪄서 비곗덩어리로 불리는 창녀가 한 쪽 구석에 처박혀 있었어."

사실 내가 가장 좋아하는 이 얘기는 하도 많이 해봐서 눈을 감고도 좔좔 펜다.

"그런데 모두들 마차에 올라타느라고 정신이 없어 음식물을 준비

해온 사람이 없는 거야. 너무도 배가 고픈 참에 마침 비곗덩어리가 음식을 준비해왔던 거야. 그 덕에 잠시 분위기가 풀린 것까지는 좋았는데, 국경지역에서 딱 걸렸어. 프로이센군이 마차를 세워 검문한다는 이유로. 그때 분위기가 묘해. 그 군인 녀석이 은근히 눈치를 줘. 저쪽 여자의 몸을 희롱하게 해주면 통과를 시켜주겠다는 제안이야. 이런 난감한 상황에서 귀족, 수녀, 공화주의자들의 눈빛이 이상해지는 거야. '자, 네 몸 하나를 적군에게 준다면 우리 모두가 산다', 뭐 그런 식이었지."

나머지 스토리는 짐작하는 그대로다. 결국 비곗덩어리는 적군에게 자기 몸을 준다. 그 덕에 마차는 무사히 점령지를 빠져오는 데 성공하고. 문제는 다시 그 다음에 발생한다. 마차 분위기가 완전히 바뀐 것이다. 가진 놈들이 위선을 떨기 시작하면서 창녀를 보는 수녀 두 명과 귀족들의 눈이 싸늘해진 것이다. 비곗덩어리를 헤픈 여자 내지 형편없는 인간으로 욕하는 것이다.

인간 위선에 대한 절절한 스토리에 나는 목청을 높인다. "자, 과연 누가 애국자이고, 진정한 인간일까?"라고…. 위선에 찬 가진 자들이 위대한 것인가, 아니면 보통사람들의 행동이 더 가치가 있는 것인가.

모파상의 이 단편소설이 문학사에서 차지하는 위치 따위는 잘 모른다. 그러나 이 이야기를 듣고 주르르 눈물을 떨어뜨리는 이도 있었다. 구라란 입심자랑 내지 만담과는 종류가 다르다. 그러면 코미디가 된다. 구라에는 삶이 담겨야 한다.

〈비곗덩어리〉와 매우 닮은 꼴이면서도 훨씬 더 따뜻한 느낌의 이

204

야기가 고려시대 일연이 쓴 《삼국유사》에 나오는 〈노힐부득과 달달박박〉 이야기다. 《삼국유사》 이야기는 구중서에게 들어 감명을 받아 그 후 여러 차례 읽기를 반복했다.

"때는 709년 신라시대야. 경남 창원의 백월산에서 노힐부득과 달달박박이란 잘생긴 청년 두 명이 작심을 했어. '어차피 한 생을 타고 났는데 마음공부나 제대로 해보자'고 그렇게 결심을 한 거야. 무등골에 들어가 암자를 구해 용맹정진을 시작했지. 따로따로 수행하던 중 달달박박의 암자에 나타난 웬 여인이 하룻밤 묵어가기를 청했어."

나의 말은 그렇게 시작된다. 그러면 사람들은 졸다가도 눈을 번쩍 뜬다. 그게 사람 심리라는 게다.

"여인은 하룻밤을 자고 갈 청했지만, 꽉 막힌 달달박박은 도무지 요지부동이야. '빨리 돌아가소'라고 쫓아낸 거야. 여인은 하는 수 없이 노힐부득을 찾아갔어. 웬걸, 그는 따뜻하게 맞아들였어. '깊은 산 어두운 밤에 내쫓는 것 또한 도리가 아니지요' 하면서 그 처자를 받아들인 것이지.

그렇게 그를 맞아 염송을 하는 차에 느닷없이 여인이 아이를 낳을 기미를 보였어. 노힐부득은 목욕물을 끓여 해산을 도울 수밖에 없었고. 그때 낭자가 다시 산후 목욕을 청하기에 노힐부득은 그걸 거들기로 결심했어. 막 낭자의 옥 같은 살에 목욕을 시키려는 찰라 향기가 자욱하게 피어오르면서 목욕물이 금빛으로 변했거든.

낭자는 태연자약하게 '스님도 여기에서 같이 목욕을 하시게'라고 척하니 말을 하는 거야. 한참을 머뭇거리다가 목욕물에 몸을 담그니 온몸이 금빛으로 변해버렸어. 낭자는 '본래 나는 관세음보살인데 대사를 도와 큰 깨달음을 이루게 하도록 도우러 왔노라' 하고는 홀연히 사라진 것이야."

다음 날 새벽 달달박박이 '필시 내 친구가 그 아름다운 여인과 잠자리를 함께 했을 걸' 하는 생각으로 노힐부득의 암자를 찾았다. 그런데 암자 문을 여니 친구는 연화대에서 환하게 빛을 발하고 있었다. 노힐부득이 친구에게 "남은 목욕물이 있으니 자네도 목욕을 하시게" 하고 권유해 결국 두 친구가 함께 성불을 했다.

사실 우리의 삶이란 게 그 정도는 돼야 하지 않을까 생각한다. 30여 년 전 형무소에서, 10여 년 전 충청도 홍성의 한 공장에서, 그리고 틈이 날 때마다 남들에게 그런 얘기를 들려줬지만, 얘기 와중에 조금씩 나 자신을 돌아본 것도 사실이다.

앞의 두 이야기에 막심 고리키의 소설 《어머니》를 언급하면 나의 '구라 3부작'이 비로소 완성된다. 메시지는 알고 보면 간단하다. 모파상의 소설 〈비곗덩어리〉나 삼국유사의 〈노힐부득과 달달박박〉 얘기처럼 너와 나는 얼핏 서로 달라 보이지만 마음의 문을 열고 목표를 함께할 수만 있다면 모두가 한 솥밥을 먹는 식구요, 동지라는 연대의식이 담겨 있다. 개인적으로는 고생 끝에 돌아가신 나의 어머니 생각에 눈물이 젖는 스토리이기도 하다.

206

흔히들 '어머니' 하면 헌신, 온화함, 자애로움, 절대적 신뢰, 그런 것을 떠올린다. 따스하고 자애로운 사랑의 표본이지만, 고리키의 《어머니》에서 보여주는 어머니는 조금 다르다. 낡은 체제의 악습이 여전히 남아 있던 제정 러시아 사회를 배경으로 전개되기 때문이다.

소설 속에서 보이는 어머니 빼라게야 닐로브나는 처음에는 그 시대의 전형적인 어머니의 모습이다. 폭력적인 남편 앞에서 무작정 참기만 하고 순종적인 삶을 살아가고, 남편이 죽은 후엔 하나밖에 없는 아들에게 전부를 거는 어머니에 불과했다.

그러나 아들이 노동자 혁명운동에 가담하면서 왠지 예전과 달라진 모습에 걱정을 했던 어머니는 서서히 아들의 후원자이자 동지로 변모한다. 아들과 친구들이 나누는 대화를 듣고 그들이 옳다고 확신을 한 것이다. 사람은 역시 바뀔 수도 있고, 바로 그렇게 성장을 해야 옳다는 나의 해설이 바로 이 대목에서 들어간다.

"어머니는 궁핍한 삶에 찌든 중년을 넘어선 여인이야. 그러나 시간이 지나면서 그녀는 아들을 통해서 자신의 새로운 모습을 발견하기에 이르는 거지. 올바른 세상에 대한 믿음을 버리지 않은 거야."

그런 어머니는 자식이 체포된 뒤, 법정에서 자식의 정당함을 호소하다가 체포된 뒤에도 "천벌을 받을 놈들, 피바다를 이룬다 해도 진실의 불꽃은 꺼지지 않는다"고 절규한다. 소설은 이 장면으로 끝을 맺는다.

이런 말을 듣고 있는 사람들은 부지불식간에 어두웠던 지난 시절 우리 모두의 모습과 반독재 투쟁 속에 몸을 던진 아들딸을 걱정하며 발을 동동 굴렀던 어머니들의 분노한 모습을 함께 떠올리기 마련이다.

또 지금의 자기들 처지를 되새김질해볼 수도 있다.

중요한 것은 세상의 바닥에 던져진 삶이라 해도 자기의 손으로 앞날과 운명을 개척해나갈 수 있다는 발견이다. 남남으로 지내온 사람들끼리의 진정한 인간애와 형제애에 대한 확인을 불러일으키는 것도 '어머니' 스토리가 주는 힘이다.

내게 이 스토리가 특히 감동적인 이유는 따로 있다. 할아버지가 일제 초기에 새로운 세상에 대한 꿈을 안고 소비에트 혁명이 불타오르던 러시아를 향해 조선 땅을 벗어나려했던 일화를 너무도 생생하게 기억하고 있기 때문이다.

지금 사회주의가 무너졌다지만 굳이 사회주의인가, 아닌가가 중요한 것은 아니다. 나 역시 젊은 시절부터 톨스토이 식의 사회공동체를 꿈꾸었고, 젊은 시절 노느메기밭을 통해 그런 이상촌을 건설해보려고 굵은 땀을 흘리지 않았던가.

북한에 수출된 망나니 배추의 전설

이왕 구라 이야기가 나왔으니 내 이름이 북한에까지 수출된 이야기를 덧붙여볼까 한다. 1980년대 무렵 문단 사람들은 이런 이야기를 나누며 자지러지곤 했다.

"형님, 기분도 꿀꿀한데 형수나 한번 건드려 볼까?"

"어 그럴까? 둘이 덤벼들어서 잡아먹자고?"

"하하하, 그거 지기는 일이지요!"

이 대화에 등장하는 '형님'은 바로 나를 말한 것이다. 당시 사람들은 내가 닭 구멍에 물건을 들이대는 짓거리를 매우 즐긴다고 알고 있었다. 계간(鷄姦)이라는 것 말이다. 그래서 문단 사람들은 몸보신을 겸해서 닭백숙을 먹자는 말을 '형수님 건드리기', '형수님과 그 짓 하기'로 표현하면서 서로 낄낄대곤 했다.

그런 상황이 오래되다 보니 급기야 사실과는 무관하게 내가 추잡한 스캔들의 주인공이 돼버린 셈이다. 이야기의 시작은 이렇다.

후배와 이야기를 나누던 중 장난기가 발동해 녀석에게 넌지시 눈웃음을 치면서 이렇게 물어보았다.

　"짜샤. 너 아냐? 가끔 손장난을 쳐서 몸도 풀곤 하지만 이제는 그 일도 싱겁기 짝이 없고, 주변에 여자도 전혀 찾아볼 수도 없고 할 때 말이야. 빨리 한 번 일을 치르긴 치러야겠고, 마침 시골에는 지천으로 깔린 게 닭과 염소 아니갔어? 자, 코앞에 염소와 닭이 나란히 놀고 있어. 너는 어떤 녀석을 선택하겠나?"

　뜨악한 표정의 후배는 대답할 말을 찾지 못해 안절부절못하는 것이었다. 그 표정이 재미있어 나는 점점 강도를 높여갔다.

　"푸드덕거리는 닭에게 손목을 할퀴고 어쩌고 하면 좀 고생은 되겠지만 그래도 닭 구멍에 들이대는 게 훨씬 낫지. 염소는 절대로 안 돼. 한번 내가 개창피를 당했걸랑. 급한 김에 염소와 그거를 해봤어. 할 때는 짜릿했지. 사이즈도 대충 넉넉하고 잘 맞았는데, 그러다가 된통 창피를 당했지 뭐야? 그 다음부터는 염소를 보면 내가 먼저 슬그머니 피해버리지 뭐냐."

　후배가 침을 꼴까닥 삼키는 소리가 들렸다.

　"왜요?"

　"왜긴 왜야, 인마. 글쎄 나하고 붙었던 염소 녀석도 그 짓이 꽤나 좋긴 좋았나봐. 말하자면 나하고 정분이 났다고 생각한 거지. 한번은 그 염소를 포함해 몇 마리를 몰고 시골 장에 갔어. 그런데 주변에 사람들이 많은 데서 그 염소 녀석이 자꾸 똥꼬를 내 무릎에 비벼대는 거야. '메에헤? 메에헤!' 하면서 게다가 눈을 게슴츠레 뜨고서. 눈치를 챈 사

210

람은 웃어 죽겠다고 나를 힐끔거리고 있고…. 나 정말 돌아버리겠더라고. 알간?"

"허 참, 그만합시다. 형님도 참 에지간합니다."

"허허 웃자는 소리가 아니라니까 그러네? 닭 구멍, 그거 정말 좋더라구. 오죽하면 사람들이 닭대가리라고 하느냐고. 한번 하고 나면 바로 그 다음날이면 까먹어버려. 깨끗하지."

대충 이런 식의 농담이 여기저기 다른 사람들에게 옮겨졌다. 그리고 북한의 민화협(민족화해협의회) 관계자나, 정치보위부 쪽 등 남한 사람들과 접촉이 많은 이북 사람들을 중심으로 이북까지 그 스토리가 전해졌다. 이제 그들까지 '남쪽에 배추라고 하는 대단한 괴짜가 있다'고 대강 알게 된 셈이다.

그 이야기가 더욱 널리 퍼진 건 80년대 말이었다. 소설가 황석영이 89년 북한을 방문했다가 '조선의 3대 구라' 버릇을 남 못 줬던 것이다. 황구라는 문익환 목사의 방북 직전인 1989년 북한 땅에 덜렁 들어갔고 이후 꽤 오래 북한에 머물렀다. 황석영은 그곳에서 북한 사람들과 한참을 지낸 뒤 독일, 미국 등에 체류하다 1993년 4월에야 한국 땅으로 돌아와 7년형을 선고받고 98년에 사면이 되는 우여곡절을 겪어야 했다. 어쨌거나 그는 평양에서도 입이 근질거려서인지, 동포애의 정 때문인지 그쪽 사람들에게 구수한 구라를 풀어댔다. 그의 구라 속에 이 이야기가 포함되어 있었다. 방구라의 전설은 그렇게 훌러덩 휴전선을 넘어가버렸다.

공교롭게도 농담 속의 주인공인 나는 이런 얘기를 맨 나중에 들어야 했다. 나야 그저 허허 웃고 말 뿐이었으나 나중에 얘기가 하도 그럴싸하게 돌고 또 돌자 그때서야 친구들에게 해명을 하기 시작했다.

　'믿거나 말거나 그건 사실 나와는 전혀 상관없는 이야기다. 다른 사람의 이야기에 힌트를 얻어 이야기를 풀어냈을 뿐이다. 계간의 진짜 주인공은 따로 있으나 그 사람의 정체를 밝히는 어렵다. 정 궁금해 못 살 것 같은 사람들을 위해 그냥 S씨라고만 해두자.'

　이렇게 해명을 했는데도 그 스토리의 주인공이 다름아닌 나라고 굳어진 것은 내가 노느메기밭에서 염소떼를 엄청나게 길러봤다는 정황 때문일 것이다. 내가 지껄였던 구라는 중동 현장근무 때 얻어들은 이야기였을 뿐이다. 중동은 종교적 이유로 사창이나 공장이 없다. 그래서 사막을 무대로 동물들을 몰고 다니면서 수간으로 돈을 버는 치사한 무리들이 있었고, 일부 못난 남성들이 그런 간이 이동식 시스템을 이용한다더라는 것이 이 이야기의 또 다른 배경이다.

　이러저런 스토리가 합쳐지고 엮여서 나를 주인공으로 농담 하나가 탄생한 것이다. 하지만 뭐, 나 혼자 망가져서 남들이 잠시 즐거울 수 있다면 그것 또한 보시에 다름 아니다.

67세 국내 최고령 헬스클럽 코치

허울 좋은 CEO자리 후 집까지 날린 판국이니 생활은 각박해져가기만 했다. 생활고 때문에 이른바 노가다 생활을 틈만 나면 하곤 했다. 2년 가까운 기간 동안 또 다시 안 해본 일이 없을 정도로 이 일 저 일을 했다. 아파트 신축공사장 일을 전후해 몸으로 뛰었던 데가 농산물 가공공장, 효성공장, 스판실 생산공장 등 부지기수였다.

농산물 가공공장은 정말 혹독했다. 5톤 트럭에 가득 싣고 온 농산물을 단 두 명이서 하차작업을 하는데, 30분 안에 끝내야 한다. 아파트 공사장 노가다 일은 장난이었을 정도로 힘이 들었다.

그렇게 혹독하게 몸을 굴리기 6개월째, 드디어 현장에서 기절을 해버렸다. '과로' 라는 진단이 나왔다. 그러나 대책이 없었다. 며칠을 쉬다가 '늙은 가장' 의 의무에 등 떠밀려 다시 노가다판으로 직행을 할 수밖에 없었다.

비정규직으로 들어간 효성공장에서는 또 다른 작업환경에 애를 먹었다. 벤젠 같은 휘발성 가스를 마셔야 했기 때문에 하루 종일 머리가 떵하고 아파왔다. 퇴근 뒤에도 마찬가지였다. 하루 3만원 일당을 받는 대가치고는 힘이 들었지만, 오래하고 싶었어도 허리 통증 등의 후유증으로 결국 해고가 됐다.

"어쩌다 여기까지 왔수."

"쯧쯧쯧. 장성한 자식이 없나 보네…. 노인네가 그 나이에."

"젊은 시절에는 뭘 했수?"

내가 가장 듣기 싫어하는 말도 그때 무척이나 많이 들어봤다. 그때마다 나는 뒤돌아서서 허허, 하늘을 바라보며 웃음을 날려 보냈다. 이미 갖은 풍상을 겪어본 내게 펜대 잡는 것을 귀하게 여기는 세상의 시선쯤이야 상관없었다.

그런 노가다 생활 2년 뒤에 다시 기회가 찾아왔다. 수영장 라인을 5개나 갖춘 전체 평수 300평이 넘는 큰 규모의 헬스클럽에 취직을 하게 된 것이다. 분당 미금역에서 멀지 않은 코오롱트리폴리스라는 고급 주상복합 아파트 내에 있는 '트리포렉스'가 근무지였다. 그 주상복합아파트는 100평짜리 대형평형이 많고, 전체 세대가 1,800세대였으니 꽤 큼지막한 곳이다. 골프, 수영은 물론 어린이발레, 보디빌딩, 태권도, 에어로빅, 스포츠댄스 등 여러 종목에 걸쳐 트레이너 수는 20여 명이었고 나는 주특기인 보디빌딩 트레이너를 맡았다.

아파트가 대형이다 보니 입주민들과 헬스클럽 이용자들은 50대 이상의 나이 든 여유층 시민들이 적지 않았고, 자연스럽게 이들 실버고객의 보디빌딩을 전담하다시피 했다. 보디빌딩만이 아니었다. 노인들

214

을 위한 가벼운 수영 등도 함께 가르쳐주는 '종합 헬스 트레이너' 노릇을 했다.

그 헬스클럽이야말로 내게는 천당이나 다름없었다. 환경 깨끗하지, 안정적이지, 무엇보다 오래전부터 해온 운동을 제대로 해볼 수 있는 시설이 완벽하게 구비된 점이 너무도 좋았다. 월급도 처음에는 110만 원으로 출발했으나 바로 135만 원으로 뛰었고, 이후 155만 원까지 올랐으니, 평판도 좋고 근무평점도 나쁘지 않았던 셈이다.

비록 비공식 타이틀이지만, '국내 최고령 트레이너'였다. 2001년에 시작해 2003년 말에 그만두기까지 3년 가까이 근무를 했으니 제법 해볼 만큼은 해본 셈이다. 더구나 헬스클럽 코치는 보통 2, 30대들이 잡고 있기 마련인데, 그들 나이의 두 배인 내가 당당하게 어울려 생활을 했으니 보람도 기쁨도 컸다.

그리고 나는 그 일을 계기로 잘 생긴 아들 아닌 아들을 하나 얻게 되었다. 당시 헬스클럽의 관장직을 맡고 있던 문정훈은 자칭 양아들이다. 그는 지금도 사람들에게 나를 양아버지라고 소개하곤 하는데, 그후 그는 대기업 입사 면접에서 가장 존경하는 사람이 양아버지 방동규라고 대답했다고도 한다.

본래 처음에는 헬스클럽의 일반 관리직으로 들어갔던 나였다. 며칠간 분위기를 지켜본 나는 관장이었던 문정훈을 찾아가 한 번

운동 준비 중인 필자. 평생 생각만큼 몸도 늙지 않는 사람이 되고픈 게 필자의 소망이다.

기회를 달라고 말했다. 그가 거절했더라면 트레이너 생활은 엄두도 내지 못했을 것이다.

젊은이들과는 금세 친해질 수 있었다. 하지만 나는 무엇보다 50대, 60대 할머니들에게 인기가 많았다. 팬클럽이 만들어졌을 정도다.

보디빌딩대회 중장년부 도전 결심을 굳힌 것도 그때였다. 제 아무리 주머니 사정이 궁하더라도 보디빌딩 전문잡지의 정기 구독을 그때 이후 습관화했다. 지금도 세계적인 보디빌딩 보디빌딩 전문잡지는 아예 정기구독을 한다. 황홀하도록 완벽한 육체미를 보면서 전의를 북돋기도 하고, 다양한 정보들을 얻을 수 있어서이다. 내가 이 잡지를 들고 다니면 사람들은 힐끗거리며 쳐다보기 십상이다. '웬 할배가 저런 잡지를?' 하는 시선이다.

보디빌딩 중장년부에 도전하기로 결심한 이후 나는 로니 콜먼이라는 큼지막한 우상을 하나 만나기도 했다. 로니 콜먼은 현역 보디빌더이면서 벌써 전설의 반열에 오른 지 오래인 선수이다. 64년생인 그는 꿈의 무대인 미스터올림피아에서 아놀드 슈와르츠제너거를 제친 뒤 6년째 장기집권을 하고 있는 초특급 선수로 유명하다.

경찰 출신인 그는 키가 179.9Cm에 몸무게 129Kg인데, 한마디로 완벽한 근육에서 뿜어내는 아름다움과 벌크(덩어리 근육)의 정교함이 숨을 멎게 할 정도다. 그에 비하면 나는 정말 비교도 되지 않는다. 특히 복근에서는 너무 차이가 난다. 다만 내가 이 우상에게서 한 가지 위안을 얻는 건 그의 복근이 너무 크게 벌크를 이뤘기 때문에 그리 정교한 아름다움으로 연결되지 못했다는 점이다. 내가 한 번 그 틈새를….

216

그곳에는 60대 동년배의 청소부가 한 명 있었다. 자연스레 그와 친해지면서 그의 사정을 알게 되었다.

"아 글쎄, 우리 집 마누라가 암에 걸려서요. 벌써 몇 년째인데…"

나는 월급에서 매달 일정액을 뗐다. 그래야 할 것만 같았다. 없는 사람들끼리 도와야지 하는 마음이 전부였다. 그걸 청소부에게 남몰래 건네줬다. 암에 좋다는 상황버섯 등도 간혹 챙겨줬다. 그렇게 1년여 헬스클럽의 직원들은 아무도 그 사실을 몰랐다. 그걸 처음으로 알게 된 사람이 바로 양아들 문정훈이었다.

"선생님, 왜 저에게 그 사실을 알려주시지 않았어요? 정말 너무 하시네."

그러나 헬스클럽에서의 인연은 마냥 오래갈 수 없었다. 입주자 대표가 웬일인지 나를 그저 고깝게만 바라봤고, 틈만 나면 시비를 걸어왔다. 에어컨을 켜고 끄는 간단한 문제로 괴롭히더니, 급기야 노골적으로 나를 해고시키고 싶다고 말하곤 했다. 그 입주자 대표의 부인은 헬스클럽의 회원이어서 나와 가까운 사이였다. 그러니까 남편은 해고를 시키려 안달을 하고 아내는 해고하면 안 된다면서 열심히 구명운동에 매달리는 형국이 되어버렸다. 그 탓에 입장이 난처하고 불편하기 이를 데 없었다.

양아들을 자처하는 문정훈도 이미 딴 곳으로 간 지 오래고 마음 붙일 곳이 없었다. 결국 새로 온 관장에게 퇴직의사를 밝혔다.

"나 그만둘래. 내가 그만두면 무엇보다 젊은 사람 한 명이라도 더 채용할 수 있는 것 아니겠나."

'혼자서 몸만들기를 하며 잠시 쉬다가 형편이 안 좋으면 또 노가다 현장으로 나가면 되지' 하면서 미련 없이 헬스클럽을 나왔다. 그런 나에게 또 다른 기회가 주어질 줄은 몰랐다. 그것도 꽤나 영광스러운 자리였고, 국가의 부름이 있었을 줄이야….

'경복궁 지킴이' 늦깎이 공무원 특채

70세가 넘은 나는 지금도 당당한 현역인생이다. 보디빌딩만 한다고 현역인가? 신체나이 서른 살 후반의 몸을 유지한다고 현역인가? 그런 건 '무늬'만 현역이다. 현역 흉내일 뿐이라는 말이다. 또 마음이 젊다고 해서 아무나 현역은 아니다. 그렇지만 나는 당당한 현역이다. 무엇보다 어엿한 직업을 가지고 있지 않은가? 친구들 앞에서 장난스럽게 자랑하듯 나는 당당한 '직장인'이다.

그것도 국가의 녹을 먹는 공무원 신분이다. 2005년 여름, 어느 날 갑자기 국가의 부름을 받았다. '경복궁 관람안내 지도위원', 내가 만든 게 아니고, 정부에서 정식으로 만들어 지급한 명함에는 그렇게 씌어 있다. 비록 계약직 공무원이지만, 나를 위해 처음으로 만들어진 직책이었다.

"어허, '팔십에 능참봉'이라더니."

"그래 말야. 그 짝이 났네? 하여튼 축하해."

짓궂은 친구들이 그렇게 놀려도 먹지만, 나야 여유만만이다.

"야, 이 눔들아. 느그들은 모두 은퇴한 할배들이 아냐. 현역 있으면 나와 봐. 당장 나와 보라고!"

소속은 문화재청, 나를 깜짝 발탁한 주인공은 청장 유홍준이다. 꼭 30년 전의 감옥동기 사이라서 옛 동기에게 특전을 베푼 것이라면 당장 낙하산 인사라면서 시끄러울 수도 있었겠지만, 사실은 그게 전혀 그렇지 않았다. 시킬 만하니까 시킨 것이라 생각한다.

무엇보다 왕년의 주먹이자 몸짱 할아버지라는 이미지와 '경복궁 지킴이' 역할은 썩 잘 어울렸고, 때문에 중앙일보 같은 일간지들과 신동아 같은 잡지들이 연달아 나를 인터뷰했다. 공무원에 특채됐다는 사실이 알려지면서 나는 잠시 사이 화제의 인물로 떠올랐다.

시쳇말로 매스컴을 탄 것이다. 매스컴을 탄 것은 유럽생활을 거쳐 귀국한 뒤 패션리더로 각광받았던 1970년도 이후 처음인데, 이번에는 상황이 전혀 달랐다. 왕년의 강렬한 액션과 협객 노릇은 화려한 무용담과 함께 되새김질이 됐고, 요즘 같은 실버시대에 얼굴마담으로 뜨면서 '이 사람을 보라'는 식으로 부각된 것이다.

경복궁 앞에서 현역인생으로 사는 필자.

"방배추 형님이 취직 턱을 낸답니다."

자신의 '발탁 인사'가 멋지게 성공했기 때문인지 유홍준은 기분이 좋았다. 그래서 소문을 요란하게 냈다. 팩스와 이메일 같은 사발통문을 불나게 돌려 그해 12월 생태탕이 맛있기로 유명한 서울 인사동의 허름한 식당에서

망년회를 겸해 '배추 취직축하연'의 자리를 가졌다.

언론인 출신의 임재경과 성유보에서 시인 신경림, 정치인 이부영과 김태홍, 춤꾼 이애주와 불문학자 최권행, 최민 같은 대학교수들, 화가인 여운, 김용태, 주재환, 민화협회장 조성우 등도 두루 참석했다. 그런데 낯선 여성 하나가 보여 내가 얼핏 물었다.

"가만, 조오기 여성은 누구시지?"

"황석영이 딸 여정이야. 서울에 없는 아버지 대신 형님을 찾아뵙겠다고 불원천리하고 왔다니까."

고마웠다. 그 말끝에 내가 한마디를 던지니 사람들이 와르르 웃는다. 그 여성도 배시시 따라 웃었다.

"알아? 당신 아버지는 내 '구라'의 직계야."

그날 기분이 좋았다. 좋아도 매우 좋았다. 나는 별로 한 것도 없고 그 무엇을 이룬 인생이라고 할 수 없다. 그래도 이렇게 나이 먹은 다음에 취직까지 해서 축하연 모임이 신문에까지 보도가 됐으니….

나의 일은 경내의 문화재 보호가 1차고, 슬슬 마실 나온 동네 어른처럼 돌다가 혹시 경내에서 담배를 피워 물거나 엉뚱한 술자리 등을 만드는 사람들에게 위압적인 지시가 아니라 '부드러운 코치'를 해주는 것이다.

따라서 하루 종일 경내를 돌아야 하니 하루 3만보 걷기 정도는 기본. 양말 한 켤레가 하루 만에 구멍이 뚫려버리는 만만치 않은 노동이다. 하체가 부실한 젊은이들도 버거운 일이고, 골골하는 노인은 더더욱 안 된다. 하지만 내게는 잘 어울린다. 평생 처음 해보는 공무원 일에 여념이 없는 나는 경복궁 관람객에게 멋쟁이 오빠로 통하면서 좋은 반응을 얻었다.

오죽하면 문화재청이 2006년 초에 제2, 제3의 배추를 뽑는다는 공고를 내보냈을까. 노년층이 일생 쌓아온 경륜과 지식을 나눌 수 있는 일자리이며, 보수는 한 달에 100만 원 선이지만, 쉽게 닳는 양말과 스타킹 값은 별도로 준다고 밝히자, 전국의 실버노인 수천 명이 줄줄이 몰려들어 뜨거운 경쟁률을 보였다.

그 직후 나는 '동료 노인' 하나를 배치받아 바로 표정관리에 들어갔다. 입이 귀에 걸린 걸 애써 감추느라고…. 경복궁에 배치된 사람은 예비역 장교, 그것도 중령 출신이었다. 불명예 이등병 출신인 나로서는 엄청 출세하는 셈이니 그걸 아는 사람들은 모두가 킬킬거린다.

그러나 본래 내가 멀끔한 얼굴에 풍기는 인상까지 좋아서 입 달린 이들은 누구나 경복궁 도우미 역할이 나에게 썩 잘 어울린다고 말한다. 사실 어디가나 그렇다. 예전, 그러니까 기업 대표이사 자리를 내놓은 뒤 헬스클럽 코치로 옮겨가기 전에 한 2년여 동안 노가다 판에 뛰어들었을 때도 그랬다.

노가다 판이야 익숙한 일이다. 서독에서 최악의 조건인 막장일을 경험해본 데다가, 사정이 여의치 않으면 무조건 공사판부터 찾아나선 경력 때문이다. 1998년인가? IMF 직후의 찬바람이 여전할 때 나는 경기도 안양의 아파트 신축공사장을 찾았다.

222

배치받은 조적장 작업은 쌓아놓은 시멘트와 벽돌 등 아파트용 기자재를 등짐을 진 채 옮겨놓거나 부려놓는 험한 일이다. 첫날 새벽같이 출근해 오전 일을 막 끝낸 뒤 촐촐 고픈 배를 쥔 채 막 함바집을 찾았다. 작업장 내 임시로 차려진 허름한 밥집 말이다.

"어이쿠, 이리로 오시지요. 얼른 밥상을 내오겠습니다."

막 함바집에 들어가려는데, 멀리서 내 모습을 발견한 주인과 부인이 한꺼번에 뛰어나왔다. 입가에 가득 웃음을 머금은 채. 속으로 '이 사람들 참 친절하기도 하네' 하는 마음에 밥을 달게 먹었다. 다른 노가다판 동료들보다 반찬 가짓수도 많고 해서 꿀맛처럼 달게 먹었다.

"어떠세요. 음식은 그냥저냥 입에 잘 맞으셨구요? 그래, 드실 만은 하던가요?"

트림을 하면서 이쑤시개를 물고 나오는데 웬일인지 주인과 부인은 또 다시 따라 나오기까지 하면서 살갑게도 물어댔다.

"덕분에 잘 먹었시다" 하면서 가볍게 인사를 해주고 나왔다. 노가다 끝에 밥이야 본래 꿀맛이 아니던가? '그걸 왜 물어?' 싶은 마음뿐이고 별스런 생각을 할 틈도 여유도 없었다. 그렇게 다음날과 그 다음날까지 제법 잘 차려진 좋은 음식을 거푸 먹었다.

그렇게 넷째 날. 함바집에 막 들어서려는 데 저쪽의 주인과 부인이 전과 달리 도끼눈을 뜨고 있다. 표정이 예사롭지가 않았다. 다가와서 한마디를 날렸다.

"어느 부서에서 일하죠?"

"나요? 저어기 조적반에서요."

그날에서야 함바집의 주인장 부부는 지저분해진 옷차림새를 보고 감을 잡은 것이다. 이미 작업복은 시멘트 범벅에다 땀으로 후줄근해져 있었다. 조적반에서 일한다는 걸 확인한 그들은 이제 거의 짜증 섞인 반응을 보이기 시작했다.

"그럼 진작부터 얘기를 하셨어야죠."

"…."

"식사 뒤에는 여기 장부에다 사인도 하시고. 며칠 동안 공짜로 드신 것도 이참에 사인하세요."

주인과 부인이 번갈아가며 한마디씩을 던진다. 찬바람이 쌩쌩 불었다. 그때서야 속으로 아차 싶었다. 허우대 멀쩡한 나를 보고 잠시 함바집 주인이 착각을 했던 것이다.

"이런 제기럴. 나는 또 회장이 공사장 시찰 나온 줄로만 알았잖아. 나, 원 참."

마침 사내가 고개를 핑하고 돌리면서 재수도 옴 붙었다는 식으로 혼잣말하는 걸 들었다. 그렇지만, '그냥 냅둬라' 싶었다. 같은 불쌍한 인생인데 뭘, 하는 심사였고 괜히 남보다 멀쩡하게 생긴 탓에 간혹 겪는 일이니까 하고 씩 웃어버리고 만 것이다.

그런 내게 나라 녹을 먹는 경복궁 일이야 참봉 벼슬 이상의 명예가 아닐 수 없다. 그리고 희망도 있다. 지금 일에 충분히 만족하고 있지만, 또 다른 기회가 다시 올 수도 있음을 자신한다. 서해화성 사장 때 함께 일했던 젊은 사람들이 요즘 자주 전화를 하곤 한다.

"사장님, 그때가 그리워요."

224

"함께 모시고 일할 수 있다면 하는 생각을 합니다."

괜히 해보는 말인가 싶었더니 그것만은 아닌 모양이다. 푸근한 CEO 역할이 그런대로 통했는지, 그리고 경영성적도 나쁘지 않았던 덕인지 그들이 조만간 일을 꾸며 작지 않은 사업체를 꾸린다는 것이다.

얼굴마담 이상의 역할을 요청할 수도 있다는 게 그들의 귀띔이었다. 몸으로 사는 서민들의 삶에서 대표이사에 이르는 인생 사다리를 두루 타봤던 내게 '앵콜 공연'이 올 가능성은 꽤나 열려 있는 셈이다.

목표는 보디빌딩 장년부 우승

"배추, 왜 보디빌딩은 한다고 설쳐? 나이 70이 넘어서까지 말야. 거참, 야단스럽게도 노시는구만…."

시인 친구 신경림은 나를 좋아한다. 그가 장난기로 설사 나를 조금 공격을 한다 하더라도 대부분은 덕담으로 보면 된다. 하지만 내가 볼 때 신경림의 한마디야말로 빌미를 제공한 경우다. 의외로 많은 사람들이 몸짱인 내게 물어보는 질문이고, 핀잔이기 때문이다. 신경림의 핀잔에 나는 이때다 싶어 제대로 반격 채비를 한다.

"이봐. 그럼 당신은 왜 나이 70에 시를 쓴다고 힘들게 고민하고 그래? 시 쓰는 것과 보디빌딩, 서로 똑 같은 거 아냐? 보디빌딩이야말로 거짓이 통하지 않는 정말로 정직한 스포츠야. 그런 운동을 젊었을 때 잠깐 하다가 어느 순간에 뚝딱 하고 접어버려? 당신이 젊었을 때부터 시작한 문학을 나이가 많다고 떡하니 손을 놓아버려도 돼? 지금 그렇게 사느냐고?"

고백하지만 나는 앞으로 계획이 거창하다. 조만간 '몸짱 배추'는 미

226

스터 코리아대회에 뛰어든다. 2007년을 데뷔 첫해로 잡았다. 중장년부 챔피언이 우선 목표다. 누구 말대로 '나이는 숫자일 뿐'이고, 뭐든 목표에 도전하는 시대가 됐지만, 나는 누구도 쉽게 넘보지 못할 보디빌딩의 역사를 새로 써볼 생각이다.

"몸이야말로 정직해. 또 매력이 있는 게 몸이란 것이 말이야, 남들이 도전하지 않는 형이하학 쪽이잖아? 먹물들은 형이상학 쪽에만 관심이 있고, 나이들면 더욱 그런데, 나는 한번 도전해보는 거야."

최근 들어 내가 몸만들기에 부쩍 열중하는 것도 그 때문이다. 거의 매일 같이 100Kg이 넘는 벤치프레스와 씨름을 하지만, 얼마 전부터 주 2회 특수 훈련을 받기 시작했다. 코치 겸 트레이너에는 유회식을 모셨다. 나보다 나이가 조금 아래지만 1962년, 68년 두 차례 거푸 미스터코리아 대상을 받아낸 왕년의 명장이요, 조련사다.

"형님은 가능성이 무척 많아. 우선 나이든 분들은 파워가 달린다는 게 결정적인 아킬레스건인데, 형님은 그건 아무런 문제가 없잖아. 한 1년만 바짝 트레이닝을 하면, 미스터코리아 중장년부 챔피언 정도는 쉽게 먹을 거야."

'나이 많은 제자'를 받아들인 유회식이 그렇게 말하는 것은 빈말만은 아닐 게다. 그가 볼 때 나는 타고났다고 한다. 높게 봐도 신체나이 30대 후반이고, 무엇보다 오랜 훈련을 거쳐왔기 때문에 기초가 단단하다. 다른 스포츠와 달리 보디빌딩의 황금기는 30~40대. 뛰어난 선수들은 예외 없이 이때 꽃을 피웠다. 그 이전의 엄청난 노력과 투자 끝에 보디빌더로서 빛을 보는 것이다.

나이는 많아도 나는 조건을 두루 갖춘 기대주 문하생이다. 사실 유회식과 나의 만남은 처음이 아니라서 서로를 잘 안다. 그것도 장점이다. 어렸을 적부터 알고 지내던 사이였으나 본격적으로 인연을 맺은 건 내가 쉰 살이 다 되어 가던 80년대 후반이었다.

당시 유회식은 서울 서초동에서 우성헬스클럽을 운영하고 있었고 나는 민중판화가 오윤의 매제가 하던 '만두향'을 돕느라 서초동을 드나들 때였다. 보디빌딩으로만 치면 선배인 유회식이 늘 하는 말대로 내 몸은 우선 대근육이 발달했다고 한다.

경신중고 역도부 시절인 10대부터 나름대로 벤치프레스(누워서 무거운 것을 들어올리는 상체 단련훈련)와 스쿼트(무거운 걸 든 채로 앉았다 일어시기를 하는 하체 단련훈련) 등을 해왔기 때문이다. 그건 엄청난 밑천이다.

단 체계적이고 지속적인 훈련을 받지 않은 한계 역시 분명했는데, 틈틈이 현대적인 보디빌딩의 테크닉과 원리를 익혀 내 것으로 소화하기 위해 노력했다. 이후에도 운동은 내 삶에서 빠지지 않았다. 서해화성 대표이사로 재직할 때도 그랬고 지금 경복궁에서도 그렇고, 근무처에 헬스장비를 갖춘 직원 복지용 공간을 꾸미는 게 보통이다.

사실 운동은 내 경우 아주 어렸을 적부터의 인연이자 삶이었다. 초등학교 시절 '운동하는 아이'로 알려졌고, 그것은 만능 체육인 아버지의 가르침 덕분이었다. 등교 전 매일 맨손체조와 근육운동부터 시작한 것이 4학년 때였으니, 빨랐던 셈이다. 미국과 서구에서 현대적 개념의 보디빌딩이 대중화되기 시작한 것이 2차대전 직후임을 감안해야 하기

배추가 돌아왔다 2

때문이다.

6학년 때 벌써 나는 만능 선수여서 전국체전 육상선수로 출전했고, 개성시군 지방체전에는 육상 5개 부문에 출전하는 기록을 세웠다. 넓이뛰기, 높이뛰기, 100m 달리기, 200m 달리기, 400m 계주 그리고 수영 평형 50m에 이르는 거의 전 부문에 뛰어들었다.

축구, 농구, 배구 등 구기종목은 젬병이었지만, 그 외에서는 거의 '만능'이었다. 경신중고 역도부 생활 때 벌써 여느 친구들과는 비교도 안 될 정도로 당당한 덩치를 자랑했다. 때문에 홍익대 입학도 역도부 특기생으로 들어가지 않았던가.

홍익대는 나를 역도부 창설멤버로 뽑았지만, 유감스럽게 막상 역도부를 만들지는 못했다. 예산문제 때문이었다. 때문에 나는 혼자서 역도를 들며 단련을 해야 했다.

"지금도 나는 유생(儒生) 형 인간, 즉 먹물 타입의 인간들을 살짝 경멸하지. 예외 없이 바늘뼈에 두부살인 그들은 기회주의자들이기 십상인데, 내 생각에 그건 몸뚱이의 뒷받침이 없기 때문이야."

이후 이러저런 유혹에도 불구하고 버틴 것, 그리고 결정적으로 생계가 막연할 때면 노동현장에 뛰어들어 몸을 굴릴 수 있었던 것도 다 내 몸 덕분이라고 굳게 믿는다. 그런 '몸 확신범'이지만, 그러나 나는 지금까지도 엄격하게 말해 보디빌딩 전문가는 아니다.

아버지에게 유도와 권법을 배운 이후 익힌 합기도 류의 무술을 여기저기에서 습득했고, 그게 내 스타일 속에서 합쳐졌을 뿐이다. 그런 내공을 토대로 70이 넘은 지금 예전의 무달(무술의 달인)에서 프로 보디빌더로 출사표를 던진 셈이고…. 이제 명장의 조련을 받는다면 미스터 코리아 중장년부 우승은 그리 멀지 않은 셈이다.

"상체에 비해 상대적으로 하체가 약해. 나도 그걸 알지. 상체도 삼각근과 활배근이 충분하게 벌크를 이루지 못했고, 제대로 키웠다고 하기에는 일러. 몸이란 건축물과도 같아서 하체가 약하다는 것은 지반이 부실하다는 얘기야."

하체운동 부족이 예전 이근안 등에게서 당한 고문 후유증임을 아는 이는 알지만, 나는 내처 입을 닫고 만다. 어쨌거나 앞으로의 과제는 충분한 스쿼트 운동을 통한 하체단련이다.

나는 몸에 관한 한 확실한 철학을 갖고 있다. 그래서 미스터 코리아를 미스 코리아 정도로 생각하는 일반인들의 편견에 심하게 핏대를 내곤 한다. 미스코리아는 여성의 상품화라는 비판을 받을 수 있는 여지가 있지만, 보디빌딩은 그것과 전혀 다른 것이고 엄연한 현대 스포츠라는 것이 내 생각이다.

"생각을 해보셔. 쉽게 말해서 보디빌딩이 전국체전 정식 종목으로 채택된 게 언젠 줄 아냐구. 그게 92년도야. 대학에서는 우수선수 스카우트 전쟁도 해마다 벌어지고 있고. 고성군인가에서는 실업팀까지 창단됐어."

내가 그렇게 말을 하는 것은 이유가 있다. 근육이 울퉁불퉁하게 발달한 사람들 앞에서는 "우와!" 하다가도 돌아서서는 돌대가리나 깡패라고 비아냥거리는 사람들의 고정관념이 싫기 때문이다. 그건 부지불식간에 유교 식의 딸깍발이를 최고의 인간 형으로 치는 고정관념에서

배추가 돌아왔다 2

나오는 오해라고 보는 것이다.

　나랑 밥을 먹은 사람들은 대부분 깜짝 놀란다. 덩치에 비해 너무도 밥을 작게 먹으니까. 사실 나는 꽤 소식을 한다. 양질의 근육을 키우기 위해서는 식이요법을 병행해야 하는데, 맵고 짜고 단 음식은 보디빌딩의 금기에 속한다. 그런 음식을 먹어도 일단 근육은 생기겠지만, 결정적으로 데피니션(근육의 선명함)이 무너지기 때문이다.

　쉽게 말해 보디빌더들한테 맛있는 음식은 먹으면 안 되는 것이고 '쥐약'인데, 끝내 그런 원칙을 지켜내려고 노력하는 보디빌더들은 몸의 수도사들이다. 내가 아는 훌륭한 보디빌더들은 예외 없이 인격자들이다.

　또 거의 모든 스포츠는 상대가 있다. 그래서 이기고 지기도 하는 것이고. 그런데 보디빌딩은 그게 없다. 바로 '나 하고 하는 경기'라서 고독하기 짝이 없다. 그렇기에 나는 보디빌딩을 통해 한층 더 성숙해질 수 있다고 믿는다.

　여전히 생활 현장에 서 있는 당당한 현역임을 자처하는 나는 또 한 번의 나다운 사고를 오늘도 준비한다. 보디빌딩 중장년부 도전! 역시 한번 배추는 영원한 배추 아니던가?

세상의 유혹에 지지 않고 자유롭게 살고 싶다

70평생을 살며 나는 '마음 부자'에 '친구 부자'로 살았다. "나는 별 볼 일 없는 사람이지만, 친구들은 하나같이 모두 멋지다"는 내 말은 결코 빈말이 아니다. 상당수는 문단과 화단의 친구들이지만, '이름이 알려지지 않은 협객'들도 수두룩하다.

70년대 이후 문화계의 든든한 후원자 역할을 해왔지만 어디에도 자기 이름을 올려놓지 않고 있는 채현국이 그러하며, 경기고 시절부터 '주먹'으로 유명했던 박윤배도 그러하다. 사람들이 '박윤배와 배추가 붙으면 누가 이길까' 등등을 화제로 올렸을 정도다. 하지만 박윤배는 80년대 말 일찍 작고했고, 그의 빈소에서 이부영은 이렇게 탄식했다. "세상이 어떻게 돌아가는지 사내다운 사람들은 점점 이 땅에서 사라져간다…."

또한 친구들은 결정적일 때 내게 도움의 손길을 뻗어줬다. 나는 정말 복받은 사람이다. 두 차례 구속을 풀어주는 데 수훈갑 역할을 했고

232

중동 근무에서 신발가게 도우미 역할까지 20년 가까이 현실적인 도움을 준 사람으로 잊을 수 없는 선우휘가 있고, 어디 그뿐인가. 민중미술을 하는 화가들인 신학철과 강요배 등도 그랬다. 미술계 인사인 김용태와 문학평론가 염무웅 등도 내가 서해화성에 사장으로 취직할 수 있도록 힘을 실어줬음을 더없이 고맙게 생각한다.

또 나이 70세가 넘은 내가 경복궁에 취직할 수 있었던 것도 사실 옛 감방동기 유홍준의 작품이고, 훨씬 이전 노느메기밭 경영도 백기완, 이부영, 김도현, 김정남 등 주변의 멋진 친구들이 물심양면으로 지원했기에 가능했던 역사가 아니던가.

세 들어 살던 경기도 산골집을 떠나 2006년 봄 서울에 이사를 한 것도 순전히 한 독지가의 호의 덕분이다. 그가 부암동의 자기 집을 비워놓고 거기에서 살라고 편의를 봐준 것이다. 무조건이다. 고래등같은 이 집은 분에 넘치는 특혜가 아닐 수 없다.

그 점에서 나의 삶은 친구들의 공동창작 작품이다. 세상이란 게 알고 보면 주변 친구들과의 끈끈한 우정 속에서 함께 웃고 웃으며 살아온 흔적이다. 그래서 나는 '만남을 운명'이라고까지 생각한다.

'내가 과연 그런 도움을 받을 자격이 있을까. 또 나는 남들에게 그런 도움을 주고 있는가'를 가끔은 되뇌게 되지만, 도움을 받는 원칙은 갖고 있다. 순수한 도움이라야 한다는 것, 세상을 사는 자기 원칙과 위배되는 도움은 단호히 거절한다는 것이 그것이다.

80년대 중반 전해져온 '유혹'을 고민 끝에 물리칠 수 있었던 것도 이런 원칙을 갖고 있었기에 가능했던 일이다. 끝내 '없었던 일'로 할 수 있었던 나의 판단과 용기를 나는 지금도 자랑스럽게 생각한다. 당시의 제안이 무엇이었는지 설명하기는 쉽지 않다. 내게 그런 유혹적인 제안을 해온 사람이 거물급인 데다가 호형호제를 했던 사이라 그렇다. 물론 그는 이미 오래전에 고인이 됐지만, 아직도 설왕설래가 없지 않은 그에 대한 평가에 혹시라도 누가 될까 봐서 여전히 입을 열기가 쉽지 않다.

85년도 일이었다. 여름장마가 한참이던 무렵이었으니, 7월 중순쯤으로 기억된다. 평소 친하게 지내던 그가 술병을 들고 우리 집으로 찾아왔다. 오자마자 "운전기사는 일찌감치 돌려보냈다"고 말하는 걸로 보아 길게 한잔하자는 뜻으로 들렸다. 긴히 할 얘기가 있었음은 나중에 알았다. 본래가 호탕한 성격에 두주불사 형의 술꾼이니 웃통을 훌떡 벗은 채 마주 앉아 술잔을 기울였다. 우리 둘은 그렇게 마주앉아 세상 사는 얘기를 두런두런했다. 바로 그때였다. 그가 예사롭지 않은 표정을 했다.

"배추, 오해하지 말고 들어."

어느 순간 그가 정색을 했다. 창밖의 어둠 속으로 장맛비가 그칠 줄 몰랐다. 이미 서로의 얼굴은 불콰해질 대로 불콰해졌지만, 정신은 말똥말똥했다. 느닷없는 그 얘기에 무슨 말인가 싶어서 긴장까지 됐다. 전에 없던 표정이라서 더욱 그랬다.

"남자는 말야. 어느 순간에 총대를 멜 줄 알아야 돼. 세상을 살다보면 그럴 때가 닥쳐오는 수가 있어. 배추, 내 말을 이해하겠어?"

234

"무슨 말씀이신지…."

그는 끝없이 현하지변(懸河之辯)과 걸걸한 스토리를 주고받을 때와 달리 또 다른 표정이었다. 그가 앞에 있는 술을 들어 단숨에 들이켰다. 그러곤 말을 이었다.

"인마, 너무 고고하게 사는 게 남자의 삶 전부는 아냐. 때로는 악역을 맡을 줄도 알고, 그래야 네 주변이 두루 편안해질 수도 있는 거야. 네 주변에 지금 누가 있냐? 너를 그토록 좋아하는 재야인사들이 수두룩하잖아. 너 하나 마음을 고쳐먹으면 그분들에게도 현실적인 도움을 줄 수 있어. 그렇게 한다고 해서 네가 그들을 배신하는 것도 아니겠고…."

다름 아닌 전두환 대통령을 곁에서 모시라는 것, 그 보좌는 눈에 보이지 않는 비선(秘線)에서 일하는 방식이기 때문에 내가 청와대 일을 한다는 걸 눈치 채는 이는 거의 없을 것이라는 얘기다. 큰 집에 자동차 제공에 이르기까지 일체의 생활을 모조리 보장해준다는 말까지 했다.

처음에는 내 귀를 의심했다. 그러나 그게 아니었다. 도무지 어이가 없었다. 그 말끝에 '자, 어때. 일을 해볼 수 있겠어?' 하고 채근하는 표정을 짓고 있는 그에게 화를 벌컥 내지 않을 수 없었다. '당신!' 소리가 저절로 튀어나왔다.

"당신, 내게 그런 말을 할 수 있어?"

"배추야, 인마. 지금 내가 얼마나 어렵게 말을 꺼내고 있는 줄은 알기나 하냐? 네 생각처럼 그게 간단하지만은 않을 거야. 그러나 생각을 조금만 바꿔보란 말이야."

"그건 내가 잘 모르것소. 그 독재정권을 도우라니. 내가 그러는 걸 설령 재야 쪽에서 모른다고 하지만, 그래도 최소한 하늘은 알지 않소. 도저히 나는 못하겠시다. 나 완전히 실망했어."

그렇게 말을 끝내고는 아무 말도 하지 않았다. 더 이상 화를 내는 것은 정분 상으로도 불가능했다. 이미 새벽 두 시를 넘긴 시각이었다. 비는 여전했다. 세상은 고요했다. 오랜 침묵이 뒤따랐다. 이윽고 그가 입을 열었다.

"배추. 네 마음 잘 알았다. 내가 말을 거두마. 오늘 얘기는 여기까지만 하자. 이제 앞으로 이 얘기를 두 번 다시 하지 않으마. 아냐?"

"…."

이미 내 마음도 조금은 가라앉은 상태였고 이야기는 거기서 끝났다. 뒷말 같은 건 없었다. 그는 두 번 다시 그 제안을 꺼내지 않았다. 물론 둘 사이의 우정은 그 직후 그가 타계하기 전까지 지속되었으니, 그게 불행 중 다행이라면 다행일까.

분명 둘 사이에 태산 같은 믿음이 없었더라면, 큰 싸움으로 번지거나 의절할 수도 있는 상황이었다. 하지만 내게도 그 문제는 간단하지가 않았다. 그날 오갔던 그와의 대화는 내내 나를 괴롭혔다. 어쩌면 내가 그의 사람됨과 그릇의 크기를 똑바로 잴 수 없었던 게 아닌가 하는 생각 때문이다. 물론 그날의 제안을 거절한 것에 대해서는 손톱만큼의 후회도 없다. 그런 것은 내 안중에도 없었으니까.

문제는 그가 정말 특별한 사람이어서 제도권과 재야, 진보와 보수의 구분을 훌쩍 넘어섰다는 것이다. 그게 그만이 가진 힘이고 특기였

배추가 돌아왔다 2

다. 나는 그걸 겨우 지금에서야 이해한다. 나를 각별하게 생각했으니까 고민 끝에 던진 제안이었다는 걸. 거절을 하더라도 그의 마음을 헤아리면서 조심스러웠어야 했는데 덮어놓고 그냥 화부터 냈으니 그날 내가 너무 옹졸하게 굴었던 것은 아닌가 싶을 뿐이다.

그런 유혹은 심심치 않게 뒤따랐다. 80년대 말, 노태우 정부 시절에도 그런 제안이 왔다. 제안을 한 것은 얼굴을 아는 녀석이었다. 이근안에게 고문을 당하던 때 수사관 노릇을 하던 녀석이었다. 그 친구와의 인연은 꽤 오랜 것이어서, 그를 처음 만난 것은 74년 첫 구속 때였다. 즉 당시 수사관 초짜 시절이던 그를 대구에서 만나고 이후 86년 남영동에서 다시 만난 것이다. 그런 그가 어느 날 나를 찾아왔다.

"방 선생, 당신은 재야 쪽 돌아가는 사정을 뚜르르 꿰고 있으니까 그쪽 형편을 한 달에 한두 개씩만 당국에 제보를 해주시면…."

"이 뭣 같은 놈아. 어디서 그따위 소릴!"

내가 자리에서 벌떡 일어서자 그 친구는 말을 채 다 끝내기도 전에 줄행랑을 치고 말았다. 세상에 그렇게 빠르게 튀는 녀석은 처음 봤다. 그런 유혹은 예전에도 있었다. 70년대 중반만 해도 그랬다. 반공법 위반으로 서대문형무소 6개월 수감을 마친 뒤 이러저런 생업에 손을 대고 있던 시절이었다.

당시 유혹을 전해온 것은 반공검사로 유명한 오제도였다. 그는 당시 〈이북〉이라는 잡지를 펴내고 있었는데, 그가 중앙정보부 소속의 정보원을 보내왔다. 역시 똑같은 제안이었다.

그리고 보면 박정희, 전두환, 노태우 등 역대 군사정부의 권력자들은 모두 직간접적으로 나에게도 유혹의 메시지를 전해왔던 셈이다. 재야인사가 아니면서도 재야인사의 친구라는 묘한 위치에 서 있었던 내가 정권에게는 썩 괜찮은 유혹의 먹잇감으로 보였는지도 모른다.

하지만 그들은 상대를 잘못 골랐다. 세상에서 말하는 성공 따위에는 관심이 없는 내게 그런 유혹이 먹혀들 리 없다는 걸 몰랐던 것이다. 또 무엇보다 그동안 음으로 양으로 나를 도와준 친구들을 배신할 수는 없는 노릇이 아닌가.

앞으로도 어떤 유혹이 있을지 모른다. 외부적인 유혹만을 이야기하는 건 아니다. 가장 큰 유혹은 편해지고 싶어하는 내 안의 유혹일 것이다. 하지만 한번 태어난 인생, 언제가 흙으로 돌아갈 이 육신을 두고 내가 또 무슨 집착을 부릴 것인가. 그저 바람처럼 자유롭게 살고 싶을 뿐이다.

지금까지 살아오면서 지킨 원칙을 저버리지 않는 게 나의 의무일 것이다. 더불어 미스터코리아 장년부 우승이라는 목표를 이룰 수만 있다면 금상첨화이리라. 기대해주시라. 나는 오늘도 100Kg이 넘는 역기를 들어 올리고 있으니.

238

내가 만난 배추, 내가 만난 조르바

조우석

그를 뭐라고 불러야 좋을까. 거 참 난감하다. 쉽게 규정하기 이려운
것은 그가 여러 개의 얼굴을 가졌기 때문이다. 건달, 주먹, 깡패, 협객?
사람들은 보통 그렇게 부르곤 하지만 뭔가 딱 떨어지는 말은 아니다.
그럼에도 주먹이나 깡패 이미지가 줄곧 붙어 다니는 것은 그라는 위인
이 10대 시절부터 일찌감치 학교주먹의 세계를 평정했던 유명한 '돌
주먹' 출신이기 때문이다.

방동규라는 멀쩡한 이름을 놔두고 별명인 배추, 혹은 방배추로 더
유명한 그는 사실 1950년대에 학생 주먹으로 이미 한 차례 떴다. 그건
엄연한 사실이다. 지금 그와 비슷한 나이의 사람들은 소문과 전설 속
의 배추라는 이름을 선명하게 기억한다.

그런 배추가 6 · 25 전후 무렵 벌였던, 객기와 치기가 뒤섞인 무용담
들은 '통조림 사회'에 갇혀 사는 우리들의 상상을 가볍게 뛰어넘어버
린다. 감격시대 혹은 낭만시대, 따라서 지금과는 전혀 분위기가 달랐

던 중고교는 물론 심지어 대학가의 조금 세다는 학생어깨들을 상대로 거의 한두 번씩 붙어봤고 그때마다 장쾌한 승리를 거뒀다. 한참 유명하던 무렵인 53, 54년에는 당시 대학생 건달로 악명을 떨치던 '춘하'의 패거리와 건곤일척의 싸움을 벌이기도 했다.

그때를 전후해 전국씨름왕 출신의 어깨로부터 도전장도 받았다. 물론 승리는 배추의 것이었다. 이전 창경원을 무대로 해서 권총을 찬 특수군인들과 맞장을 뜨면서 돌주먹 배추의 성가를 다시 한 번 높였는데, 심한 경우 당시에 사회악의 하나로 지목되곤 하던 군인깡패들과 목숨을 건 채로 맞부딪치기도 했다. 그 싸움이 바로 서울 성동역 주변의 오고 가는 자동차는 물론 전차까지 막은 상태에서 시민과 미군들의 응원 속에 벌였던 싸움이었다. 오죽 판이 컸으면 '군인깡패, 학생들에게 혼쭐나다'라는 신문기사까지 등장했을까.

오해 마시라. 당시의 싸움판은 이해관계나 원한 따위가 얽힌 게 결코 아니었다. 70년대 이후 만들어진 조폭 따위와도 아무 상관없다. '네가 세다며? 그러면 누가 더 센지 한번 겨뤄보자'는 식의 싸움이었고, 따라서 스포츠 수준의 승부였다. 주머니칼이나 자전거 줄 따위를 동원하는 이른바 '연장질'도 한참 뒤의 일이었다. 그렇게 힘과 기량을 겨뤄 싸움에서 진 사람은 바로 패자의 예를 깍듯하게 갖추는 게 보통이었다. 배추와 그 시대의 어깨들을 전형적인 낭만주먹으로 분류하는 것도 그 때문이다.

그런 전설의 무용담이 나중 발전을 거듭해 '시라소니 이후 최고의 주먹'이란 평가로 이어졌다. 소설가 황석영의 입이 진원지였을 것이다. 그건 과장이거나 근거 없는 소리가 아니었다. 왕년의 학생 돌주먹 배추는 이후 60년대를 거쳐 90년대에 이르기까지 잊을 만하면 한두 번씩 '맞장의 전설'을 만들어냈고, 심지어 유럽 같은 외국 땅을 무대로 결투를 벌이며 주먹황제 이미지를 굳혔다.

다만 배추를 둘러싼 시끌벅적한 무용담이란 것이 주로 문단과 화단 쪽에서만 유포됐고 마치 전설인 양 회자됐다. 그들 사이 술자리의 단골 화제이기도 했다. 그쪽에서 배추는 당당한 스타였다. 그게 좀 희한한 일이다. 배추가 놀았던 물이 실은 진보진영 쪽이었기 때문이다. 70년대 이전의 초창기 이후 '재야세력의 든든한 친구'였던 배추는 반독제 민주화를 기치로 내건 문화운동패의 문인, 화가, 그리고 지식인들과 두루 친하다. 일반인들에게 배추란 이름이 다소 낯선 것도 그런 까닭이다.

그런 배추란 위인은 삼류 건달이나 요즘의 조폭들과는 너무도 다르다. 일제시대부터 활동했던 시라소니, 김두한을 포함해 유지광, 이정재, 이화룡 등 50년대 주먹들과도 선명하게 구분된다. 해방 이후 나타난 그들 '범 낭만주먹들'은 거의 예외 없이 제도 정치권을 기웃거리면서 여기저기에 줄을 대려 했다. 즉 우파세력이기 십상이었고, 때로는 노동현장과 정치권에 '백색테러'를 저지르기도 했다.

하지만 배추는 정반대로 놀았다. "함께 일하자"는 그들 우파주먹들의 갖은 유혹과 제안을 그때마다 물리쳤다. '내 인생에 멘토(후원자)는 없다. 내 스스로가 주인공일 뿐'이라는 나름대로의 생각 때문이었고, 사회적 해악을 끼치는 그들과는 체질과 생각부터 다르다는 판단에 따

242

른 선명한 '선 긋기'였다. 그러고는 내내 문인, 언론인 등 비판적 지식인과 함께했다.

실제로 '김일성과 무전교신을 했다'는 얼토당토않은 이유로 간첩죄로 잡혀가 서대문형무소 신세를 지기도 했다. 그게 긴급조치 1, 2, 3, 4호가 쏟아지던 70년대 초 유신시절의 일인데, 결국은 반독재운동에 힘을 보탰다는 이유로 당국에 찍힌 것이다. 뿐인가? 80년대를 달궜던 유명한 〈말〉지 사건에 다시 연루돼 치도곤(治盜棍)을 당하기도 했다. 국가보안법 위반 혐의로 잡혀가 악명 높은 고문기술자 이근안과 맞닥뜨린 것이다.

이러저런 현대사의 고비 때마다 거의 예외 없이 등장하는 숨은 인물이 바로 이 사람 배추인데, 최악의 악연 속에서 만난 왕년의 어깨와 고문기술자 사이에서 일어난 일화도 기억해둠 직하다. 보름간 죽을 고문을 당한 뒤 초주검 상태에서 풀려난 배추는 "야 인마. 너도 좀 왕년에 놀아봤다는 놈이 왜 사람을 묶어놓고 패냐?"며 이근안에게 맞장 뜨기를 제안했던 것이다. 최악의 상황 속에서 토해냈던 그 당당한 자세, 그 남자다움과 의협심은 지금도 문단의 전설로 남아 있다.

답답했던 시대, 정의롭지 못한 권력과의 싸움을 자처했던 그를 우리시대의 협객으로 부르는 것은 그런 이유 때문이다. 체 게바라 같은 혁명가? 그렇게 문패를 붙여야 오히려 배추에게 썩 잘 어울린다. 평생 가슴에 품어온 생각과 이상이 희한했고, 몽상가에 가까운 이상주의자 기질이 짙었기 때문이다.

집필후기

단 체 게바라와 달리 총 대신 삽자루와 곡괭이를 냉큼 들었다. 평생 꿈꿔온 공동체운동과 무정부주의 이상을 이 땅위에 실천하려 했던 것이다. 자연주의자이자 몽상가였던 그는 이미 반 세기 전에 농촌계몽운동과 녹화운동을 했고, 그만의 이상촌을 세운다며 70년대에는 강원도 철원 땅 100만 평 농장을 찾아들어가 굵은 땀방울을 흘렸다.

그건 자기가 젊었을 적 읽었던 소설가 심훈의 장편소설 《상록수》 속 주인공, 그리고 그가 못내 좋아하는 책인 《아름다운 삶, 사랑, 그리고 마무리》의 저자이자 주인공인 스콧 니어링·헬렌 니어링 부부처럼 자연주의자의 꿈을 꾸었기 때문이다. 꿈만 꾼 게 아니고 실천까지 했다. 그런 모습이야말로 배추라는 위인의 또 다른 얼굴임이 분명하다.

그러고 보면 배추의 사회후배들인 정치인 이부영이나 김태홍 등이 힘 주어 말하듯이 깡패이니 주먹이니 하는 이미지란 박정희나 전두환 정권 밑의 수사기관의 악의에 찬 농간에 불과하다.

사실 그는 백기완, 함석헌, 장준하, 계훈제 등 당시 재야의 핵심 거물인사들은 물론이고 《우상과 이성》, 《8억 인과의 대화》 등의 저자인 리영희 같은 진보 지식인, 이호철, 신경림, 김지하, 황석영, 송기원, 백낙청, 염무웅, 천승세, 김성동, 송기원 등 민중문학 진영의 내로라는 문인과도 두루두루 친하다.

뿐인가. 민중미술 화가들인 강요배, 여운, 신학철 등과는 물론이고 민중판화운동가로 유명한 오윤과도 호형호제를 했던 사이다. 한 시절을 휘어잡아온 문단, 화단의 내로라는 맹장(猛將)들이 한결 같이 배추를 '형님' 으로 부르고, 그를 친구로 둔 것을 자랑스러워한다.

소설가 서해성이 귀띔해준 '낮도깨비'

그런 도깨비를 만난 것은 3년 전의 일이다.

"형, 배추를 한번 인터뷰해봐. 신문에 내보내면 독자 반응이 대단할 거야."

"응? 배추?"

"알지? 내가 10년 전부터 노래를 불러왔잖아. 유명한 깡패에 대단한 주먹인데, 정말 골 때리는 사람이야. 얼굴도 훤한 데다가 말도 기막히게 잘해서 오죽하면 '조선의 3대 구라'로 불릴까? 황구라, 백구라와 같은 반열이라서 방구라로 불려."

"아, 그 사람? 문단 사람들 술자리에서 전설처럼 언급되는 그 괴물 말이지?"

사회후배인 소설가 서해성이 그런 귀띔을 해줬다. 하긴 서해성도 우리시대의 괴물 중의 괴물이다. 오죽하면 사람들은 그를 '여러가지문제연구소 소장'이라고 부를까. 예전 족작(민족문학작가회의) 사무장 출신이라지만 그가 소설 같은 소설, 작품 같은 작품을 발표했다는 소식은 들어본 바 없다. 하지만 문학평론가 백낙청을 도와 '시민방송'을 출범시킨 주인공이자, 경희대 도정일 교수를 등에 업은 채 MBC의 '!느낌표'를 뒤에서 쥐락펴락 기획했던 보이지 않는 얼굴이기도 하다.

'나홀로 NGO'로 뛰고 있는 그는 민화협(민족화해협의회)에도 오래 발을 담그고 있어 남과 북을 오가면서 그쪽 정치보위부 사람들과도

"형님", "아우" 하면서 농담 따먹기를 할 정도로 성격 좋고 발이 넓기로 유명하다. 올타꾸나 싶었다. '내가 찾는 인물이겠거니' 하는 예감이 퍼득 들었다.

"난 상품가치 없는 사람이오. 전혀 생각 없시다."

첫 마디가 그랬다. 서해성이 알려준 휴대전화로 수인사부터 건넨 뒤 "저, 시간 좀…" 하고 어렵게 입을 떼니 되돌아온 배추의 대꾸였다. 칼이었다. 그게 외려 신선했다. 상대가 그렇게 나올 때는 '일단 철수'를 하는 척해야 한다. 다음날 다시 전화했다. 물론 서해성을 포함해 여러 명이서 물밑작업을 마친 뒤. 오전 11시에 전화하는 게 좋다는 '고급정보'도 그때 얻어 들었다.

'할아버지 협객'이 한참 기분 좋을 때가 그때란다. 믿거나 말거나 의사의 의학적 판단대로라면 신체 연령 서른아홉이라더니 젊은이 뺨치는 그가 100Kg짜리 벤치프레스와 씨름하며 땀을 뺀 직후 말이다. 그게 주효했는지 두 번째 전화에서 오케이 사인은 떨어졌는데, 약속 날짜와 장소를 정할 때 다시 한 번 움찔했다. 주먹 쓴다는 소문 속의 할배가 문화동네 움직임에 뜨르르했기 때문이다. 명색이 20여 년 문화부 기자라는 내가 밀릴 판이다.

"인사동에서 김정헌 개인전이 있어. 당신 그 민중화가 알아? 전시 열리는 가나아트화랑에서 만납시다."

약속 날 10분 전에 들어선 화랑에서 이미 자리를 차지하고 있는 협객의 모습은 금세 눈에 띄었다. 청바지 차림의 캐주얼한 스타일. 예상과 달리 그는 결코 노인네가 아니었다. 신장이 173Cm라는데 깨끗한 이목구비에 흰 피부, 그리고 맑은 눈빛까지가 오래 기억에 남을 정도였다. 청바지 차림에 헐렁한 티셔츠를 잘 소화하는 패션감각까지 갖추고 있었다. 전시회에서 방배추는 시인 신경림, 그리고 시집《금강》의 민족시인 신동엽의 부인 인병선과도 반갑게 인사를 나눴다.

속으로 '이분 왕년의 어깨 맞아?' 싶은데, 인터뷰에 임하는 자기 원칙부터 천명했다. 원칙 천명이라지만 '공갈' 수준의 일방적인 통보였다.

"날 보고 민족깡패라고 한다며? 그런 표현은 맘에 안 들어. 거창한 민족주의나, 말만 달콤한 민주주의 따위의 말도 마찬가지요. 나는 깡패가 아니요. 완력으로 남 괴롭히는 깡패들은 제대로 된 운동과는 한참 거리가 먼 친구들이거든. 나는 몸을 단련하는 사람야. 운동이란 스님들의 마음공부인 참선과도 같은 이치요. 몸 공부, 뭐 그런 거…. 당신 이해할 수 있어요? 따라서 벽돌 몇 장을 깨느냐 따위의 유치한 질문, 당신은 누구의 조직에 속하느냐는 식의 엉뚱한 질문 따위는 서로가 삼갑시다. 알겠시요?"

속으로 '이건 대박이야' 싶었다. 그렇게 해서 나간 인터뷰 기사는 내가 밥 먹고사는 신문의 한 면을 꽉 채웠다. 술술 써졌다. 그가 토해 낸 신선한 언어들, 펄펄 살아 숨 쉬는 육화(肉化)된 언어들을 그저 쓸어 담으면 됐으니까. 그렇게 만든 인터뷰 기사를 출고하던 날 편집부가 달아온 제목도 정말 멋졌다.

"민족깡패? 난 자유인이요?"

어떠신지. 그 어깨 위의 작은 제목은 '시라소니 이후 최고 주먹 방 배추 인터뷰'라고 돼 있어 사람들의 눈길을 붙잡기에 충분했다. 일반 인들에게는 낯설 수도 있는 왕년의 주먹 배추가 대중매체에 뒤늦게 뜨는 순간이 바로 그랬다.

그날 나간 인터뷰 사진도 기 막혔다. 일이 되려면 그렇게 되는 법인데, 내가 평소 '권프로'로 부르며 아끼는 사진부의 후배 권혁재가 찍었는데, 역시 공들인 사진다웠다. 땀 흘려 도끼질을 하는 참에 잠시 쉬는 모습을 담은 청바지 차림의 배추 사진은 가히 압권이었다. 전설 속의 임꺽정이 "나요, 나!" 하고 바로 튀어나온 모습, 바로 그랬다.

신문이 나온 뒤 전화를 해봤더니 그도 만족한 눈치였다. 천만다행이었다. 마음에 들지 않는다고 성질을 부리면, 서로가 곤란할 참이었는데 겨우 가슴을 쓸어내렸다. 일은 그렇게 시작됐다. 이후 나는 '배추 출입기자'가 됐고, 그는 나의 독점적인 취재원이 됐다. 그와 나는 묘하게도 호흡이 척척 맞았다. 한참 뒤에 그가 유홍준 문화재청장의 '취직운동'에 따라 경복궁에 관람안내 지도위원 자격으로 취직했을 때도 그 사실을 중앙일보 사회면에 보도했다. 그때마다 사람들은 무척 재미있어했다. 편집국의 동료들도 마찬가지였다.

"저런 낮도깨비 같은 분이 어디서 숨어 있다가 지금 튀어나왔지?"

"배추? 별명도 참 쉽고 친근하네?"

"야! 저 몸짱 할배가 정말 쥐여주느만? 툭툭 던져대는 말도 정말 쿨하기 짝이 없고…."

십중팔구가 그런 반응들이었다. 신문사 안팎이 모두 그랬다. 하도

248

반응이 좋으니까 나중에 신문사에서는 그의 삶을 〈남기고 싶은 이야기〉 지면에 모시고 싶어했다. 신문 창간 이후 가장 오래된 고정란에 그런 쪽의 인물을 모신다는 아이디어 자체가 거의 전례가 없는 일이었다. 내 경우에 미처 생각해보지도 않았던 일이다. 연예인들로는 코미디언 비실이 배삼룡, 한국형 로커이자 작곡가인 신중현 등이 등장한 적도 있지만, 배추 같은 유형의 사람은 없었다. 제안을 했더니 또 칼 같은 대답이 돌아온다.

"사람들이 어쨌거나 나를 깡패, 주먹, 건달로 부르는데, 그게 무슨 신문연재 감이 되갔나?"

몇 번의 밀고 당김 끝에 결국 연재를 하기로 합의를 봤다. 그가 걸어온 한 가지 조건과 함께.

"내가 깡패 주먹 소리와 달리 전기물이나 자서전 따위를 꽤 읽은 편이잖아. 당신도 한번 생각해보라고. 잘못이나 인간적인 약점 따위를 저지르는 경우는 거의 없어. 아니 아예 없는 거지. 모두가 잘했고 위대한 일만 뜨르르하게 적어놓고 있어. 그게 말이 돼? 어느 놈이 믿기나 해? 거의 사기를 치는 수준인데, 당신 내 스토리를 그렇게 쓸 거라면 애시당초 시작하지를 말자구. 오케이?"

그런 으름장 덕인지 연재물의 제목도 파격적으로 설정됐다. '낭만주먹 낭만인생'. 그 제목은 중앙일보 문화부 후배인 박정호의 아이디어였는데, '풍운아 방배추', '민족깡패 방배추의 삶', '풍류인생, 풍류인간' 등의 제목들보다 훨씬 내 마음에 들었다. 물론 그도 흡족해했다. 살아온 내력이 다르고, 연배 또한 차이가 나는 그와 나는 그렇게 다시 한 번 제대로 만날 수 있었다.

오해 하지 마시라. 내가 만난 배추, 앞의 글에 담아놓은 배추는 흘러간 옛 노래가 결코 아니다. 소문으로 이름을 몇 차례 들어봤던 사람, 그래서 남들은 무언가 멋진 삶을 살았다고 말하곤 하지만 여전히 실체를 잘 모를, 그런 추억 속의 주인공이 아니다.

이렇게 말하고 싶다. "시대 배경과 등장인물이라는 무대만 살짝 벗겨내보면, '뜨거운 내 인생'과 마이웨이의 삶을 추구했던, 가슴 뛰는 삶의 주인공"이라고….

사실 그게 그가 뿜어내는 매력이다. 누구나 열망하는 멋진 인생은 공상이나 책 속에 있지 않고, 행동에 있다고 본 그는 숱한 고비와 기회로 점철된 인생에서 기꺼이 자기 맨 몸뚱어리 하나를 내던졌다. 물이 말라가는 연못, 진흙탕 세상을 뒤로 한 채 새로운 세상을 향해 '핑!' 하고 날아가는 용기를 그때그때마다 발휘한 것이다.

그때마다 새로운 개구리, 전혀 다른 종(種)으로 바뀐 진화한 개구리인 배추는 세상이 알아주는 '성공한 인생'은 못된다. 또 때로는 세상 잣대란 게 전부는 아니기 때문이다. 배추는 때로는 성공을 거뒀고, 그에 못지않게 비참한 실패도 맛보았지만 중요한 것은 그게 아니다. 내 스타일의 삶, 그리고 나를 미치게 하는 삶을 향해 미련 없이 성큼 발을 내딛었다. 그게 중요하다. 흔들릴 때도 적지 않았지만, 결코 쓰러졌던 일은 없었다.

요즘 TV의 한 맥주 광고처럼 '세상과 부딪쳐라'가 바로 그를 설명하는 좋은 콘셉트다. 배추의 삶은 그래서 우리시대 젊은이들의 코드와도

250

잘 맞아떨어진다. 배추는 반세기 전 사람이 아니라, 2000년대 청춘들에게 딱 어울리는 친구이자 롤모델일 수도 있다는 생각을 하곤 한다.

사실 얼핏 무모해 보이는 배추의 '도전 인생'은 새로운 세상과 부딪치면서 엄청난 파열음과 함께 숱한 명장면까지를 연출해냈다. 그런 아름다운 도전과 비상 자체가 가슴을 뛰게 만든다.

나는 그렇게 이해를 한다. 내가 만난 배추가 사실 그러했기 때문이다. 아, 본래 도깨비란 것도 숲이 깊고 울창해야 출몰한다고 하지 않던가. 본래부터 삐딱한 주먹이자 무정부주의 생각을 가진 배추는 해방과 6·25, 그리고 개발독재로 이어지는 한국사회의 유례없는 빅뱅을 무대로 출현했던 문제적 인간이다. 요즘 같이 모든 것이 틀에 짜인 사회에서는 더욱더 유별나게 보이는 낭만파 주먹이다.

그런 기질을 그의 딸까지도 물려받았으니 거참 별스럽다. 운동 만능이자 몸짱인 아버지 탓에 한때 이종격투기를 한다고 설쳤던 큰딸 방그레는 지금 중국 다롄에 있는 명문미술대학 교수로 근무 중이다. '살찐 여자들이 바닥에 나자빠져 있는' 사실적이면서도 풍자적인 작품으로 몇 년 전 중국인민예술대회에서 입상한 경력에 힘입어 교수에 임용된 것이다.

"입상작품을 보고 도대체 이게 무슨 작품이냐고 물었어. 딸아이 대답이 걸작이야. '그건 아빠가 더 잘 알지 않아요?' 하는 거야. 자본주의 사회 속에서 사람들이 사는 희한한 꼬락서니를 풍자했다는 거야. 헛헛헛, 내가 다른 것은 몰라도 최소한 그 애 하나는 건진 거야."

딸 하나 건졌다는 건 엄살이다. 그는 딸만 아니라 엄청난 동지를 얻는 데 성공했기 때문이다. 숱한 진보적 성격의 재야인사들…. 그걸 얻은 것은 사실 꼭 한 사람 앞에 선선히 무릎을 꿇었기 때문임을 아는 사람은 다 안다. 그 유명한 스토리야말로 배추가 남긴 숱한 일화들 중 최고의 꽃이다.

그 유명한 54년 백기완과의 마주침이 그것이다. 영원한 보스이자 평생 친구 하나를 그렇게 얻었다. 운명 같은 만남이었다. 배추 삶에서 멘토가 굳이 한 명 있다면, 백기완이 바로 그 사람일지 모른다. 그건 천하를 얻은 것과도 같았다. 내가 감동하는 것은 그게 전부가 아니다. 이후 반세기 넘게 지속된 뜨거운 우정과 세상을 바라보는 눈까지 공유한다는 점이다.

'살인과 도적질 빼고 세상에서 해보지 않은 일이 없다'고 밝히는 그는 세상의 직업이란 직업은 거의 다 손을 댔다. 자기 말로는 '바닥인생', '삼류인생'이라는 것인데, 그게 빈말만은 아닌 것이 배추는 철두철미 서민들의 삶 속에서 인생을 꾸려왔다. 관념이나 공상 따위가 비집고 들어갈 틈이라고는 그 어디에도 없는 셈이다. 그는 현실 속의 위인, 저잣거리의 인간이다.

신축 아파트 현장에서 일하는 노가다판 노동자 생활도 숱하게 해봤다. 부끄러울 게 없다. 일당 6, 7만 원을 벌기 위해 흘린 고귀한 땀방울이다. 배추가 제 아무리 몸짱으로 유명하다지만 환갑을 넘긴 나이에 농수산물 하차 일을 6개월 동안을 내리 했고, 그러다가 현장에서 실신을 하기도 했지만, 가혹한 삶의 현장이야말로 그가 피하지 않았던 자

252

리다.

이후 펼쳐진 70년대가 그의 또 다른 전성기였다. 철모르고 살았던 10대 시절이 주먹을 흔들며 쌓아올린 제1차 전성기라면, 진정 자기 삶을 발견했던 2차 전성기가 그때 펼쳐졌다. 1970년 화려한 스포트라이트를 받으며 귀국했던 그는 서울 명동에서 첫 남성 패션디자이너로 활동을 시작했다.

그가 '핑!' 하고 날아가 개척해내는 데 성공했던 새로운 연못 중 하나가 '살롱드방'이었던 셈일까? 사실이다. 그때 밤이면 밤마다 화려하게 놀아봤지만, 이내 잘나가던 그 시절을 깨끗이 정리한 채 미련 없이 시골머슴을 선택하는 뜻밖의 행보를 보였다. 역시 도깨비다운 행동이었다. 그로서는 또 한 번의 도전이자 비상인 셈이다. 이번에는 농장경영을 위한 인턴생활을 자청했다. 그리고 얼마 후, 강원도 철원에 무려 100만 평의 땅을 얻어내는 놀라운 기적 속에서 삶의 하이라이트인 '노느메기밭' 경영을 시작했다.

배추가 흘린 두 번의 굵은 눈물

그런데 막상 그를 만나면 부담이 없다. 보통 사람 삶의 서너 배를 훌쩍 웃도는 믿기지 않을 삶의 두께와 경륜이 구수한 인간적 미덕으로 연결된 케이스가 아닌가 싶다. 영락없는 이웃집 아저씨, 그러나 주먹답지 않게 잘생긴 몸짱이란 게 조금 다를 뿐이다. 그리고 무엇보다 재미있다.

그걸 확인하는 데는 한 30분이면 충분하다. 운이 좋으면 툭툭 던지는 삶의 화두에 정신이 번쩍 나는 경험도 할 수 있다.

"그래. 경기고나 서울대 출신, 갸네들 아주 우스운 아이들이지. 백이면 백이 약골들이라서 '두부살에 바늘뼈' 같다고 내가 놀려먹지. 노는 것도 좀 뺀찔뺀질해? 서울대 출신이라고 목에 힘을 주는 아이들을 보면 나는 속으로 바짝 경계부터 해. '어, 너도 언젠가는 크게 한번 사기를 칠 녀석이구나' 라고."

황해도 개성 억양이 살짝 섞여들어야 제 맛이 나는데, 내게 '정신이 번쩍 드는' 일은 2006년 초여름 그와 만났을 때 생겼다. 〈남기고 싶은 이야기〉 연재까지 모두 손을 털고 조금은 편안한 마음으로 밥이나 먹자는 자리였는데, 느닷없이 그가 툭하니 가슴을 연 채로 한참 연하의 내게 들려줬던 말은 지금 되새겨도 예사롭지 않다.

나는 그게 배추의 진면목이자, 배추 구라의 진수라고 본다. 그날 나는 뜻밖에도 배추의 또 다른 모습 하나를 재발견했다. 이야기 도중 끝내 그가 눈물까지 훔쳐야 했던 그날의 가슴 찡한 스토리는 바로 그렇게 시작됐다.

무엇보다 맨몸 하나로 살아온 인생파 인간인 배추는 잔머리 굴리는 것이 체질이 되다시피 한 먹물들을 본능적으로 싫어한다. 묘하게도 자기 삶의 고비에서 그 많은 경기고 서울대 출신들과 서로 엮이고 어울려왔으면서도 말이다. 어쨌거나 먹물 무리의 맨 꼭대기에 있는 서울대

배추가 돌아왔다 2

나 왕년의 경기고 출신들은 배추 구라의 '밥'이다.

"나는 그런 유생(儒生)적 인간들 앞에 대놓고 면박을 줘. 너네들은 '방귀에 초를 치는' 재수 없는 아이들인데, 껍죽대지 말라고…. 갸네들? 간이 작아서 내 앞에서 절절매. 대들고 말고 할 것도 없어."

그들이 잘 먹고 잘살아서 배가 아픈 게 아니다. 머리와 가슴 사이가 멀기 마련인 먹물들의 노는 꼴이 그의 단골 표현대로 "조금 언짢을 뿐"이다. 또 그런 기회주의적 처신이 자기 배짱과는 다르다. 그런 먹물들이 주물럭거려온 대한민국도 짜증나는 데다가 걔네들과는 '변하우스(똥창을 점잖게 일컫는 배추 식 표현)'가 맞지 않는다.

"코앞에서 욕지거리를 들어야 하는 경기고나 서울대 출신들은 영 죽을 노릇이겠지만, 유일하게 나를 거드는 게 누구인줄 알아? 부영이야. 정치인 이부영이…."

그날 얘기는 그렇게 시작됐다. 반주 삼아 걸친 맥주 몇 잔과 함께 그가 풀어내는 '라지오(라디오)' 한 토막이 예정에 없이 불쑥 튀어나온 것이다.

"나야 경기고나 서울대 출신들을 무수하게 접해봤으니까 꽃으로 치면 향기 없는 꽃이라고 조져대지만, 멀쩡한 서울대 출신 부영이는 왜 그러는지 알아?"

이부영, 알 만한 그 정치인을 나도 배추를 사이에 낀 채 몇 차례 만나보았지만, 그들은 호형호제를 하는 사이다. 함께 있을 때 "배추 형님!", "여, 부영이!"라고 부를 만큼 격의가 없다. 국회의원 출신과 건달이라는 계급장을 이마에 써 붙이고 다닐 만큼 민망스럽고 데데한 사이는 결코 아니다.

이부영의 어머니가 1950년대 용산의 미군부대 기지촌 근방에서 오가는 군인들 군복을 수선해주거나 기지촌의 색시언니들의 옷을 빨래해주면서 사셨던 내력, 그렇게 금쪽같이 키운 아들이 덜컥 서울대에 입학했다는 얘기도 나왔다. 문제는 더 이상 좋을 수 없었던 어머니가 끝내 '너무 좋으셔서' 펄쩍펄쩍 뛰시다가 끝내 심장마비로 돌아가셨던 것이다.

내가 깜짝 놀랐던 것은 그 대목이다. 인생이 과연 무엇인지를 보여주는 이부영 스토리와 함께 그걸 전해주는 배추의 표정이 압권이었다. 그 대목을 전하면서 그가 울컥했기 때문이다.

이야기에 취해 멍하니 듣고 있는 판에 순간적으로 그의 말꼬리가 흐려져 그의 얼굴을 빤히 바라보았는데, 그가 그만 눈물을 글썽이고 있었다. 자기가 틀기 시작한 라지오에 취하고, 사람 산다는 일의 시고 매운 맛, 거기에 배인 아픔을 전하면서 이미 눈자위가 축축해졌다. 그러곤 내처 울먹울먹하기 시작했다.

배추야말로 타고 난 광대요, '입으로 소설 쓰는 사람'이다 싶어 나도 맥주를 한 컵 벌컥 들이키지 않을 수 없었다. 본디 사람이라는 게 거대한 포털인데, 바로 그때 그 순간이 나에게는 '포털 배추'에 제대로 들어가보는 짜릿한 순간이었다.

책에도 씌어 있지만 '존경하는 형님!'으로 시작하는 이부영의 편지는 그래서 우리를 내내 울린다. '조선의 3대 구라' 배추의 말은 마냥 엄숙하지만은 않다. 사람 모인 자리를 편안하고 즐겁게 만들어주는 역

256

할에 일단 충실하다. 사실 그날도 그랬다. 이부영 어머니 얘기로 한참 분위기를 무겁게 했다면, 풀어주는 것도 그의 몫이었다.

"그런데 말이야. 부영이 갸가 알고 보면 얼마나 숭악한 줄 아서? 내가 엄청 늦게 결혼을 했잖아. 1960년대 내내 서독 광부로, 프랑스 파리의 건달로 사느라고 마흔 살에 결혼을 했으니까. 어쨌거나 장가를 못가서 빌빌거리는 참에 부영이가 여러 차례 내게 여자를 소개시켜줬는데 이런 제기럴, 용산 색시언니들만 자꾸 골라 내 앞에 대령해오는 거야. 그러곤 뭐라는 줄 알아? 곧 죽어도 그 여자들이 내 형수 깜으로 무척 참하다는 거야. 이런."

"이게 되잖어? 되잖냐구?"를 연발하는 배추는 이미 소년 장난꾸러기의 표정으로 돌아가 있었지만, 그가 눈물을 보인 것은 그날이 처음이 아니었다. 그에게 무엇보다 풍류의 낭만정신을 몸으로 가르쳐준 분이 바로 백홍열(백기완의 선친) 선생인데, 그와 얽힌 이야기를 할 때도 그는 회한과 그리움에 차 눈물을 뿌렸다. 나는 유행가 가사대로 진정한 '사나이 눈물'을 보았다. 가슴이 먹먹해지는 감동의 순간이 아닐 수 없었다.

그렇다. 《핑!》이라는 책의 비유대로라면, 배추라는 개구리가 개척하는 연못은 도무지 마르는 법이 없다. 왕년의 화려했던 주먹 배추는 지금도 젊은 오빠로 산다. 야구모자에 티셔츠 차림만이 아니라, 노는 품과 생각 모두가 쿨하다. 정부 봉급 월 94만 원의 계약직 공무원에, 과년한 두 딸을 뒷바라지를 하는 처지이면서도 찌든 흔적이 없다.

펄펄 살아 있는 조르바 형 인간, 배추

그에게서 가부장적 권위주의는 약에 쓰려 해도 찾아보기 힘들다. 학교교육이나 가정교육 모두 괜한 엄숙주의 속에 사람들을 가둬왔지만, 이제는 그 짜증나는 굴레로부터 벗어나야 한다는 것을 앞장서 보여주는 것이 배추다. 그 점에서 배추의 인생은 서해성의 멋진 규정대로 '구어체(口語體)의 삶'이다. 아니 인간 자체가 구어체 인간이기 때문이다. 백홍열이라는 걸출한 풍류객이 남겨준 영향이기도 하고 그의 핏줄 자체가 그렇기도 하다.

청와대의 주인장, 권력과 재력의 높은 탑을 가진 사람에서 시장바닥의 보통사람에 이르기까지 실은 모두 새장 속에 갇힌 지루하고 답답한 '문어체(文語體) 삶'을 살고 있는데, 배추의 삶과 구라는 한줄기 바람처럼 신선하게 다가온다. 낭만주먹 배추의 삶은 자유인의 본능을 일깨워주는 기호인 셈이다.

그런 배추는 '한국의 조르바'로 다가온다. 최소한 내게는 그렇다. 기회에 털어놓지만, 이 글을 쓰는 내내 '배추=조르바'의 이미지를 떨칠 수가 없었다. 그 전에도 그랬지만 지금은 더욱 그러하다. 조르바는 과연 누구인가. 해변에서 그 희한한 춤을 덩실덩실 추던 앤소니 퀸 주연의 영화로도 우리들에게 한차례 선보인 바 있던 불멸의 소설 《그리스인 조르바》의 주인공이자 실존인물이 그 사람이다.

그 장쾌한 사나이는 정말로 야생마 같은 산 인간이었다. 행적에서 삶까지 모든 것이 호쾌한 기인 그 자체였다. 《그리스인 조르바》의 저자인 니코스 카잔차키스는 자기 영혼에 굵은 골을 남긴 인간으로 《오딧세이》를 쓴 고대 그리스의 호메로스, 철학자 프리드리히 니체, 그리고 그 다음으로 조르바를 꼽았다. 그런 조르바는 소설 속에서 자기의 고용주인 '먹물' 니코스 카잔키스를 약간의 니글거리는 눈초리로 바라보면서 이렇게 대놓고 조롱을 한다.

"두목, 당신의 그 많은 책 쌓아놓고 불이나 확 싸질러버리시구랴. 그러면 알아요? 혹시 당신이 인간이 되는지?"

그렇게 말하는 게 조르바라는 도깨비다. 맞는 말 아니던가. 사실 먹물이란 얼마나 우스운 인간들인가. 조르바의 눈으로 볼 때 먹물들이란 '대가리에 잉크를 뒤집어 쓴 채 종이를 씹어대지만' 실은 '발기불능의 이성'에 빠져 허우적거리는 불쌍한 종자들일 뿐이다. 도무지 액션을 취하지 못하는 바보들이자, 여기저기에 눈알을 굴려대는 기회주의자들에 불과한 것이다.

반면 "내 인생에는 브레이크가 없다"고 말하는 원시적 배짱에 가득 찬 조르바는 자기 피가 뜨거울 때는 도무지 '왜', '어째서'를 생각할 틈도 없이 일을 저지르고 본다. 진정 펄펄 살아 있는 인간이다.

"그렇다. 나는 그제서야 알아들었다. 조르바는 내가 오랫동안 찾아다녔으나 만날 수 없었던 바로 그 사람이었다. 그는 살아 있는 가슴과, 커다랗고 푸짐한 언어를 쏟아내는 입과, 위대한 야성의 영혼을 가진 사나이다. 아직 모태인 대지에서 탯줄이 떨어지지 않은 사나이였다."

니코스 카잔차키스의 그런 고백도 우연이 아닌데, 덩달아 고백하지만 내게는 배추가 바로 그런 경우였다. 엄밀하게 말해 니코스 카잔차키스가 발견한 인물 조르바란 '발기불능의 자기 시대'를 향해 쏘아올린 늠름한 캐릭터였다. 즉 발기불능의 서구문명에 대한 의미 있는 반대명제였다. 무슨 말인가. '신은 죽었다'고 선언한 철학자 니체가 돌연 신을 폐위(廢位)시키고 난 텅 빈 자리가 남아 있다. 카잔차키스가 볼 때 그 자리를 차지해야 할 새로운 인간 형은 피가 끓는 진짜배기 인간이어야 옳았다.

은총을 구걸하고 사랑을 동냥하는, 뼈 없고 배짱 없는 나약한 먹물 형 인간은 이제 더는 안 된다. 새로운 인간은 자기 의지와 액션을 통해 삶을 완성시켜야 하는 장쾌한 야생마이어야 하며, 대지에 탯줄을 대고 있는 씩씩한 사나이여야 한다. 그것이 바로 인류의 새로운 희망이라는 것이다.

그 희망의 캐릭터, 미래 형 인간이 바로 조르바인데 어쨌거나 니코스 카잔차키스라는 작가가 '조르바 학교'를 입교해서 그 학교 고유의 알파벳을 다시 배우면서 사람이 확 달라졌다. 내 경우도 그랬다. 정말로 운이 좋게도 서해성 덕분에 '배추 학교'에 들어갈 수 있었던 게 나라고 하는 얼치기 먹물이었다.

물론 조르바는 조르바이고, 배추는 배추다. 특히 여자 문제에서 둘은 하늘과 땅 차이만큼이나 갈라진다. 이를테면 조르바는 "여자와 잘 수 있는데 동침하지 않는 놈에게는 화가 있을진저"라고 외쳐대는 바람둥이 인간이고, "여자는 내게 영원한 사업"이라고 입버릇처럼 말하기도 한다.

260

도대체 몇 명과 잠자리를 같이 했느냐고 누가 물어보면 대뜸 "수탉이 어디 장부 들고 다니면서 그 짓을 한답디까?"라고 퉁바리를 놓아버리는 확신형의 남자다. 얼핏 마초인가 싶지만, 그런 것과도 크게 구별되는 '강' 수탉, 타고난 수탉일 뿐이다. 반면 우리의 배추는 여자 문제에 대해서는 거의 샌님 수준이다. 이미 우리는 젊었을 적의 배추가 연상녀와 똑순이 두 명에 빠져 가산을 탕진하고 3·8을 휘까닥 넘으려고 했던 순정파 남자임을 알고 있지 않던가.

"앞으로 2000년대에는 조르비즘(조르바주의)이 뜰 것이다. 모두가 '디지털 유목민'으로 살면서 마이웨이의 삶을 개척해야 하기 때문이다. 과감한 선택과 액션, 그것이 바로 조르비즘이다."

몇 해 전 〈뉴욕타임스〉가 그런 보도를 한 것을 기억한다. 그렇다. '배추이즘(배추주의)'은 우리시대의 문화코드일 수도 있다. 특히 세상 돌아가는 꼴에 짜증내는 우리시대 젊은이들 사이에서 배추는 '나의 롤모델'로 한번쯤 되새겨볼 만한 존재다.

이 시대야말로 신세대와 구세대가 서로 담을 쌓고 살면서 서로를 믿지 못하는 시대다. 그야말로 세대간 전쟁이 한창이다. 이런 와중에 배추는 나이 든 분에게는 추억의 이름으로, 젊은이들에게는 '짱 멋진' 할배로 각인될 것을 확신한다.

'시라소니 이후 최고 주먹', '독일 광부', '파리 낭인', '왕년의 명동 고급양장점 사장', '긴급조치 위반 수배자', 〈말〉 지 사건의 숨은 인물'…. 뿐인가. 그는 대륙의 술꾼으로 불리는 김태선과 함께 '백홍열 학교의 일급 장학생'이자, 언론인 선우휘의 둘도 없는 친구일 정도로 주변에 사람이 많다. 우리시대 문제적 인물을 품에 안고 평생을 멋지게 살아온 것이다.

"스탈린과 트로츠키의 경우를 한번 보자구. 권력을 얻은 스탈린보다는 자기 신념을 굽히지 않다가 끝내 죽어야 했던 트로츠키가 정말로 멋진 삶이라고 믿어. 누가 뭐래도 상관없어. 내가 그렇게 믿고 있으니까." 그런 말을 툭툭 뱉어내는 낭만파 인간의 삶을 성공과 실패라는 잣대로 잴 수 있을 것인가. 아니다. 그것은 가슴 뛰는 삶을 위한 '도전 인생'이 들려주는 더없이 경쾌한 스토리일 뿐이다.

"대한민국에서 뭐 좀 신나고 재미있는 일이 없을까?"

혹시 당신이 지금 그런 생각을 품고 있다면, 지금 당장 배추의 삶 속에 '핑!' 하고 뛰어들어보라. 비분강개가 있고 찬란한 추억이 있고, 씁쓸한 자성과 통쾌한 액션이 있다. 무엇보다 장면전환이 빠르고 내용이 드라마틱하다. 나는 그를 만난 것이 자랑스럽다. 여기 그의 삶, 그의 행적을 고스란히 세상에 담아 보낸다. 이제 배추는 당신들의 것이다.

1935년-1947년	황해도 개성에서 악동 태어나다. 개성의 거부 할아버지 덕분에 유복한 어린 시절을 보냈다. 그 시절 뚜껑이 열리는 승용차를 타고 다니는가 하면 요즘처럼 여름이면 동해로 피서를 다닐 정도로 빽적지근한 집안에서 남부러울 것 없는 유년시절을 보냈다.
1948년 (14세)	아버지의 결단으로 개성에서 서울로 이사했다. 개성상업학교에서 경신중고로 전학했다.
1949년 (15세)	경신중고 2학년. 전하련 패거리와의 충돌로 첫 퇴학을 받았다.
1950년 (16세)	보성중고로 전학을 결정했으나, 교정을 구경하러 갔다가 유도부원과 시비가 붙는 바람에 등교 한번 제대로 못해보고 바로 퇴학을 받았다.
1951년 (17세)	1·4 후퇴 때 부산과 순천을 오가며 돼지고기 장사로 큰돈을 벌었다. 할아버지의 개성상인 DNA가 최고조에 달해 특출난 장사수완을 보였다.
1952년 (18세)	경신중고(연합학교)에 재입학했다. 하지만 상급생 구타사건, 교직원 사칭 등의 사건으로 경신중고에서의 두 번째 퇴학을 받았다. 인천에 있는 송도고로 전학했다.
1953년 (19세)	남산 밑의 적산가옥에 살던 시절 첫사랑을 만났다.
1954년 (20세)	송도중고를 우여곡절 끝에 졸업하고 체육특기생으로 홍익대 법학과에 입학했다. 평생의 인연, 백기완을 만났다. 아버지의 돌연한 죽음으로 방황하기도 했다.

1955년(21세)	돈암동으로 이사. 전쟁미망인에게 집을 팔아 돈을 건네는 '엉뚱한 짓'을 저질렀다. 이후 온 가족이 닭장에서 생활하는 등 어려움을 겪었다. 장충동 독종을 만난 것도 이때다.
1956년(22세)	어머니가 홀로 부산으로 내려가시고, 이후 공사장에서 노동을 하는 등 여러 가지 일을 하다 휴학을 하고 동생들과 함께 부산에 내려갔다. 고시공부를 한다고 범어사에 입산했으나 3년 동안 한 번도 고시에는 응시하지는 못했다.
1959년(25세)	9월에 군대에 입대했다. 수류탄 사건, 소대장 구타사건과 온갖 꾀병 끝에 1961년 28살의 나이로 제대했다.
1963년(30세)	사위가 쏜 총에 맞아 어머니 식물인간 상태가 되는 어처구니없는 사태가 발생했다. 이듬해 봄 생계를 위해 독일로 가는 비행기에 몸을 실었고 3년 동안 광부생활을 했다.
1967년(33세)	광부생활을 마치고 파리로 건너가 접시닦이 등의 생활을 하다가 집시들과 어울려 낭인생활을 했다. 이때 서양식 풍류를 몸에 익혔다.
1970년(36세)	7년여의 유럽생활을 정리하고 귀국. 생각만 해도 가슴이 뻐근해지는 선우휘와 처음 만났고, 세 번째 연인을 만났다.
1971년(37세)	충무로에 고급 양장점 '살롱드방'을 개업했다. 잠시 반짝 1년 동안 잘나가는 디자이너 생활을 했다.
1972년(38세)	가슴 저미는 이별 끝에 공동생산, 공동분배의 농촌 이상향을 꿈꾸며 구룡포로 내려가 머슴생활을 했다.
1973년(39세)	철원에 100만 평의 땅을 얻고 '노느메기밭'을 시작했다. 아내 이신자와 만나 결혼했다. 노느메기밭은 정부가 77년 철폐령을 내릴 때까지 우여곡절 속에 지속됐다.
1974년(40세)	난데없는 간첩혐의로 신혼과 이상촌 건설의 꿈이 산산조

각 났다. 서대문형무소에서 6개월을 복역했고 그 사이 첫 딸 방그레를 얻었다.

1977년(43세)	제세그룹 회장 이창우의 도움으로 양토사업을 벌였으나 콕시즘이라는 토끼 전염병으로 문을 닫고 말았다. 그 후 선우회의 알선으로 현대건설 입사하여 2년여를 근무한 후 79년부터 81년까지 다시 2년여 동안 중동 아랍에미리트에서 인프라공사를 지휘하는 파견근무를 했다.
1982년-1986년	경기도 안양에서 자장면집 '영흥관'을 운영했다.
1986년(52세)	김태홍의 피신을 도왔다는 이유로 남영동 대공분실에서 이근안에게 모진 고문을 받았다.
1986년-1989년	사당동에서 신발가게를 운영했고 만두향을 대리운영했다. 이후 송추에 보신탕집을 개업했다.
1991년-1996년	서해화성 대표이사 취임, 충청도 홍성에서 근무하다 94년 칭타오 공장으로 발령이 나 3년여 중국생활을 했다. 허울좋은 월급사장 끝에 집 한 채를 또 날리고 말았다. 홍성 공장장 시절 꿈에도 사무치는 어머니가 돌아가셨다.
2001년-2003년	67세부터 69세까지 국내 최고령 헬스클럽 트레이너로 활동했다.
2005년-현재	대한민국 공무원 특채, 경복궁 관람안내 지도위원으로 일하고 있다.

- **강요배** (1952년~) 제주에서 태어나 서울대 미대 회화과와 동 대학원을 졸업했다. 1980년부터 지금까지 '동백꽃 지다', '제주의 자연전' 등의 개인전을 열었다. 1998년 제8회 민족예술상을 받았다.

- **강홍규** (1941년~1990년) 소설가이자 아마추어 바둑기사. 왕년의 문단 풍속사를 담은 《관철동 시대》라는 책을 펴낸 바 있다.

- **구중서** (1936년~) 경기도 광주에서 태어났으며 중앙대 국문과와 동 대학원을 졸업했다. 1963년 〈신사조〉에 '역사를 사는 작가의 책임'을 발표하여 비평활동을 시작한 이래 당대 현실과 밀착한 문학정신을 주창해왔다.

- **김지하** (1941년~) 본명은 김영일. 서울대 미학과를 졸업했으며 1964년 대일굴욕외교 반대투쟁에 가담하여 첫 옥고를 치렀다. 1970년 〈사상계〉에 〈오적〉을 발표한 후 8년간의 투옥기간과 사형구형 등 수난의 세월을 겪었다. 현재는 명지대 석좌교수로 재직 중이다.

- **김성동** (1947년~) 충남 보령에서 태어났다. 19세의 나이로 출가하여 10여 년 불문에 들었다가 1976년 환속했다. 1978년 중편소설 〈만다라〉로 〈한국문학〉 신인상을 수상하면서 본격적인 작품활동을 시작했다.

- **김용태** (1946년~) 민족미술협회 사무국장, 한국민족예술인총연합(민예총) 사무국장 및 부회장 등 수십 년 동안 문화운동가로 활동했다. 현재 민예총 회장으로 활동하고 있다.

- **김정남** 서울대 문리대 정치학과를 졸업했다. 1960년대부터 민주화운동을 했으며 평화신문 편집장 및 청와대 교육문화수석을 역임했다.

- **김태선** (1934년~1998년) '대륙의 술꾼'. 영웅호걸처럼 술잔을 높이 치켜든 채 잔뜩 긴장감을 고조시킨 다음 고개를 꺾으며 단 한 번에 잔을 비우는 마

상주는 그의 트레이드마크다.

- **김태홍** (1942년~) 한국일보, 합동통신 기자를 거쳐 민주 언론운동협의회 사무
국장과 공동대표를 역임했다. 1985년에 〈말〉지를 창간했고, 현재는 열
린우리당 국회의원으로 활동하고 있다.

- **민병산** (1928년~1988년) '거리의 철학자', '디오게네스 철학자'로 알려져 있다.
자유자재로 거침없이 휘갈겨 쓴 삐뚤삐뚤한 '민병산체'로 많은 이의 사
랑을 받았다.

- **방영웅** (1942년~) 충남 예산에서 태어나 휘문고를 졸업했다. 〈창작과 비평〉에
연재한 장편 〈분례기〉로 등단했다.

- **백기완** (1933년~) 재야운동가. 1960년대 중반 한일협정반대운동을 계기로 통
일민주화운동에 앞장섰으며, 3선개헌 반대와 유신철폐 등 1970년대 제2
공화국하 민주화운동에서 남다른 역할을 했다. 1974년 '유신헌법철폐
100만 명 서명운동'을 주도하여 긴급조치 1호를 위반했다는 이유로 최
초로 구속되어 징역 12년, 자격정지 12년 형을 받고 복역 중 1975년 형집
행정지로 석방되었다. 1972년 백범사상연구소를 설립해 활동했고 1984
년에는 통일문제연구소를 설립하여 활동했다.

- **백낙청** (1938년~) 1966년 〈창작과 비평〉 창간 편집인으로 참여했으며, 1976
년 대표로 취임했다가 이듬해 편집위원으로 물러났다. 1965년부터 평
론 〈피상적 기록에 그친 6·25수난〉과 〈궁핍한 시대와 문학정신〉을 발
표하면서 문학평론가로 활동하기 시작했다. 1987년 제2회 심산문학상
을 받았다.

- **백홍열** (1903년~1984년) 백기완의 부친. 일본 정칙대 영문과 출신으로 일제시
대 동아일보에서 기자로 몇 년 활동했다. 평생 나라 걱정, 민족 걱정을
자신의 업으로 알았고, 천하의 풍류객이었다.

- **선우휘** (1922년~1986년) 소설가, 언론인. 조선일보사 사회부 기자와 인천중학
교 교사를 지낸 뒤 정훈장교로 입대하여 1958년 대령으로 예편했다.
1959년 한국일보 논설위원으로 다시 언론계에 돌아와 1986년 조선일보

268

사를 정년퇴임하기까지 편집국장, 주필, 논설고문 등을 두루 역임했다. 1955년 단편 〈귀신〉으로 등단했으며 1957년에는 〈불꽃〉이 〈문학예술〉 신인특집에 당선되었다. 이 작품으로 제2회 동인문학상을 받았다.

- **신경림** (1935년~) 충북 충주에서 태어나 동국대 영문과에서 수학했다. 1955년 〈문학예술〉에 시 〈갈대〉, 〈묘비〉 등이 추천되어 등단했고 만해문학상, 한국문학작가상, 이산문학상 등을 수상했다. 현재 동국대 석좌교수로 있다.

- **신학철** (1943년~) 민중미술 화가. 경북 김천에서 태어났다. 40여 점의 '한국 근대사', '한국 현대사' 연작으로 역사, 사회적 사건을 형상화하여 80년대 정치현실과 맞섰다.

- **심우성** (1934년~) 민속학자, 연행예술가. 충남 공주에서 태어나 언론계를 거쳐 한국민속극연구소 소장, 문화재 관리국 문화재 전문위원 등으로 재임하고 있다. '결혼 굿', '심우성의 새야 새야' 등의 공연활동도 계속하고 있다. 서울시 문화상, 향토문학 예술상을 수상하기도 했다.

- **여 운** (1947년~) 대학교수, 서양화가. 한양여자대학 예체능계열 일러스트레이션과 교수, 민족미술인협회 회장으로 활동하고 있다.

- **염무웅** (1941년~) 서울대 문리대 독문학과 및 동 대학원을 졸업했다. 1964년 경향신문 신춘문예에 문학평론 당선, 1968년 계간〈창작과 비평〉편집에 참여 이후 주간, 발행인 등을 역임했다. 평론집으로《한국문학의 반성》, 《민중시대의 문학》,《혼돈의 시대에 구상하는 문학의 논리》등이 있다. 현재는 영남대 독문학과 교수로 재직 중이다.

- **오 윤** (1946년~1986년) 판화가. 서울대학교 조소학과를 졸업하고 동성중 교사, 선화예술고 미술과 교사로 활동했다. 〈현실과 발언〉창립동인으로 참여했다. 2005년 옥관문화훈장을 수상했다.

- **유홍준** (1949년~) 현 문화재청장. 서울대학교에서 미학을, 홍익대 대학원에서 미술사학을 전공했고 성균관대학교 대학원 동양철학과 박사과정의 예술철학 전공을 수료했다. 〈공간〉과 〈계간미술〉기자를 거쳐 1981년 동

아일보 신춘문예 미술평론부문으로 등단했다. 미술평론가로 활동하며 민족미술협의회 공동대표와 제1회 광주 비엔날레 커미셔너 등을 지냈다. 《나의 문화유산 답사기 1~3》의 저자로 유명하다.

- **이부영** (1942년~) 용산고, 서울대학교 정외과를 거쳐 1968년부터 동아일보 기자로 활동했다. 1975년~1991년까지 민주화운동으로 5차례, 6년 8개월 동안 옥고를 치렀으며 1992년 국회의원으로 선출되었다. 한나라당 원내총무, 열린우리당 상임위원, 열린우리당 의장 등을 역임했다.

- **이호철** (1932년~) 6·25 전쟁 때 인민군으로 동원되었다가 국군의 포로가 되었으며, 이후 월남해 부두노동자, 미군부대 경비원 등으로 일했다. 1955년 〈문학예술〉에 단편 〈탈향〉을 발표하며 등단했다. 1961년 단편 〈판문점〉으로 제7회 현대문학상을, 1962년 단편 〈닳아지는 살들〉로 제7회 동인문학상을 수상했다. 1974년 '문인간첩단사건'으로 수감되는 등 여러 차례 옥고를 치렀으며 1985년 자유실천문인협의회 대표를 역임했다.

- **장준하** (1918년~1975년) 평북 의주 출생. 일본 도쿄 신학대를 다니고 1944년 일본국 학도병에 입대하여 중국으로 끌려갔으나 그해 7월 탈출하여 1945년 광복군에 편입, 광복군 대위에 임관되었으며 〈등불〉, 〈제단〉 등을 간행하였다. 같은 해 11월 대한민국 임시정부의 한 사람으로서 환국하여 김구 비서, 비상국민회의 서기 및 민주의원 비서 등을 거쳐, 조선민족청년단 중앙훈련소 교무처장, 대한민국 정부 서기관 등을 역임했다. 1974년 긴급조치 1호 위반으로 구속되어 15년 형을 선고받고 복역 중 형집행정지로 석방되었다. 경기도 포천군 약사봉에서 의문의 사고로 세상을 떠났다.

- **조건영** (1946년~) 건축가. 건축사사무소 '기산' 대표. 건축의 문제를 '인간성 회복'의 관점에서 풀어내고 있다고 평가받고 있다.

- **조성우** (1950년~) 고려대학교 법학대학 행정학과를 졸업했다. 민청협 회장을 역임했으며 명동 YMCA 위장 결혼사건을 주도, 김대중 내란음모 사건에 연루되어 15년 형을 언도받았다. 열린우리당 남북평화 교류 특별위원회

배추가 돌아왔다 2

위원장, 한민족운동 단체연합 상임대표, 민족화해협력범국민협의회 상
임의장으로 있다.

- **주재환**　(1941년~) 1960년 홍익대학교 미술대학 서양화과에 입학했고, 현실과
발언 창립전, 고 박종철 열사 추도 '반고문전', 동학농민혁명 100년전,
해방50년 역사전, 도시와 영상전, 부산 국제형대미술전 '고도를 떠나며'
등의 전시회에 참가했다. 2000년 개인전 '이 유쾌한 씨를 보라'를 열었
고, 2001년 제10회 민족예술인상을 수상했다.

- **채현국**　서울고와 서울대를 나온 엘리트 출신의 탄광부자. 적지 않은 재야인사들
을 음으로 양으로 도와준 '재야의 협객'이다. 문화계의 든든한 후원자
역할을 해왔지만, 어디에도 자기 이름을 올려놓지 않는 '그림자 역할'을
즐긴다.

- **천상병**　(1930년~1993년) 1945년 일본에서 귀국, 마산에 정착했다. 마산중학 5년
재학 중 당신 담임교사이던 김춘수 시인의 주선으로 시 〈강물〉이 〈문예〉
지에 추천되었다. 서울대 상과대학을 수료하였으며 1964년 김현옥 부산
시장의 공보비서로 약 2년간 재직하다가 1967년 동백림사건에 연루되어
체포, 약 6개월간 옥고를 치르고 무혐의로 풀려난 적이 있다. 1971년 고문
의 후유증과 음주생활에서 오는 영향실조로 거리에 쓰러져 행려병자로
서울 시립 정신병원에 입원하기도 했다. 그 사이 유고시집 〈새〉가 발간되
었으며, 이 때문에 살아 있는 동안에 유고시집이 발간된 특이한 시인이
되었다.

- **천승세**　(1939년~) 목포에서 태어나 성균관대 국문학과를 졸업했다. 동아일보
신춘문예에 〈점례와 소〉가 입선되고, 1964년 경향신문 신춘문예에 〈물
꼬〉가 당선되어 작품활동을 시작했다. 신태양 기자, 문화방송 전속작가,
한국일보 기자, 독서신문 기자를 지냈고, 1986년 자유실천문인협의회 고
문에 피선되었다. 1994년에는 민족문학작가회의 상임고문으로 추대되
기도 했다.

- **최　민**　(1944년~) 서울대 문리대 고고인류학과와 동 대학원 미학과를 졸업했

배추와 함께한 사람들

다. 1993년 파리 제1대학 조형예술학부에서 예술학 박사학위를 받았고, 현재 한국예술종합학교 영상원장으로 있다.

- **함석헌** (1901년~1989년) 평안북도 용천에서 태어나 1916년 평양고등보통학교에 입학했다. 1919년 3·1운동에 가담했으며 1923년 오산학교를 졸업했다. 1928년 일본 도쿄고등사범학교를 졸업하고 귀국하여 오산학교에서 교편을 잡았으나, 일제의 탄압으로 1938년 오산학교를 그만두고 해방 무렵까지 농사를 지었다. 계우회 사건과 〈성서조선〉 사건으로 각각 1년씩 일제에 투옥되었으며, 해방 후 195년에도 신의주 사건으로 1년간의 옥고를 치렀다. 1970년 월간 〈씨알의 소리〉를 창간하여 엄혹한 시절에 시대의 정신을 일깨웠다.

- **황명걸** (1935년~) 평남 평양에서 태어나 어릴 때 월남, 서울에서 자랐다. 서울대 문리대 불문학과를 졸업하고 시인, 동아일보 기자로 활동했다.

- **황석영** (1943년~) 고교시절인 1962년 사상계 신인문학상을 통해 등단했고, 1970년 조선일보 신춘문예에 단편 〈탑〉과 희곡 〈환영의 돛〉이 각각 당선되어 문학활동을 본격화했다. 1966~67년 베트남전쟁 참전 이후 74년 들어와 본격적인 창작활동에 돌입하여 〈객지〉, 〈한씨연대기〉, 〈삼포 가는 길〉 등 리얼리즘 미학의 정점에 이른 걸작 중단편들을 속속 발표했다. 1989년 동경과 북경을 경유하여 평양 방문, 이후 귀국하지 못하고 독일 예술원 초청작가로 독일에 체류하다 이해 11월 장편소설《무기의 그늘》로 제4회 만해문학상을 받았고 1990년 장편소설 〈흐르지 않는 강〉을 한겨레신문에 연재했다. 1993년 4월 귀국, 방북사건으로 7년형을 받고 1998년에 사면되었다.

배추가 돌아왔다 2

배추가 돌아왔다

배 추 가 돌 아 왔 다